여름의 끝

Love and Summer
WILLIAM TREVOR

여름의 끝

윌리엄 트레버 장편소설
민은영 옮김

한겨레출판

제인에게

1

지난 세기 중반이 몇 해 지난 어느 6월의 초저녁, 아일린 코 널티 부인은 라스모이 마을을 통과해 지나갔다. 광장 4번지에 서 출발해 머게니스 스트리트를 거쳐 헐리 레인으로 빠진 후, 아이리시 스트리트를 따라 클럭조던 로드를 건너 구세주회 성 당으로 갔다. 밤은 그곳에서 보냈다.

선한 행실과 단호한 성품이 돋보였고 가사와 가족 문제에 서 다소 엄격했던 한 인생이 끝난 것이었다. 오래전 결혼을 하 고 두 아이를 낳아 기르는 삶을 택했을 때 기대했던 소소한 행 복을 코널티 부인은 결코 누릴 수 없었다. 남편도 딸도 그녀를 낙심시켰다. 죽음이 다가왔을 때는 이제 다시 남편 곁으로 가 야 할까봐 두려웠고 그러지 않아도 되기를 빌었다. 딸과의 이 별은 아쉽지 않았지만 이제 쉰이 된 아들, 아기 때 처음으로 팔에 안은 순간부터 그녀의 귀염둥이였던 아들을 남기고 떠난 다는 생각에는 눈물을 흘렸다.

관이 지나가고 나자 거리의 집들이 내렸던 블라인드를 다시 올렸다. 상점들도 닫았던 문을 다시 열었다. 남자들은 벗었던 모자를 다시 썼고 헐리 레인에 멈춰 섰던 아이들은 다시 마음 껏 뛰어놀았다. 장의사에서 나온 사람들이 교회 계단을 내려 갔다. 다음 날 미사에는 주교가 참석하기로 했다. 마지막 가는 순간까지 코널티 부인은 마땅한 대접을 받았다.

그 시절 사람들은 코널티 부인의 시댁이 라스모이 절반을 소유하고 있다고 말했다. 그런 인상을 받은 이유는 그 집안이 머게니스 스트리트에 있는 관인(官認) 주류소매점과 세인트매 슈 스트리트의 저탄장, 1903년에 문을 연 민박집 '광장 4번지' 를 소유하고 있었기 때문이다. 코널티 가(家)는 민박집을 시작 한 이래 수십 년 동안 마을 건물들을 사들여 전반적으로 손을 보고 수리하여 세를 놓았다. 각각의 집세는 저렴했으나 모두 합치면 상당한 수입이 되었다. 하지만 그렇다고 해도 라스모 이 절반을 소유했다는 사람들의 말은 과장이었다.

평범한 작은 마을 라스모이는 움푹 꺼진 지대에 자리했는 데, 지형이 왜 그런지 아는 사람은 없었고 궁금해하는 이도 없 었다. 농부들은 매달 첫째 월요일에 가축을 마을로 들여왔고 마을의 은행 두 곳 중 하나에서 돈을 빌렸다. 그들은 광장에 있는 치과에서 이를 뽑았고 때로는 인근의 사무변호사와 상담을 했다. 또 니나 로드의 데스데블린스에서 농기구를 점검받았고 종자상인 헤퍼넌과 거래했으며 마을 곳곳에 있는 주점에서 술을 마셨다. 농부의 아내들은 식료품을 사기 위해 캐시앤드캐리의 창고형 매장을 이용했고 돈이 좀 있을 때는 맥거번스로 갔으며 신발은 타일러스에서, 옷이나 커튼 재료, 식탁에 깔 유포 등은 코벌리스 포목점에서 구입했다. 예전에는 제분소에도, 그리고 새넌 강 발전 계획*이 시행되기 전에는 제분소 안의 발전소에도 일자리가 있었다. 이제는 유제품 공장과 연유 공장, 건축자재 야적장, 상점, 주점, 생수 공장 등에서 직원을 고용했다. 광장에는 법원이, 밀 스트리트 끝에는 버려진 기차역이 있었다. 또한 교회 두 곳과 수녀원, 기독교형제회 부속 학교, 실업학교 등도 있었다. 수영장 건설 계획은 자금이 확보될 때까지 보류한 상태였다.

마을 사람들은 라스모이에서는 아무 일도 일어나지 않는다고 불평하면서도 대부분 이곳에서 계속 살았다. 마을을 뜨는 쪽은 젊은이들이었다. 그들은 더블린이나 코크나 리머릭으로, 잉글랜드로, 어떤 이들은 미국으로 떠났다. 그리고 다수가 되돌아왔다. 아무 일도 일어나지 않는다는 말 또한 과장이었다.

코널티 부인의 장례 미사는 다음 날 아침에 열렸다. 미사가 끝나자 조문객들은 묘지 앞 출입문 근처에 서서, 부인은 마을

---

* 클레어 카운티의 새넌 강에 수력발전소를 세운 공공사업.

안팎에서 항상 기억될 것이라고 힘주어 말했다. 구세주회 성당에서 함께 열심히 활동했던 여자들은 부인이 회원 모두에게 귀감이 되는 사람이었다고 단언했다. 코널티 부인은 궂은일을 도맡아 했으며, 싫은 소리 한 번 없이 수많은 놋쇠용품을 닦고 오래된 촛농을 긁어냈다고 회상했다. 60년 동안 빠뜨리지 않고 제단의 꽃에 물을 갈아주었고 선교용 전단도 늘 제때 교체해두었다. 수단이나 중백의, 제의 등을 소소하게 수선하는 일도 도맡았다. 성단소 타일을 닦는 일은 부인에게는 성스러운 의무였다.

조문객들이 그런 추억을 나누고 망자의 삶을 칭송하는 동안, 더운 날 아침에는 조금 눈에 띄는 트위드 소재의 흐린 색 양복을 입은 젊은 남자가 현장을 은밀히 촬영하고 있었다. 집에서 자전거로 12킬로미터를 달려온 그는 장례식 자동차 행렬에 발이 묶인 참이었다. 남자는 불에 탄 극장을 촬영하기 위해 이 마을로 왔다. 최근에 이곳과 비슷한 작은 마을에서 일렬로 늘어선 집들이 산사태로 토대에서 위태롭게 분리된 곳을 촬영하다가 그 극장 이야기를 듣게 되었다.

검은 머리에 몸집이 마른 20대 초반의 이 젊은 남자는 라스모이가 초행이었다. 전반적인 행동거지나 녹색과 파란색 줄무늬의 화사한 넥타이 등은 얼핏 세련된 분위기를 풍겼지만 편안해 보이는 헐렁한 양복이 그 효과를 반감시켰다. 자연스러운 생김새에 알 수 없는 심각한 분위기가 더해져 그런 모순된 인상이 강해졌다. 청년의 이름은 플로리언 킬데리였다.

"어느 분 장례식이죠?" 주차된 차 뒤에 자리 잡고 잠시 사진을 찍던 남자가 조문객들이 모인 곳으로 돌아가 물었다. 대답을 들은 그는 고개를 끄덕인 후 폐허가 된 극장 위치를 물었다. "감사합니다." 그는 상냥한 미소를 띠며 공손하게 대답했다. "감사합니다." 그는 다시 한 번 인사하고 자전거를 밀며 조문객들 사이를 뚫고 나아갔다.

코널티 부인의 아들과 딸은 장례식 행사가 그런 식으로 기록되었다는 사실을 몰랐고, 광장 4번지로 돌아가려고 제각기 길을 나설 때까지도 그런 이례적인 상황이 벌어졌다는 사실을 전혀 알지 못했다. 조문객들이 흩어지기 시작했다. 광장 4번지에서 다시 모이려는 사람도 많았지만 아침에 하다 만 일을 계속하려고 돌아가는 사람도 있었다. 마지막까지 남은 사람은 오펀 렌이라는 늙은 개신교도였다. 그는 좀 전에 땅에 묻힌 관 속의 시체가 자신이 잘 아는 집안에서 일하다 34년 전에 죽은 늙은 찬모라고 생각했다. 주변에서 조문객들의 정중한 웅얼거림이 잦아들다가 사라졌고 차들이 떠나갔다. 홀로 남은 오펀은 몇 분쯤 더 머무른 후 역시 제 갈 길을 갔다.

*

자전거를 타고 읍내를 벗어나며, 엘리는 사진을 찍던 남자가 누굴까 궁금해했다. 옛날 극장에 대해 묻는 걸 보니 라스모이를 전혀 모르는 듯했고 길에서나 상점에서도 본 적이 없는 사람이었다. 코널티 가와 관련된 사람이 아닐까도 생각해보았다. 극장이 코널티 가 소유니까, 그리고 그건 코널티 부인의 장례식이었으니까. 여태 장례식을 촬영하는 모습을 한 번도 본 적이 없는 엘리는 남자가 어쩌면 코널티 가에서 고용한 사진사일 수도 있겠다고 생각했다. 아니면 〈니나 뉴스〉나 〈내셔널리스트〉 같은 신문사에서 나왔을지도 몰랐다. 가끔 신문에 장례식 사진이 실리는 경우도 있으니까. 장례식 후에 상가로 함께 갔다면 코널티 양에게 물어볼 수도 있었겠지만, 인공수정사가 집에 오기로 했고 그녀는 기다리겠다고 해놓은 참이었다.

엘리는 늦지 않도록 여유 있게 출발했지만 그래도 어찌될지 몰라 길을 서둘렀다. 그녀는 상가에도 가보고 싶었다. 오랫동안 코널티 부인에게 달걀을 배달했음에도 한 번도 들어가보지 못한 그 집 안을 보고 싶었다.

신부님들이 사진을 원했을 수도 있었다. 밸프 신부님이 교구민 등록부 작성에 쓰려고 하는지도 몰랐다. 그 일을 신부님들 중 한 분이 맡게 될 것 같다고 클레어 수녀님에게 들었는데, 등록부를 작성하는 일이라면 밀레인 신부님보다는 밸프 신부님 쪽이 더 어울릴 것 같았다. 등록부에 뭐가 실리는지는 모르지만 말이다. 엘리는 자신도 사진에 찍혔을까 궁금했다. 사진을 찍으려고 카메라를 들어 올리던 가늘고 섬세한 손이 생각났다.

　마당에 흰색 밴이 서 있었고 브레넉 씨가 차에서 내리는 중이었다. 엘리가 미안하다고 말하자 브레넉 씨는 뭐가요, 라고 말했다. 엘리는 그에게 차를 한 잔 만들어주겠다고 했다.

*

　폐허가 된 극장에서 불과 몇 분 만에 밖으로 나온 플로리언 킬데리는 출사 여정을 중단하고 데이노 머호니라는 상호의 길가 주점으로 들어갔다. 극장에서는 밖에 세워둔 자전거를 보고 들어온 어떤 남자가 출입금지 장소라며 그의 촬영을 막았었다. 남자는 공고문이 붙어 있지 않느냐고 따졌고 그는 보지 못했다고 말했다. 사실은 보고도 들어온 것이었다. "들어오려면 허가를 받아야 해요." 남자가 부루퉁한 말투로 알려주더니 애초에 문을 열어둔 자기 잘못이라고 인정하며 출입문 자물쇠 두 개를 잠갔다. "저탄장에 있는 오키프 양을 만나봐요." 남자가 일러주었다. "오키프 양이 괜찮다고 판단하면 허가를 내줄 거니까." 하지만 저탄장 위치를 묻자 남자는 근조의 의미로 오늘은 문을 닫았다고 했다. "밖에 나가면 장례 행렬이 눈에 띌 거요." 그가 말했다.

　주점에서 플로리언은 와인 한 잔을 들고 구석 자리에 앉아 담배에 불을 붙였다. 출사는 허탕이었고 유일한 보상이라면 예상치 못한 장례식 구경이었다. 그는 기억을 더듬어 사진에 담은 영상을 떠올려보았다. 삼삼오오 모여 대화를 나누는 조문객들 사이로 신부 한 명과 수녀 여러 명이 있었다. 혼자서 자리를 막 뜨는 사람들, 좀 더 머물러야 하나 싶어 어색하게 서 있는 사람들도 있었다. 익숙한 장면이었다. 그는 전에도 장례식을 촬영한 적이 있었고 한두 번쯤 제지를 당하기도 했다. 때로 극적인 순간이나 주체할 수 없는 슬픔을 접하기도 했지만 오늘은 그 어떤 것도 보지 못했다.

한편 극장에서 그나마 볼 수 있었던 것들은 느낌이 좋았다. 박살난 유리 너머로 〈바보의 기쁨〉 포스터가 아직 붙어 있었다. 찢기고 우그러진 노마 시어러의 얼굴을 찬찬히 살펴보고 있을 때 남자가 소리를 지른 것이었다. 하지만 그는 누가 소리를 지르건 개의치 않았다. 웨스턴 일렉트릭 사의 음향기기가 새로 설치되었다는 그 극장의 이름은 콜리시엄이었다.

베이컨 굽는 냄새가 주점 안쪽으로 흘러들고 라디오에서 누군가의 목소리가 들려왔다. 레슬링선수, 권투선수, 승마기수, 헐링선수를 비롯한 스포츠 영웅들, 그리고 그레이하운드와 장애물 경주마들이 벽을 장식하고 있었다. 액자에 끼워진 신문 기사에 의하면 주점 주인도 원래 권투선수였고 잭 도일과 5라운드까지 싸운 적이 있다고 했다. 주인이 끼던 글러브가 바 뒤쪽 선반에 매달려 있었다. "한 잔 더 하려면 이 낡은 카운터를 두드려요." 여자가 음식을 해놓고 부르자 주인이 말했다. 하지만 플로리언은 한 잔이면 충분하다고 말했다. 그는 두 개비째 담배를 피우며 좀 더 앉아 있다가 빈 잔을 바로 가져갔다. 잘 가라며 또 오라고 외치는 목소리가 들렸다. 그는 그러겠다고 말했다.

밖으로 나온 플로리언은 푸근한 오후 햇살 속에서 반쯤 눈을 감은 채 잠시 출입문 기둥에 기대서 있었다. 그런 다음 천천히 자전거를 타고 여정을 이어갔다. 그는 혼자 살았다. 급할 것이 없었다.

*

라스모이의 하루가 저물고 있었다. 장례를 치르느라 흐트러진 마을이 다시 자잘한 일상으로 돌아왔다. 광장 4번지에는 장례식에서 다과 초대를 수락했던 조문객 100여 명이 다녀간 후 청소가 한창이었다. 컵과 접시가 담긴 쟁반은 널찍한 2층 거실에서 부엌으로 내려다놓았고 흩어진 유리잔은 한데 모았으며 창문을 활짝 열고 재떨이를 비웠다. 진공청소기로 계단을 청소하고 그릇을 닦은 행주를 널고 출퇴근하는 가정부 여자애를 집에 보내고 나자 저녁이 되었다.

코널티 부인의 딸은 어머니의 임종 후 처음으로 집에 혼자 남아 이제는 자신의 것이 된 귀금속 장신구를 만지작거렸다. 청금석과 옥 목걸이, 석류석과 호박 목걸이, 사파이어 귀걸이,

터키석과 진주, 오팔, 다이아몬드로 된 반원형 귀걸이와 루비 약혼반지, 그리고 카메오가 세 개였다. 묵주도 하나 있었지만 다른 장신구와 비교할 때 별 가치가 없어 그곳에 어울리지 않았다.

중년의 나이에 이른 코널티 양을 친근하게 이름으로 부르는 라스모이 사람은 아무도 없었다. '코널티 양'이라는 딱딱한 호칭으로 불리기 시작한 것은 20년 전의 일이었다. 그때부터 그녀의 어머니는 막 태어난 딸에게 붙여주었던 성인(聖人)의 이름 둘 중 어느 하나도 입에 올리지 않게 되었다. 남동생 역시 무의식적으로 어머니의 본보기를 따른 터라, 아버지가 돌아가신 뒤로 그녀는 집안에서 이름 없는 존재가 되었다. 그리고 이제 이 마을에서 그 호칭은 예전에 그녀가 즐겨 들었던 이름보다 훨씬 더 자연스러워져 있었다.

그녀가 세어보니 서른두 점이었고 눈에 익지 않은 것은 하나도 없었다. 어머니가 그랬듯이 자신도 그 장신구들을 걸게 될 날이, 자주 걸게 될 날이 있을 터였다. 그런 생각은 냉담하게 아무 감정 없이 떠올랐다. 어울리는 것도, 어울리지 않는 것도 있을 터였다. "애, 너 지금 뭐하니?" 오래전에 어머니가 바로 이 방에서 매섭게 따진 적이 있었다. 실내화를 신은 발로 소리 없이 들이닥친 참이었다. 목에 석류석 목걸이를 드리운 아이는 아직 잠그지도 못한 걸쇠를 엄지와 다른 손가락 사이에 쥐고 있었다. 목걸이는 화장대 위로 달그락거리며 떨어졌고, 큰 키에 큰 몸집의 코널티 부인은 경찰을 불러야겠다고 딱 잘라 말했다.

"경찰은 부르지 마세요. 네? 제발, 제발요!" 어린 시절 자신이 겁에 질려 외쳤던 말이 귓가에 맴돌자 코널티 양은 다시 한 번 배 속을 헤집는 차가운 두려움을 느꼈다. "나가서 경찰 불러와, 키티." 어머니는 아래층에서 깜짝 놀라 서 있는 하녀에게 외치고는 목걸이를 치우라고 명령했다. 어머니는 장신구들이 그대로 있는지 확인하기 위해 하나하나 살펴보았다. 그때 경찰관이 현관에 도착했고, 어머니는 딸에게 사실대로 말하라고 명령했다. 자초지종을 들은 경찰관은 그녀를 보며 고개를 저었다.

어머니보다 키가 작고 몸집도 전혀 크지 않은 코널티 양에게는 소녀 시절 생기를 더해주던 예쁘장한 외모의 흔적이 아직 남아 있었다. 흰머리 가닥이 금발을 칙칙하게 만들기는 했지만 주름이 별로 없는 얼굴은 아직 나이 들어 보이지 않았다. 하지만 스스로는 자주 늙었다는 느낌을 받았고, 중년이 다 가도록 여태 자기 소유일 수도 있었던 것들을 너무 많이 놓치고 살았다는 회한을 느낄 때가 많았다. 코널티 양은 장신구들을, 예전에는 어머니의 것이었으나 이제는 자신의 것이 된 그것들을 화장대의 맨 위 서랍에 다시 넣었다. 그리고 유일하게 넣지 않고 남겨둔 석류석 목걸이를 칙칙한 상복 위에 대고는 감탄의 눈길로 바라보았다.

*

　조지프 폴 코널티는 큰 키에 마른 체구, 작고 뾰족한 얼굴을 가진 사내였다. 뒤로 빗어 넘긴 흰머리가 규칙적으로 바르는 브릴크림으로 번들거렸으며 서지 소재의 어두운 색 양복 위로는 끈 달린 안경이 목에 걸려 늘어져 있었다. 양복 가슴 주머니에는 볼펜 두 자루가, 왼쪽 옷깃에는 눈에 잘 띄는 개척자운동 휘장이 붙어 있었다.

　다시 묘지로 가서 흙을 덮은 무덤가를 홀로 거닐다 온 그는 갈팡질팡하다 저탄장으로 향했다. 창고는 잠겼고 사무실 문에는 공고가 붙었으며 그의 이름이 적힌 자루들이 화물차에 차곡차곡 쌓여 배달을 기다리고 있었다. 이곳에 오면 마음이 편해졌다. 산처럼 쌓인 가루탄과 말을 키우던 마구간, 곳곳에 빨간 페인트가 떨어져나간 높은 골함석 대문 등을 그는 평생 보면서 살아왔다. 어린 시절 이곳에서 자주 놀았지만 주점은 출입금지 구역이었다. 금주가인 그는 아직도 주점이 생경하게 느껴졌지만 그래도 날마다 대부분의 시간을 그곳에서 보내고 있었다. 원래는 성직자가 되고 싶었으나 소명의식은 점점 희미해졌고, 목회자로서 아들의 성공을 회의했던 어머니의 영향으로 그 마음마저 결국 사라지고 말았다. 결국 어머니처럼 자신도 회의를 품게 되었던 것이다.

　높은 대문을 잠그고 저탄장을 나온 조지프 폴은 광장 4번지를 향해 느긋하게 걸었다. 문이 닫힌 주점을 지날 때, 보통은 음악과 시끌벅적한 목소리들을 거리로 쏟아내던 그곳이 쥐죽은 듯 고요한 것을 보니 기분이 좋았다. 집의 현관 역시 조용했다. 이곳은 독신자인 그가 식사와 잠자리를 해결하는 집, 평생을 살아온 집이었다.

"누가 추모정원 얘기를 하더라고." 조지프 폴은 2층 계단참에서 만난 누이에게 말을 전했다.

두 사람은 단 몇 분 차이로 태어나 단순한 오누이 이상이었으나 닮은 데라고는 하나도 없었다. 유년기에는 가까운 친구처럼 지냈지만 지금은 몇 주 동안 대화를 나누지 않는 경우도 잦았다. 사이가 나빠서라기보다는 딱히 할 말이 없어 그런 것이었지만.

"마을에서 어머니 지위도 있고." 추모정원이 왜 필요한지 묻는 누이에게 조지프 폴이 대답했다. "교회와의 관계도 있고. 다른 건 몰라도 어머니가 낸 돈만 해도 얼마야."

마을 산책길에서 만난 사람들이 적당한 기념 방안이라며 내놓은 다른 제안들은 이야기하지 않았다. 어차피 누이가 더 탐탁하게 여길 만한 것은 없었으며 그 자신이 추모정원을 선호했기 때문이었다. "어머니가 어떤 분이셨는데." 대신 그는 이렇게 말했다.

저탄장이나 주점과는 달리 광장 4번지는 두 세대에 걸쳐 운영되는 동안 각 세대의 관습에 따라 변화되어왔다. 원래는 상주 투숙객에게 세끼 식사를 제공하는 하숙이었으나 이제는 외판원들이 잠시 들러 가는 민박업소가 되었다. 지금도 코널티가 사람들 기억 속에는 은행원과 상점 점원들이 매일 정오마다 집에 들어와 점심 식탁에 앉고, 저녁이면 일간지를 돌려 읽으며 석탄난로 주변에 둘러앉아 함께 시간을 보내던 모습이 희미하게 남아 있었다. 도로 측량사 맥나마라, 건물 관리인 피, 수도원의 평신도 교사 닐리 양을 비롯해 당시의 투숙객들은 결혼을 하거나 승진을 하여 생활터전이 바뀔 때까지 계속 이곳에 머물렀다. 손님들 각자에게 서로 다른 냅킨 고리를 정해 주었으며 닐리 양에게는 철분제를, 맥나마라에게는 흑맥주를 챙겨주고 추가 요금을 받았다. 이제는 상주 투숙객이 지금은 여름휴가를 떠나고 없는 금속가공기술 강사 고어리뿐이었지만, 음식이 맛있고 환경이 청결하다고 잘 알려져 방이 비는 일은 거의 없었다. 1층 창문에 숙박 요금표가 붙어 있었는데, 가격에 비해 서비스 수준이 높아 광장 4번지는 계절을 불문하고 성업을 이루었다.

조지프 폴은 이 모든 것이 앞으로도 크게 변하지 않으리라 예견했다. 유일한 변화라면 누이가 단독으로 운영한다는 점뿐이었다. 아주머니나 아가씨 한 명이 항상 청소와 빨래, 설거지 등을 해주러 왔다. 없어서는 안 될 일손이었으며, 누이가 그마저 없이 혼자 일할 생각인 것은 아니었다.

"그냥 그런 제안을 받았다, 이 말이지." 그가 말했다. "정원

말이야."

예전에 오누이는 저탄장에서 석탄으로 놀이를 하곤 했다. 각자 석탄 다섯 조각씩을 가지고 정해놓은 코스를 따라 차고 다니는 놀이였다. 석탄 자루 창고로 갔다가 물통을 지나 가루탄 언덕으로, 그리고 자갈탄 무더기를 넘어 수레가 있는 곳을 지나 그 너머 양수기로, 그다음은 위아래로 열리는 빨간 문까지 갔다가 다시 처음으로 되돌아오는 코스였다. 마을에서는 남의 집 현관문을 두드리고는 도망쳤다. 닭장 빗장을 열어 암탉들을 내보내 뒤쫓기도 했고 거리를 쏘다니기도 했다. 아버지는 뭐든지 맘대로 하게 내버려두었고 어머니는 민박집 운영에 정신이 없었다. 조지프 폴은 누이보다 몇 분 늦게 태어나 어릴 적에는 키도 더 작았지만 그것이 대단한 손해라고는 생각하지 않았다.

"비석은 어떡하고?" 코널티 양이 쓰고 버린 성냥을 주웠다. 계단참 창문틀에 있는 것을 가정부가 못 보고 지나친 것이었다. 그는 누이가 큰 응접실로 들어가 성냥을 불 꺼진 난로 속 잘 보이지 않는 위치에 정확히 떨어뜨리는 모습을 지켜보았다. 그가 말했다. "그건 헤가티한테 알아보면 돼."

"어머니가 비석을 어떻게 하고 싶어 하셨는지 얘기가 나오겠지."

어머니는 남편의 비석에 자기 이름을 함께 새기지 말고 무덤과 비석을 따로 마련해달라고 확실히 요구했었다.

"당연히 묘지를 따로 해드려야지." 조지프 폴이 말했다.

"정원 얘기는 누가 한 거야?"

"피니스에서 매지 시어가."

광장 4번지에는 원래부터 정원이 없었으며 어머니가 자주 정원 이야기를 하던 것을 사람들은 기억하고 있었다. 조지프 폴은 그곳이 명상을 위한 장소가 될 거라고, 삶에 감사하는 마음을 되새기는 기회를 줄 거라고 말했다. 기왕에 계기가 생긴 참이라 마을 사람들도 같은 생각이라고. 교회 뒤로 묘지 앞에 정원을 조성할 만한 공간도 충분했다.

"묘지 가지고 별나게 구는 것만 해도 충분해." 누이가 받아 쳤다. "여자는 남편 옆에 묻히는 게 정상이야. 부부는 공동 비석을 세우는 게 정상이고."

그는 반박도 입씨름도 하지 않았다. 매장 관련 문제는 밀레인 신부와 이미 협의를 끝내고 망자의 마지막 바람대로 처리했다. 같은 방식으로 때가 오면 채석장의 헤가티에게 지시를 내릴 것이다. 추모정원도 조성될 것이다. 마을 사람들이 그러기를 원하니까.

"장례식에서 어떤 남자가 사진을 찍고 다녔다며?" 누이가 말했다.

"못 봤는데."

"집에 오니까 사람들이 그랬어. 우리가 촬영을 원했냐고 물으면서."

"난 그런 사람 못 봤어."

"들은 대로 얘기했을 뿐이야."

그녀는 더는 아무 말 없이 꽃병 뒤에서 치우지 않은 컵과 받침을 주워 들고 다른 곳으로 갔다. 조지프 폴은 큰 응접실로 들어갔다. 그곳에는 초저녁용 전등이 하루 종일 켜져 있었고 블라인드를 친 높은 창문 두 개에는 적갈색 벨벳 커튼이 술 달린 줄에 묶여 있었다. 촘촘한 망사가 낮 동안 외부의 시선을 차단해주었다. 잡지 몇 권이 탁자와 벽난로 앞 스툴에 놓여 있었다. 장식용 코끼리들이 새끼와 함께 벽난로 선반의 호박색 실금무늬 대리석 위를 활보했고 그 위에는 흑단 액자에 끼운 대니얼 오코넬*의 초상화가 있었다.

누이가 촬영에 대해 얘기한 이유는 그가 듣고 걱정하기를 바라서이기도 했고, 장례식이 무슨 축제라도 되는 양 사진을 찍는 행위가 존중하는 마음이 부족하다는 뜻이기 때문이기도 했다. 그는 혹시 누이가 지어낸 말이 아닐까도 생각해보았다. 누이는 가끔 말을 지어내곤 했다.

조지프 폴은 〈내셔널리스트〉를 뒤적였다. 지난주에 하룻밤 묵은 투숙객이 놓고 간 것이었다. 그리고 역시나 별 흥미 없이 〈더블린 오피니언〉을 펼쳐 책장을 넘겼다. 누이는 쉽지 않은 사람이었다. 그는 그녀가 갈수록 꼬인 성격이 되어가는 모습

---

* 19세기에 활동한 아일랜드의 독립운동 지도자.

을 지켜보았다. 시간이 그녀의 불만을 녹여주기를 바라며 몇 번인가는 기도하며 빌기도 했다. 두 사람이 어렸을 때 어머니는 딸을 부엌에 데려다놓고 아들에게는 혼자 나가 놀라고 한 적이 많았다. 그는 부엌문이 제대로 닫히지 않은 때에, 대개는 제대로 닫히지 않았는데, 문틈으로 안을 들여다보았다. 그러면서 누이가 비계와 힘줄을 제거하는 법, 결을 봐가며 고기를 써는 법, 고기에 밀가루를 너무 두껍지 않게 뿌리는 법 등을 배우는 모습을 지켜보았다. 어머니는 누이에게 국물을 얼마나 오래 고아야 하는지, 언제 경단을 넣고 비스토*를 넣어야 하는지 가르쳤다. 누이는 혼자서 경단을 만들게 되더니 파이에 넣을 사과껍질을 깔 수 있게 되었고, 이어 커스터드를 젓고 감자를 으깰 수 있게 되었다. 부엌은 모녀의 장소였으며 그들은—시골 처녀가 되었든 돈이 필요한 마을의 과부가 되었든, 일손을 거드는 가정부와 더불어—살림을 책임지는 사람들이었다.

여자들의 이런 세계에 익숙해지고 나자 조지프 폴은 더이상 신경을 쓰지 않았다. 그러고는 바깥채에서 불쏘시개 장작을 팼더니 어머니가 남자애들에게는 그런 일이 적당하다고 말했다. 가끔 어머니는 장 보러 갈 때 그를 데리고 다니며 '우리 꼬마 신사'라고 불렀다. 엄마를 화나게 하는 일이 없는 아이다,

---

*그레이비소스 풍미를 내는 조미료.

어머니는 말했다. 천성이 그럴 수 없는 아이다. 매일 아침 모자는 식사를 마친 후 난롯가에 앉아 함께 시간을 보냈다. 지금 그가 앉은 곳에서 채 1미터도 떨어지지 않은 자리였다.

오늘 저녁 그는 응접실 전체를 혼자 차지하고 있었다. 숙박을 제공한다는 안내문을 한시적으로 떼어놓았기 때문이다. 그는 아래층에서 들려오는 익숙한 소리에 귀를 기울였다. 누이가 현관문을 잠그는 소리, 식당에서 그릇을 달그락거리는 소리, 찬장 서랍을 밀어 닫는 소리, 환기를 위해 열어두었던 창문을 닫고 빗장을 채우는 소리. 누이가 결혼할 기회, 떨쳐버리지 못한 과거에서 마침내 헤어날 기회는 늘 있었다. 고어러나 시계방에서 일하는 히키와도 마음만 먹으면 잘될 수 있었고, 정기적으로 하룻밤 묵으러 오는 남자들 중 하나, 또는 마을 노총각의 관심을 얻을 수도 있었다. 사건이 터졌을 때 누이는 어렸었다. 수습이 끝나고도 그 여파에서 벗어나지 못했고 이후로도 마찬가지였다.

계단을 사뿐히 밟는 누이의 발소리가 들렸다. 어머니의 발소리를 다시는 들을 수 없게 된 지금 그에게 가장 익숙한 발소리였다. 동생을 괄시하는 것은 누이가 마음속 원망을 표시하는 여러 방법 중 하나였다. 그는 그것을 알았고, 알기에 견디기가 수월했다. 누이는 계단참을 지나 그가 앉은 곳 근처로 와서 섰다. 겨울이 오기 전에 뒷방 두 곳을 다 새로 단장해야 된다, 그녀가 말했다. 전과 같은 페인트로.

조지프 폴은 고개를 끄덕였다. 자신을 자극하려고 걸친 장신구가 보기 싫어 누이 쪽을 쳐다보지도 않은 채 그렇게 하겠다고 말하자, 그녀는 다른 곳으로 갔다.

2

딜러핸은 아내보다 먼저 일어났다. 아래층으로 내려가 레이
번 스토브의 통풍조절판을 빼내고 불꽃이 일어나는 소리가 들
리는지 귀를 기울이다가 무연탄을 쏟아 넣었다. 그는 주전자
물이 끓기를 기다려 차를 우려내고 개수대에서 면도를 했다.
뒷문을 열고 마당으로 나가니 양치기 개 두 마리가 창고 잠자
리에서 느릿느릿 걸어 나와 주인을 맞이했다. 그는 부드럽게
속삭이며 양쪽 손가락으로 개들의 머리를 느긋하게 쓰다듬었
다. 공기를 보니 오늘은 비가 오지 않을 것 같았다.

딜러핸이 마당을 가로지르자 개들이 뒤따라왔는데, 불운한
장소를 지날 때도 그와는 달리 별 동요가 없었다. 사건 당시
키우던 양치기 개는 그곳을 눈에 띄지 않을 정도로 살짝 우회
해 지나갔지만 딜러핸은 개가 무엇을 불편해하는지 늘 알아

차렸다. 강가 들판으로 가는 길에서 토끼 한 마리가 겁을 먹고 덤불 밑으로 내뺐고, 뒤이어 다른 한 마리가 도망쳤다. 들판의 암양들은 흐트러짐이 없었다.

숫자를 세어보니 일흔네 마리 그대로였다. 그가 철문에 기대어 한동안 양을 바라보는 사이 양치기 개들은 발밑에 쭈그리고 앉아 있었다. 잠시 후 딜러핸은 그곳을 떠나 산등성이 목초지로 올라갔다. 우유를 얻기 위해 키우는 몇 안 되는 암소들이 그의 부름을 듣고 천천히 다가왔다.

*

엘리는 침대를 정리하며 남편이 자는 쪽의 이부자리를 걷어낸 다음 자기 쪽도 마저 걷었다. 농장 살림집의 조그만 욕실에서 몸을 씻고, 집 안에 아무도 없는데도 잠옷을 다시 입고 층계참을 가로질렀다. 그녀는 옷을 갈아입고 머리를 빗었다. 이른 시간이라 그 이상은 신경 쓰지 않았다.

몸집이 건장한 남편과 나이 차이가 상당히 나는 엘리는 태도에 어린애 같은 구석이 있었다. 어린 시절의 경험은 여전히 성격 표현에 영향을 미쳐서, 그것만 아니었다면 지금 그녀를 눈에 띄게 만드는 수수한 아름다움이 더욱 도드라졌을 터였다. 그 아름다움은 잿빛 푸른 눈과 담담한 미소에 깃들어, 예전에는 불안스러웠던 눈빛과 자신 없이 머뭇거리던 미소를 지워주었다. 다루기 힘든 부드러운 금발은 이제 그런 머릿결에 가장 적합한 스타일로 뒤로 넘겨 묶었다. 하지만 농장에서, 마당과 유제품 작업장에서, 돌사과밭과 들판에서, 엘리 딜러핸은 비록 시간이 흐르며 여유가 좀 생기기는 했지만 처음 이곳에 허드렛일하는 가정부로 왔을 때의 주눅 든 모습 그대로였다.

오늘 아침 부엌에서 엘리는 여느 아침과 마찬가지로 대접에서 덜어낸 고기기름이 프라이팬에서 녹는 동안 식탁에 나이프와 포크를 놓았다. 20분이 더 흐르자 마당에서 인기척이 들리더니 부엌문 빗장이 올라가고 남편이 우유를 안으로 들여놓았다. 그는 독수리가 다시 하늘을 맴돌고 있다고 말했다. 그러고는 문간에서 긴 장화를 벗었다.

"강가 들판에 한참 있을 거야." 아침 식사를 마친 남편이 침묵을 깨며 말했다. 하루 종일 들판에서 일하게 될 것 같으면 늘 하던 대로 그는 점심으로 가지고 갈 샌드위치를 만들어놓았다. 직접 샌드위치를 만드는 것은 홀아비 시절에 익숙해진 일이었다. 치즈, 토마토, 그리고 있는 재료 아무거나. 엘리는 물병에 물을 담아주었다.

"고마워." 그는 물병을 집어 들며 식탁에서 그릇을 치우는 엘리에게 말했다.

그녀는 그릇을 개수대로 가져가 뜨거운 물을 틀어 불려두고, 울퉁불퉁한 부엌 바닥을 비질하기 쉽도록 의자를 식탁 밖으로 꺼냈다. 바닥을 쓴 뒤에는 찬장 밑으로 솔을 최대한 깊이 찔러 넣어 어제부터 하루 동안 쌓였을 먼지를 쓸어냈다. 그렇게 모은 먼지를 스토브 앞에 쌓아놓은 쓰레기 더미와 합친 다음 쓰레받기에 담았다. 남편 쪽으로 등을 돌린 채였지만 그가 문간에 서 있음을 알고 있었다. 무슨 말을 하려는 것처럼, 그래서 그렇게 머뭇거리는 것처럼. 하지만 그가 한 말은 간단했다.

"온종일 걸릴 거야."

"마실거리 가져다드려요?"

"그래, 나중에."

"그럴게요." 그녀는 스토브 뚜껑을 열고 석탄 위에 쓰레받기의 내용물을 비웠다.

"그거 조심해." 그가 말했다.

"깜빡했어요." 엘리는 자신에게 화가 났다. 남편이 레이번 뚜껑을 자꾸 열지 말라고 했던 것을 잊어서가 아니라 그가 아직도 부엌에 있다는 걸 몰랐기 때문에 화가 났다. 그는 늘 조용히 움직였다. 엘리는 그가 마실거리를 나중에 갖다달라고 했을 때 밖으로 나갔다고 생각했다.

"미안해요." 그녀가 남편을 향해 돌아서며 말했다.

"아, 그럴 일은 아니야. 보험 파는 작자가 오면 장부에서 돈을 꺼내. 잘 기억 안 나는데, 날짜를 확실히 정했던가?"

"콜리 씨는 둘째 주 목요일에 왔어요."

"맞아." 이젠 바뀔 것이다, 그가 말했다. 새로운 사람이 자기가 원하는 날로 정할 것이다. "오늘 그 사람이 들르면 새로운 날짜를 얘기하겠지."

"말 안 하면 제가 물어볼게요."

"콜리가 그리울 거야."

남편이 마당으로 난 문을 닫고 나갔다. 엘리는 그가 트랙터에 시동을 거는 소리, 트랙터가 멀어지며 점점 희미해지는 소리에 귀를 기울였다. 남편은 그녀에게 잘해주었고, 실수를 해도 신경 쓰지 않았으며, 농장 생활에서 아직 배워야 할 게 많아 일처리가 미숙할 때도 싫은 소리를 하지 않았다. 그녀는 속으로 그렇게 말하며 스토브의 철제 뚜껑을 제자리에 내려놓았다. 계단 아래 벽장에 쓰레받기를 걸고 그 옆에 빗자루도 걸었다. 또 창문 두 개를 다 열어 잠시 환기를 시켰다. 비 오는 날에도 빠뜨리지 않는 매일 아침의 일과였다. 그녀는 창틀 버팀목을 제자리에 고정시킨 뒤 찬장 위에 있는 시계를 뒤로 돌려 어제부터 12분 빨라진 분침을 바로잡았다. 그리고 의자에 올라서서 찬장 맨 위 선반에 놓인 철 지난《올드무어 연감》책갈피에서 5파운드 지폐를 꺼냈다. 보험 외판원이 와도 보는 앞에서 돈을 꺼내는 일이 없게 하기 위해서였다.

그리 크지 않은 부엌은 내부가 깊고 길이가 긴 커다란 녹색 찬장과 두 사람이 모든 식사를 해결하는 참나무 식탁이 공간 대부분을 차지했다. 어두운 색의 목재 들보가 천장을 가로지르고 들보 사이 공간은 회칠로 마감되어 있었다. 그 외에 문과 창문틀과 굽도리널 등의 목조부는 모두 찬장과 어울리는 녹색이었다. 이 부엌에 처음 들어왔던 5년 전, 엘리는 그때껏 이렇게 마음에 드는 부엌은 본 적이 없었고 본채 앞쪽에 있는 거실만큼 편한 곳에 가본 적도 없었다. 아늑하게 비좁은 그 거실에는 등받이와 팔걸이 덮개를 얹은 안락의자가 두 개, 놋쇠로 된 난로 보호망과 난로용 철물, 여러 가지 장식품과 사진 등이 있었고 꽃무늬 벽지를 바른 벽에는 천장 밑으로 띠 장식이 붙어 있었다.

엘리는 이제 거실로 갔다. 기분 좋은 여름 곰팡내와 희미한 검댕 냄새가 풍겼다. 외짝 창틀에 놓인 흰 물병에는 분홍색 장미꽃이 향기를 잃고 축 늘어져 있었다. 그녀는 시든 꽃을 부엌으로 가져가 물병을 헹궈낸 뒤 집 앞 정원에 있는 덩굴시렁에서 싱싱한 꽃송이를 꺾었다. 꽃을 잘 꽂은 다음 닭장으로 가 암탉들에게 모이를 주고 달걀을 주워 모았다. 그리고 밸브에 문제가 있는 자전거 뒷바퀴에 공기를 주입했다. 그렇다고 오늘 어디 갈 데가 있는 건 아니었다.

아이가 없는 것 말고는 모두 만족스러웠으므로 엘리는 남편이 들판에 나가 있을 때 남는 시간이 무료해도 불평하지 않았다. 규칙적으로 하는 일들이 있었고, 일주일에 한 번은 라스모이까지 7킬로미터쯤 자전거를 타고 나가 정기적으로 달걀을 배달하기도 했다. 추가로 장을 볼 일이 있으면 더 자주 나갔다. 엘리는 인적 없는 시골길을 따라 마을로 가는 길이 좋았고, 마을에 도착해서는 거리가 붐빌 때의 부산함이나 농장과는 다른 공기가 좋았다. 상점 사람들과 알고 지내고, 잉글리시스 철물점에서 보청기를 낀 남자와 인사를 나누고, 마허스 카페에 혼자 앉아 있는 것이나, 수표가 생기는 대로 은행에 입금하는 것, 캐시앤드캐리에 가서 원하는 물건이 있나 찾아보는 것도 모두 좋았다. 꼭 필요하지 않은데도 고해성사를 한 번 더 하는 일도 많았으며, 대단히 재미있지도 않은데 코벌리스 뜨개질 매장에서 버크 양이 읽는 소설 내용을 들을 때도 있었다. 늙은 오핀 렌이 인사를 건네기도 했는데, 가끔은 그녀를 알아보기도 했다.

엘리는 유제품 작업장을 물로 청소하고 박박 닦아놓은 우유 양동이를 개수대 옆 슬레이트 건조대 선반에 엎어놓았다. 토탄(土炭) 창고 한 곳과 사료 창고에 무언가 갉아먹은 흔적이 있어서 그곳에 쥐약을 놓았다.

텃밭으로 가서는 파슬리 사이에 자라난 잡초를 뽑았고 당근을 솎아냈으며 뽑은 당근은 따로 모아두었다. 내일이나 모레쯤이면 그녀가 심은 콩이 첫 수확을 할 수 있을 정도로 굵어질 터였다.

*

딜러핸은 송수관을 산등성이 목초지로 옮겨놓고 트랙터 뒤에 트레일러를 매달아 강가 들판으로 내려갔다. 양을 놓아먹이는 목초지의 울타리가 처지고 있어 갈아야겠다고 마음먹은 참이었다. 철망이 느슨해지며 여기저기가 벌어졌고 기둥 몇 개는 땅속에서 썩고 있었다. 그가 도착하자 동요한 양들이 들판 한가운데 모여 옹송그리고 있더니, 이내 양쪽 강둑 여기저기에서 심지어 물속에까지 뿌리를 내리고 있는 오리나무 그늘 속으로 천천히 되돌아갔다. 양치기 개들 역시 그늘 밑에 자리를 잡았다.

그는 가시철사와 철망을 고정하는 꺾쇠를 비틀어 빼냈다. 꺾쇠는 쉽게 빠졌지만 그래도 일은 더뎠다. 새 기둥 스물두 개를 박아야 하고 헌 기둥도 파내야 했으며 철망도 교체해야 했다. 남은 아침 시간을 다 쓰고도 생각보다 많은 시간이 걸릴 듯했고 어쩌면 내일 몇 시간을 더 일해야 할지도 몰랐다.

딜러핸에게는 지금이 한 해 중 가장 힘든 시기였다. 그에게서 아내와 자식을 앗아간 비극이 일어난 것이 7년 전 6월이었다. 6월만 되면 끈질기게 되살아나는 그 기억을 아무리 애를 써도 떨쳐버릴 수가 없었다. 기억은 여름이 끝나고 날씨가 달라질 때까지 계속 그의 곁에 머물렀다. 사고가 나고 16개월 뒤인 10월에는 어머니마저 돌아가셨고 그때 그는 완전히 혼자가 되었다.

엘리를 찾아준 건 그의 누이들이었다. 클론힐 이야기를 들은 그들은 딜러핸에게는 아무 말도 없이 템플로스로 향했다. 이후 부엌에서 자신들이 찾아갔던 기관에 대해 설명하면서 누이들은 이미 그가 아는 사실을 또 입에 올렸다. 둘 다 결혼한 몸이어서 농장에서 지내며 어머니 역할을 대신해줄 수가 없다는 것이었다. 그때까지 가정부를 구하느라 애를 먹고 있었는데, 이제는 오히려 못 구한 것이 다행이라고 생각하고 있었다. 애초에 구하려던 나이 든 여자 대신 어리고 가사 경험도 있으며 농장 일도 일부 떠맡을 준비가 된 사람을 클룬힐에서 소개받았기 때문이다. 모든 면에서 더 적당한 사람 같다고 했다. 누이들은 템플로스의 원장수녀가 써준 추천서를 전달하고 딜러핸이 편지를 읽는 동안 조용히 기다렸다. 추천서를 내려놓는 그에게 그들은 더 좋은 사람은 구할 수 없을 거라고 했다.

이 모든 과정을 거쳐 결정에 동의한 뒤로 오늘에 이르기까지의 기억이 조각조각 머릿속을 떠다닐 때쯤 딜러핸은 대형망치로 모서리 기둥을 박기 시작했다. "이렇게 운 좋은 사람은 그리 많지 않을 거예요." 누이 중 하나가 클룬힐에 전화하며 말하는 것을 들었을 때, 그는 지칭 대상이 자신인지 그 젊은 여자인지 알 수 없었다. 누이는 딜러핸을 점잖은 남자, 이런 상황에서 믿을 수 있는 남자, 무슨 일이 있어도 미사에 빠지지 않는 남자라고 설명했다. 얼마 있다 큰누이가 차를 몰고 내려가 여자를 농장으로 데리고 왔다. 여자의 소지품을 담은 흰색 나무상자는 반납해야 한다고 했다.

딜러핸은 햇볕에 그을린 피부에 이마와 얼굴에는 주근깨가 나 있고 머리카락은 붉은 빛을 띠었으며, 이목구비나 몸집에서 짐작할 수 있듯이 힘이 좋은 사람이었다. 농장을 물려받은 후 자신의 바람대로 혼자 힘으로 농장을 꾸려갔고, 9월에 건초를 묶을 때만 며칠간 다른 사람의 손을 빌렸다. 땅은 토질은 좋았지만 면적이 작아서 필요할 때는 목초지를 임대했다. 다른 곳에서는 일한 적이 없으며 그러기를 원한 적도 없었다.

그는 모서리 기둥이 철망의 장력을 견디도록 지지대를 댔다. 강가 들판에 송아지를 풀어놓을 수도 있으니 사각형으로 엮은 철망 위에 가시철사 두 줄을 쳐야 했다. 그는 두 번째 철사를 친 다음 쇠집게로 팽팽하게 잡아당겼다. 꺾쇠를 하나 박고 또 하나 박고는 철사를 잡은 집게를 풀었다. 이제 그늘 밖으로 옮겨가야 하는데 햇볕이 뜨거워져 있었다. 셔츠가 땀에 젖고 무성한 쐐기풀에 찔린 한쪽 팔뚝이 빨갰다.

다시, 늘 그렇듯 갑자기, 사고 장면이 떠올랐다. 쿵 소리, 어리둥절하던 순간, 오늘처럼 햇볕이 작렬하던 마당, 그리고 찾아온 깨달음. 그는 있는 힘을 다해 그 모든 기억을 몰아냈다. "그 여자를 들여보기로 해." 그가 말하자 누이들은 함께 클룬힐로 가서 어떤 여자인지 보라고 했지만 그러고 싶지는 않았다. "괜찮을 거야." 그가 말했다.

딜러핸은 트레일러로 가서 기둥을 좀 더 내려 강둑으로 하나씩 옮겼다. 그는 사야 할 물건이 보통 때보다 많거나 자전거에 싣기에는 너무 무겁거나 클 때면 차로 라스모이까지 아내를 데려다주었다. 그런 시간이 아깝지는 않았다. 어제 장례식에도 함께 갈 수 있었지만 금요일마다 달걀을 배달하는 엘리와 달리 자신은 코널티 부인을 알지 못했다. 혼자 가도 상관없다, 그녀는 그렇게 말했고 늘 그렇듯 마을 소식을 가지고 돌아왔다. 장례식 미사에 누가 참석했는지, 주문했는데 아직 도착하지 않은 자토(赭土)에 대해 잉글리시스 철물점에서 뭐라고 했는지 등에 대해. 엘리가 도착하던 날, 그는 단 한순간도 상상하지 않았다. 자신이 그녀와 결혼하는 날이 오리라고는, 그녀 옆에 서서 똑같은 말을 다시 들으리라고는, 그리고 또 한 여자의 남편으로서 사람들과 악수를 나누게 되리라고는. 결혼식 장식은 전과 똑같았다. 거울 유리에 붙은 윈터스테일 셰리주 광고도 똑같았고, 소음과 웃음소리도 똑같았고, 공중에 뿌린 색종이 조각도 똑같았다. "잘됐네, 잘됐어." 평생 알고 지낸 늙은 농부가 다른 사람이 없을 때 낮은 목소리로 덕담을 건넸다. 뒷마당 화장실에서 각각 한 모퉁이씩 차지하고 소변을 볼 때였다. 결혼식 파티에서 노인은 두 사람을 위해 노래했다. 그 노래는 또한 그녀를 위한 것이기도 하다는 사실을 하객들 모두가 알아차렸다. 두 사람은 사흘간 라힌치로 여행을 떠났고, 그 동안 농장은 코리건 가족이 돌봐주었다. 그때까지 엘리는 한 번도 바다를 본 적이 없었다.

3

플로리언 킬데리는 얼음처럼 잔잔하고 컴컴한 물 위로 자갈을 던져 물수제비를 떴다. 자갈은 한 번밖에 튀지 않았다. 다시 시도했을 때는 두 번, 그다음은 세 번 튀었다. 이른 아침의 고요는 깨지지 않았고, 공기는 상쾌할 정도로 쌀쌀했다. 올여름에 처음 봤던 이름 모를 새는 다시 나타나지 않았다. 그는 새가 갑자기 나타나 지난번처럼 특이한 모습으로 수면 바로 위를 내리덮치기를 기다렸다. 하늘을 쳐다보았지만 새는 흔적도 없었다. 플로리언의 개, 이제는 젊지 않은 검정 래브라도가 그를 따라 위를 쳐다보았고, 꼭 무엇을 찾는지 아는 듯한 모습이었다. 요즘 개는 혼자 힘으로 해내는 일이 별로 없었다.

호수 둘레를 걸어서 빙 도는 데 한 시간이 걸렸다. 여기저기 흙이 젖은 곳은 멀리 돌아가야 하지만 오늘 아침에는 젖은 곳이 없었다. 뒤집힌 배 한 척이 물줄기가 흘러 들어오는 자갈밭에 여전히 버려져 있었고 오늘은 물줄기도 거의 말라붙은 상태였다. 갈대는 물가에 난 것이 가장 잘 자랐다. 오래도록 한 번도 잘라내지 않은 갈대였다.

예전에는, 파티가 열리고 사람들이 더블린에서 차를 몰고 내려오면 그들은 늘 호수 주변을 산책했다. 이 집의 유일한 아이였던 플로리언을 포함하여 모든 사람들이 줄을 지어 걸었다. 자갈이 깔린 원형 진입로에는 차가 여러 대 주차해 있었다. 낡은 닷지와 포드 자동차들, 항상 오던 모건 한 대, 모리스와 오스틴 여러 대. 각각의 자동차는 보닛의 상표로 구분할 수도 있고 전에 봤던 기억을 되살려 번호판으로 누구 차인지 알 수도 있었다. 파티가 열리는 밤이면 자러 가기가 정말 싫었다. 침실에 있으면 늘 음악과 웃음소리가 희미하게 들려왔다. 아침이 오면 그는 영원히 깨지지 않을 것 같은 고요 속에서 집 안을 살금살금 돌아다녔다.

플로리언 킬데리, 한 번도 본 적 없는 할아버지의 이름을 따서 플로리언이라고 불리는 그는 이탈리아인 어머니와 영국계 아일랜드인 아버지의 유일한 후사였다. 상대에 대한 헌신으로 밝게 빛나던 결혼생활에서 부부는 서로의 크고 작은 기벽을 다 받아주었고 빚쟁이들마저 예사로 매료시켰다. 어머니는 제노바의 베르데키아 집안 출신이었고, 아버지는 원래 골웨이 카운티에 기반을 두었다가 오래전에 서머싯에 정착한 군인 가문에서 태어났다. 부유한 베르데키아 집안은 딸이 전쟁이 끝나가던 1918년에 연대에서 떨어져 나와 떠도는 군인, 게다가 자신들 같은 귀족도 아닌 남자와 연애하는 것을 허락하지 않았다. 그들은 '솔다토 디 벤투라'*라는 말로 혐오감을 표했을 뿐 아니라 그 외에도 너무 많은 말을 했기에 나탈리아 베르데키아는 나이 차이가 상당히 나는 이 구혼자와 몰래 결혼식을 올린 후 함께 아일랜드로 도망쳐버렸다. "완전히 무일푼 신세였지." 플로리언의 아버지는 그렇게 말하곤 했다. 그리고 그때는 리스 전투에서 오른다리를 심하게 다쳐 하루 벌어 하루 먹기로 살아가던 터라 더욱 곤궁했다고 말했다. 하지만 베르데키아 가문의 미움을 산 부부에게도 때가 되자 제노바에서 유산이 도착했다. 상황이 달랐다면 더 많았을 수도 있지만 킬데리 부부가 여생을 보내게 될 집, 그들의 외동아들이 태어나게 될 집, 그리고 얼마 전 아버지가 돌아가시며 그가 물려받게 된 이 집을 사기에는 충분한 돈이었다.

셜해나라고 불리는 이 집은 건축양식 면에서는 특별할 것 없는 시골 주택으로, 경내에 있는 너른 호수를 굽어보며 서 있었다. 그리네인 교차로에서 3킬로미터, 캐슬드러먼드 마을에서는 8킬로미터 떨어져 위치해 있었다. 킬데리 부부는 생전에 집을 보수할 돈이 없었기 때문에 셜해나는 이제 다소 노후한

----

*용병을 뜻하는 이탈리아어.

상태였고, 플로리언은 이 집과 더불어 산더미 같은 빚과 진행 중인 소송까지 모두 물려받았다. 아버지는 마지막 날까지도 각종 요금 체납에 능란했으며 어떤 것을 지불하고 어떤 것은 내버려둘지 잘 알았다. 하지만 플로리언은 그렇지가 않았다. 그는 살림을 꾸리거나 채소를 키워 팔거나, 자두가 나무에서 떨어져 키 큰 풀 사이로 사라져버리기 전에 따는 일 같은 것을 잘해내지 못했다. 전화는 최근에 끊겼고 발행된 수표는 지급 불능으로 되돌아왔다. 채권추심 대행업자는 정기적으로 전화를 해왔다.

상황이 이만큼 힘들지만 않았다면 셜해나에서 영원히 살았을 테지만, 달라질 것이 전혀 없고 가난이라는 수모를 혼자서 견뎌낼 용기도 없었기에 플로리언은 사람들의 조언에 따라 집을 팔기로 결심했다. 망명자의 자식인 만큼 자신도 망명자가 되려는 것이었다. 두 주 전에 캐슬드러먼드의 성직자가 여권 신청서에 증인 서명을 해주었다.

외롭게 외동아들로 태어나 아동기와 이후의 시기를 무난하게 보낸 그는 성인이 되어서도 기질적으로는 어린 시절과 별반 다르지 않았다. 그는 예의 바르고 가식이 없고 말수가 적었다. "얘가 수줍음을 좀 많이 타요." 생전에 나탈리아 킬데리는 종종 그렇게 말했지만, 그 말에는 아들 이야기를 할 때마다 드러나는 애정이 담겨 있었다. 다정한 가족이었다.

오늘 아침 산책길의 플로리언은 호숫가에 가만히 서서 그곳의 고요한 질서를 잠시 응시했다. 그런 다음 정원으로 갔다. 딱총나무와 삼색메꽃, 그리고 무성하게 솟아났다가 이내 고사해버린 라즈베리 싹 사이에서 아티초크가 잡초처럼 웃자라 있었고, 작년에 떨어진 사과들은 땅 위에서 썩어가고 있었다. 풀이 우거진 황무지 너머에는 자갈이 깔린 조그만 마당이 있었다. 그는 마당을 지나 잠그지 않은 뒷문을 통해 집 안으로 들어갔다.

부엌으로 가서 커피를 끓이고 토스트를 구웠다. 서두르지 않았다. 그는 《아름답고 저주받은 사람들》*을 읽으며 오래도록 남은 커피를 마시고 그날의 첫 담배를 피웠다. 그런 다음 한참 모아놓은 옷가지를 빨아 자두나무 사이에 널었다. 양수기를 고치려 해봤지만 역시 또 실패했다. 애초에 그럴 줄 알고 있었다. 부엌에 있자니 우편함이 덜거덕거리며 우편배달부가 돌바닥에 무언가를 떨어뜨리는 소리가 났다. 몇 분 후 현관을 지나다 살펴보니 모두 갈색봉투에 든 요금고지서여서 열어보지도 않고 버렸다.

"팔면 조금은 건질 것 같군요." 부동산 중개소에서 나온 남자가 집 안 곳곳을 살펴본 뒤 그렇게 말했고, 아일랜드 은행도 비슷한 결론을 내놓았다. 빚을 갚고 나서도 살아가기에 충분한 돈, 화려하지는 않아도 한동안 편안하게 살 수 있는 돈이

---

* 스콧 피츠제럴드의 소설.

남았다. 다른 곳으로 떠나 이방인으로 살기에는 충분한 돈이다. 비록 거기가 어딘지는 아직 모르지만. 플로리언은 아일랜드를 떠난 적이 없었다.

위층으로 올라가 이 방 저 방 돌아다니며 중개인들이 관심을 가질 만한 것이 무엇인지 가늠해보았다. 예전보다 물건이 훨씬 줄어 있었다. 말년에 아버지는 셜해나에 딸린 조그만 밭, 돌투성이에 가시금작화가 뒤덮인 밭을 팔더니 가구까지 하나둘 내다팔았다. 하지만 꽤 많은 가구가 없어지고도 이 집의 전성기 시절 흔적은 여기저기에 남아 있었다. 한때 벽에 활기를 더하던 그림의 흔적은 다른 곳보다 좀 더 진한 벽지 색으로만 남았지만, 그런 부분 하나하나가 예전에 걸려 있던 그림의 모습을 완벽하게 떠오르게 해줬다. 꽃무늬 사발받침과 한 벌로 놓여 있던 물주전자, 침실 세면대와 화장대 등도 없어졌지만, 플로리언은 그것들이 어디에 어떻게 놓였었는지 기억했다. 여름만 되면 공기 중에 떠돌던 퀴퀴한 햇살 냄새가 다시 느껴졌다. 이탈리아인 사촌이 셜해나에 오면 연주하던 슈베르트의 곡이 울려 퍼지고 사람들의 목소리가 낮게 울렸다. 파티가 열리던 시절 이후로 사용하지 않은 침실 한 곳은 창문 위쪽 천장이 내려앉았고 낡아빠진 카펫에는 석고 조각이 들러붙었으며 어느 여름인가에 날아든 파리들이 창틀을 까맣게 덮고 있었다. 벽감에 놓인 무너져가는 책상 위에는 아버지의 골동품 레밍턴 타자기가 있었으며 한 귀퉁이에는 아버지의 일기장들이 차곡차곡 쌓여 있었다.

벽은 습기를 먹어 불룩했다. 카펫이 깔리지 않은 층계참 마룻장에는 회선 끊긴 전화 수화기가 본체에서 분리된 채 먼지를 뒤집어쓰고 있었다. 지저분한 창유리에 비친 햇빛이 그 시절 파티 손님들이 춤을 추던 자리에 그림자를 드리웠다. 그들은 낮에도 춤을 추었다. 크고 요란한 라디오 겸용 전축에서 음악이 흘러나왔고 사람들은 아래층의 모든 방, 층계참, 현관, 집 안 곳곳에서 춤을 추었다. 그리고 계단에 앉아 빈둥거렸다.

항상 써오던 침실에서 그는 구겨진 이부자리를 펴고 침대보를 덮어 어수선한 침대를 가렸다. 집을 판다는 것은 물론 배반이었고, 플로리언도 그 사실을 알았다. 돌아가시기 며칠 전에 아버지는 전에도 늘 하던 말을 또 한 번 되풀이했다. 형편이 절박해지면 셜해나의 방 열여덟 개 중 몇 개를 세놓으면 된다고, 그리고 호수와 고요한 주변 풍광을 어떻게든 이용해보라고, 그가 어떤 방식으로 살고자 하든 셜해나가 최소한 잠자리는 마련해줄 거라고 했다. "타고난 선물을 포기하면 안 돼, 우리 도련님." 어머니는 현실을 무시한 채 그렇게 조언했다. 재능이라는 선물을 타고난 부모의 자식으로서―두 사람 다 훌륭한 수채화가였으므로―플로리언 역시 어떤 식으로든, 어느 정도는 부모의 재능을 물려받았을 거라는 기대를 받았다.

미술은 두 사람의 열정의 대상이었다. 이젤과 붓, 거듭해서 그리는 호수 풍경, 새와 꽃과 도시의 거리, 정물화 등이 이 부부의 삶을 지배했고 살아 있을 당시 설해나의 중심을 이루었다. 또 그들 자신의, 어떤 면에서는 두 사람 결혼생활의 정수이기도 했다. 부부가 여는 파티는 모두 미술과 관련이 있었고, 손님들도 대부분 화가이거나 미술계 인사였으며 그림을 팔았다는 이유로 파티를 여는 경우도 많았다.

플로리언도 언젠가는 그 세계에 자리를 잡을 것이라는 기대를 받았다. 그에 대한 부모의 확신 혹은 예상은 부부의 서로에 대한 사랑이나 자식에 대한 상냥함과 마찬가지로 아들의 유년기에 영향을 미쳤다. 하지만 그는 좋은 의도에서 비롯된 너그러움이라고 인정하면서도 나름의 회의가 없지는 않았다. 그런 회의를 처음 느낀 것은 다섯 번째 생일 아침이었다.

그는 선물로 받은 납작한 검정 양철상자에 사탕이 있을 것이라 상상했지만 경첩 달린 뚜껑을 열었을 때 안에 든 것은 물감이었다. 어머니는 색 이름을 소리 내어 읽었다. 크롬옐로와 프러시안블루, 매더와 크림슨레이크, 코발트와 에메랄드. 그는 색 이름을 혼동했고 부모님은 괜찮다고 말했다. "아, 넌 할 수 있어. 할 수 있고말고." 부모님이 붓을 물에 담갔다 건네주며 말했다. 직접 시범을 보여주었는데도 플로리언은 물감을 튀겨 엉망을 만들었다. "넌 당연히 잘할 수 있을 거야." 부모님은 다시 말했다. 그는 그렇지 않을 것임을 알았다.

오늘 아침, 반쯤 빈 방을 차례로 드나들며 플로리언은 지나간 순간들을 아무런 회한 없이 평소보다 더 오래 반추했고, 하루하루 닥쳐오는 마지막을 평소보다 더 주저하며 받아들였다. 그는 아버지가 옷을 입다가 돌아가신 침실, 그보다 세 해 전에 어머니가 예순한 번째 생일날 아침 잠에서 깨어나지 못했던 침실의 문간에 서 있었다. 이제 그곳에는 옷장과 침대만 남아 있었다. "옷은 나중에 처리하자." 아버지가 옷걸이에 걸린 원피스와 코트를 한데 모으며 말했었다. 그 옷들은 자선단체에 기부할 생각이었지만 차마 엄두를 내지 못한 아버지는 결국 연락조차 하지 못했다. 이제는 그 옆에 아버지의 옷들이 걸려 있었다.

그들은 부모라서 어쩔 수 없이 아들을 너무나 대단하게 보았다. 플로리언은 그 사실을 알았다. 심지어 당시에도 대충은 알고 있었다. 다른 예술 분야에 도전해보라는 제안도 받았지만 매번 결과는 부정적이었고, 그래도 부모님은 기대를 버리지 않는 듯했다. 하지만 이제 그의 기억 속에는 실패만 남아 있었다. 처음에는 속상했지만 나중에는 신경을 덜 쓰게 되었다. 집에는 책이 가득했고 그는 책을 많이 읽었다.

더블린의 기숙학교 학비를 감당하기 힘들어 자퇴해야 했을 때도 그는 개의치 않았다. 한동안 나이 든 가정교사 블레이즈 씨가 캐슬드러먼드에서 날마다 오토바이를 타고 왔지만 다시 학비 문제가 생기자 그의 교육은 그렇게 끝이 났다. 그때도, 그후로도 플로리언은 셜해나를 떠날 수 있었지만 그냥 남아 있었다.

우리는 아이한테 함께 살자고 강요하지 않았네. 아버지가 써놓고 부치지 않은 편지에는 어수선한 글씨체로 그렇게 쓰여 있었다. 우리에게 그럴 권리가 있다고 생각하지도 않아. 하지만 그러지 않아도 되는데 왜 인생을 책상에 앉은 채 허비한단 말인가. 우리는 분명 뭔가가 나타날 거라고 서로 얘기를 해. 분명 뭔가가 있을 거야. 언젠가는 나타날 거야. 때가 되면 드러나겠지. 세상일이 다 그렇잖아. 그리고 아이는 이 집에서 행복하게 살고 있어. 자기 길을 찾으면서 말이야.

플로리언은 찾지 못했다. 대신 정원 창고 한 곳에서 폐물 사이에 처박혀 있던 오래된 라이카 카메라를 찾았다. 아버지가 돌아가신 지 얼마 되지 않은 때였다. 카메라를 집어 들었을 때 머릿속에 떠오른 생각은 예술의 세계에서 자신에게 맞는 틈새를 찾기 위한 그 모든 탐색 과정 중에 왜 사진은 한 번도 언급되지 않았을까 하는 것이었다. 그리고 카메라를 시험해보니 놀랍게도 작동이 되었다.

그는 셀해나를 사진에 담았다. 황폐함과 음울한 분위기에 끌려 이후로도 변함없이 그런 분위기를 사진에 담으려 했고, 그래서 오늘도 전에 무단으로 침입했다고 질책을 받은 타버린 극장에 다시 가볼 생각이었다.

출발하기 전에 플로리언은 버리려고 모아놓았다가 그냥 내버려둔 물건들로 터질 지경이 된 다락방 청소를 마무리했다. 먼지 속을 여기저기 돌아다니며 냄새를 맡던 개가 자리에 엎드려 좀 더 흥미로운 일이 일어나기를 기다렸다. 얼마 전만 해도 출사에 동행해 자전거 뒤를 종종거리며 따라다녔는데 이제는 그러고 싶어 하지 않았다. 그는 태울 수 있는 것들을 모아 정원에서 연기만 피우는 장작불로 가져갔고 개에게는 테니스공을 던져주었다.

"집 잘 보고 있어." 플로리언은 떠나기 전에 개에게 일렀고, 개는 다시 엎드리며 이해했다는 듯이 꼬리를 바닥에 내리쳤다. 개의 이름은 제시였다.

4

엘리 딜러핸은 파란 원피스로 옷을 갈아입었다가 바로 다시 벗었다. 치마가 구겨졌기 때문이다. 부엌에서 다림질을 한 엘리는 준비가 끝나자 립스틱을 바르고, 원피스를 입다 헝클어진 머리를 다듬은 다음 쇼핑 목록을 작성했다. 밖으로 나와서는 자전거 뒷자리에 놓인 달걀 두 판이 단단히 고정되었는지 확인한 후에 장바구니가 달린 자전거를 타고 마당을 나섰다.

그녀는 누구와도 마주치지 않았고 이정표 옆에 있는 회색 오두막에도 사람의 기척은 없었다. 넬리건 가족이 나간 뒤로 아무도 살지 않는 집이었다. 간선도로에는 경찰차가 멈춰 서 있었는데, 사고가 났는지 경관 두 명이 노면의 바퀴자국을 재는 중이었다.

사제관 초인종을 누르자 밀레인 신부가 직접 문을 열고 나왔다. 통통한 분홍빛 얼굴에 미소가 번졌다. 그는 롤러 부인을 불러야겠다고 말하고는 이내 부인이 현관 선반에 달걀 값으로 놓아둔 돈을 발견했다. 엘리가 막 신부에게 말해주려던 참이었다. 신부는 액수가 맞는지 확인하면서 일주일 전 코널티 부인 장례식에 온 엘리를 보았다며 그녀의 마음씀씀이를 칭찬했다.

"요즘 어떻게 지내요, 엘리? 건초는 잘될 것 같지요?"

엘리는 잘 지낸다고 말했다. 건초를 좀 베어냈는데 아직 묶지는 않아서 들판에 그대로 있다고. 올해는 양이 아주 많다고 했다.

"멋지군요!" 밀레인 신부가 흥분해서 말했다. "정말 멋져요!"

신부는 이 말을 자주 썼다. 밀레인 신부는 사람을 설득하고 물건을 고치는 기술로 이 마을에서 유명했다. 그는 라스모이 사람들이 따르며 살아가는 정신적 교리의 토대를 놓은 사람이었고, 그의 목소리는 자신이 대변하는 질서 잡힌 교회에 위협이 되는 모든 것을 맹렬하게 규탄했다. 사제로서도 한 개인으로서도 존경받았으며, 교구민들에게서 좋은 소식이 들려오면 크게 기뻐했다. 감사할 일이 정말 많다, 신부는 자주 그렇게 단언했다. 어디를 둘러봐도 마찬가지다, 반드시 덧붙이는 말이었다. 오늘 아침에도 엘리는 이 말을 들었다. 그리고 역시 감사할 일이 많다고 믿는 그녀도 신부의 말에 열렬히 고개를 끄덕였다.

얼마 후 현관문을 연 코널티 양도 엘리의 장례식 참석을 두고 밀레인 신부와 같은 마음을 표했다. "아, 네, 당연히 참석해야죠, 코널티 양. 끝나고 댁에 함께 오지 못한 게 죄송할 뿐이에요. 그날 브레넉 씨가 집에 왔거든요. 혹시 브레넉 씨를 아세요?"

"실은 잘 몰라요."

"가축에 관한 건 그분이 최고예요."

코널티 부인이 계단 오르내리기를 힘들어하자 오랫동안 가정부가 나와서 달걀을 받아 갔다. 작년에 코널티 양이 문간에 나온 건 한두 번에 불과했다. 엘리는 그녀를 그리 잘 알지 못했다. 코널티 부인이라고 해서 훨씬 잘 알았던 것은 아니지만, 그렇다 해도 장례식에 불참했을 리는 없었다.

"엘리 씨가 없었다면 우린 어떻게 했을지 모르겠어요." 코널티 양이 말했다. 말투가 자신의 어머니와 비슷했다. 코널티 양도 밀레인 신부처럼 눈부시게 좋은 날이라고 말했다. "그런데 저 사람은 도대체 누구죠?" 코널티 양이 하던 말을 멈추고 물었다.

엘리는 뒤를 돌아보았다.

"방금 매슈 스트리트를 건넌 사람." 코널티 양이 말했다. 엘리는 장례식 날 자신에게 길을 물었던 남자를 보았다. 그는 주차된 차 사이로 자전거를 끌며 차 뒤로 사라졌다 나타났다 했다.

"도대체 누구지?" 코널티 양이 다시 말했다.

엘리는 코널티 양이 주의를 딴 데로 돌리기 전에 자신에게 내민 돈을 받았다. "감사합니다, 코널티 양." 그녀는 말했다.

"장례식에서 사진 찍던 친구 아니에요, 엘리? 거기서 저 남자 봤어요?"

엘리는 고개를 끄덕인 뒤 그렇다고 대답했다.

"저 남자를 본 사람이 몇 있어요." 코널티 양이 말했다. "트위드 양복 얘기를 하더군요. 저 사람이 사진 찍는 걸 봤어요, 엘리?"

"네, 봤어요."

"좀 이상하지 않았어요?"

엘리는 자신도 그렇게 생각했다고 말했다. 이마에 늘어진 검은 머리와 누구의 장례식이냐고 묻던 때의 진지한 눈빛, 웃을 때의 표정, 알록달록한 넥타이가 생각났다. 카메라를 조작하는 손에 눈길이 갔던 것도 생각났다. 섬세한 손, 그녀는 속으로 생각했었다.

"전 부탁을 받고 촬영한다고 생각했어요."

"왜 그런 부탁을 해요?"

"그냥 그런 생각이 들었을 뿐이에요. 저 사람이 극장이 어디냐고도 묻던데요."

"극장은 뭐하러요?"

"글쎄요."

"영화가 보고 싶었나? 극장이 타버린 걸 저 사람은 몰랐대요?"

"알고 있었던 것 같아요."

"지금은 혼자 또 어딜 가는 거지?" 코널티 양이 말했다. 그들이 지켜보고 있던 인물이 자전거에 올라타더니 캐셜 스트리트 쪽으로 달려갔다.

"다음 주도 똑같이 금요일이죠, 코널티 양?"

"아, 네, 같은 날 와주세요."

코널티 양은 침대 정리가 덜 끝나서 들어가봐야 한다고 말했다. 엘리는 인사를 하고 다른 볼일을 보러 갔다.

잉글리시스 철물점에는 아직도 자토가 들어오지 않았다. 보청기를 낀 남자가 물건을 찾으러 갔다가 계산대 반대편 끝에서 고개를 저었다. 그녀는 괜찮다고 말하고는 남자가 그 말을 들을 수 있을까 생각했고 아마도 못 들었을 거라고 결론지었다. "화요일에 봐요." 남자는 상점을 나서는 엘리에게 외치더니 그녀가 마을에 오는 날이 금요일임을 기억해내고는 미안하다는 듯이 한 손을 올렸다. 그녀는 이해했다.

클럭조던 로드에서 엘리는 자전거를 성당 철책에 기대놓았다. 고해성사를 베풀어줄 사제가 오기까지 좀 기다려야 했지만 개의치 않았다. 성사 후 받은 보속은 그리 크지 않았다. 그녀는 촛불을 하나 켜고 성당을 나섰다.

"코닐티 가 소유였어요." 마허스 카페에서 만난 여자는 플로리언이 극장의 참사에 대해 묻자 그렇게 말했다. "아, 물론 지금도 그 사람들 소유지만요."

여자는 큰 몸집에 어깨가 넓고 검은 머리는 그물망으로 감싸고 있었다. 갈라진 손가락과 바람에 거칠어진 불그스름한 얼굴이 농부의 아내, 고된 일, 차디찬 유제품 작업장에서 우유를 휘저어 만드는 버터, 사철 온갖 날씨를 겪어내는 일상을 떠오르게 했다. 여자는 플로리언이 앉은 창가 테이블 자리에 합석했다. 빈 테이블이 하나도 없었고 이 자리에만 남는 의자가 있어서였다. 여자가 말을 시작하자 그는 《아름답고 저주받은 사람들》페이퍼백의 책장 모서리를 접어 옆으로 밀어놓았다.

"그럼 기억하시겠네요?" 그가 물었다. "화재 말이에요."

"아, 그럼요, 기억하죠."

웨이트리스가 차 한 주전자를 들고 왔다. 케이크는 곧 가져오겠다고 했다.

"뜨거운 물도요." 여자가 웨이트리스 등 뒤에 대고 말했다. "뜨거운 물도 갖다줘요."

조금 전에 플로리언이 촬영 허가를 받으러 저탄장에 갔을 때, 그곳에는 아무도 없었고 기다려봐도 아무도 오지 않았다. 하지만 벽 선반에 걸린 열쇠를 발견하여 밖에서 삽으로 석탄

54

을 퍼내고 있던 남자에게 부탁하자 그는 '콜리시엄'이라는 꼬리표가 붙은 열쇠를 집어 건네주었다. 오키프 양은 주점에 있는 코널티 씨에게 우편물을 전달하러 갔다, 그가 말했다. "볼일 끝나면 꼭 열쇠 반납해요." 남자는 그렇게 일렀고 플로리언은 알겠다고 했다. 한 시간 동안 그는 검게 그을린 공동 속을 돌아다녔다. 스크린이 있던 곳에는 넝마가 된 커튼이 아직 걸려 있었고 좌석은 철골만 남은 상태였으며 발코니는 무너져 있었다. 그는 공포의 아우성 속에서도 계속 흘러나오는 배우들의 목소리, 웃음과 음악소리를 상상했다. 황량한 곳이었다.

"버려진 담배꽁초 때문이었어요." 카페의 여자가 차에 설탕을 넣어 저으며 말했다. "죽은 사람은 한 명뿐이었는데 극장이 없어져서 아쉬워요."

"포스터 하나는 아직 그대로던데요."

"예전에는 포스터를 액자에 넣어서 발코니로 올라가는 계단 쪽에 걸어놓았죠. 스펜서 트레이시, 미키 루니, 조앤 크로퍼드."

"남은 건 노마 시어러예요."

"세상에, 노마 시어러라니!"

여자가 처음 콜리시엄에 간 것은 〈뒤 바리는 숙녀였다네〉를 보기 위해서였다. "토미 도시가 나왔죠." 그녀가 말했다. "극장이 문을 연 지 얼마 안 됐을 때예요."

웨이트리스가 케이크를 가져왔고 플로리언은 잼이 든 롤케이크를 한 조각 먹었다. 배경으로 흐르던 음악이 테이프 끝까지 갔다가 다시 반복되고 있었다.

"난 단것은 절대 먹으면 안 돼요." 여자가 말했다.

캐셜 스트리트와 클럭조던 로드 교차로에 위치한 마허스 카페에서는 창문을 통해 구세주회 성당이 보였다. 플로리언과 합석한 여자는 가끔 거리에 있는 누군가를 향해 손을 흔들거나 유리창을 두드렸다.

"아실지 모르겠네." 여자가 말했다. "불이 났을 때 죽은 사람은 늙은 코널티 씨예요."

"아니요, 전 몰랐어요."

"그 사람 부인은 그리고 거의 열일곱 해를 더 살았어요. 일전에 묘지에 묻힌 이가 바로 그 사람이지요."

"저도 장례식은 본 것 같습니다."

"아, 라스모이에 있었으면 그랬겠죠. 못 볼 수가 없었지. 코널티 씨는 집안에 불상사가 있은 후로 술을 마시게 된 거예요. 밤이 되고 술을 너무 많이 마셔서 집에 가기 싫으면 발코니 뒤편에 앉아 있곤 했는데, 누가 와서 손전등을 들이대지 않으면 그렇게 밤새도록 있었대요. 그럼 알 만하죠? 극장이 성냥갑처럼 타오르는데 사람들이 코널티 씨 생각을 못 한 거예요. 내가 말이 너무 많나요?"

"아니요, 전혀 아니에요."

플로리언이 담배를 권했지만 여자는 거절했다.

"아, 그냥 피우세요." 담배에 불을 붙이려다 주저하는 그에게 여자가 말했다.

라이카 카메라는 테이블 위에 놓여 있었다. 가죽으로 싸인 부분이 얼룩지고 찢어졌으며 줄은 검정 절연 테이프로 수리된 상태였다. 여자는 카메라에 아무런 호기심을 보이지 않았고 플로리언이 극장에 간 이유도 묻지 않았다. 바로 그 발코니에서 구애를 받은 적이 있다, 여자가 그렇게 말했다.

"토요일 밤에 만나던 사람인데 코크 북부 출신이고 건축 일을 했었죠. 나한테 궁전을 지어준다고 했는데, 그래도 난 그 사람하고 결혼하지 않았어요."

결국 그녀와 결혼한 남자는 그녀를 자신의 농장으로 데려갔다. 당시에는 아버지의 농장이었다. 그때부터 내내 여자는 그곳에서 살았다. 아이는 일곱. 막내는 기독교형제회의 사제가 될 자질이 있는 아이다, 여자가 말했다. 아직 그런 얘기를 꺼내지는 않았지만.

"극장이 없어져서 아쉬워요." 여자가 다시 말했다.

잠시 후 여자는 카페를 나갔지만 플로리언은 책을 펼치지 않았다. 아까 불에 탄 극장에서 갑자기 떠올랐던 의문이 다시 생각났다. 사진 역시 그를, 혹은 그가 사진을 저버릴 것이라는 사실을 왜 몰랐을까. 그가 만들어낸 이미지는 너무 보잘것없고 사진에 담긴 내용도 너무 평범하다는 것을 왜 알지 못했을까. 아니, 어쩌면 알고는 있었지만 대수롭게 여기지 않았는지도, 심지어 알아차리지도 못했는지 모른다. 그런데 그게 중요하기는 한가? 그에게는 이미 많은 것들이 끝나버렸고, 실망이 아프게 찌른 침은 이미 뽑아버린 지 오래인데?

창밖 거리에서 두 여자가 인사를 하고 잠시 서서 대화를 나누었다. 빵을 배달하는 밴이 다가와 멈췄다가 다시 멀어졌다. 멀리서 가파른 성당 계단을 내려가는 사람들의 모습이 보였다.

"계산서 드릴까요?" 웨이트리스가 빈 쟁반을 들고 테이블로 다가오며 물었다.

그는 손으로 휘갈겨 쓴 계산서를 건네받자 동전을 하나씩 세어 돈을 지불했다.

"또 오세요." 웨이트리스가 말했다.

*

엘리는 코벌리스에서 뜨개질 매장의 버크 양에게 잠시 잡혀 있다가 볼일을 마쳤다. 그러고는 자전거를 타고 캐시앤드캐리로 갔다.

사람들은 날씨 이야기를 하며 멋진 여름이 될 거라고 말했다. 그녀는 머게니스 스트리트에서도 그런 이야기를 들었고, 밀레인 신부와 코널티 양도 같은 말을 했었다. 문 옆에 쌓인 상자 더미에서 판지상자를 하나 꺼내 최근에 알게 된 계산대 아가씨에게 소리쳐 인사했다. 사야 하는 물건은 설탕, 크림버터, 옥수수전분, 설타나* 혹은 다른 건포도, 그리고 60와트 전구였다. 그게 다였다. 늦지 않게, 넉넉잡아 열두시 안에는 집으로 돌아갈 수 있을 것 같았다.

엘리는 전구를 가지러 가는 길에 린소 세탁세제 한 봉지를 집어 들었다. 설탕 진열대로 가는 길에 그녀는 예의 그 사진사를 다시 보았다. 등을 보인 채로 무언가 원하는 물건을 찾고 있던 그가 뒤돌아서서 그녀를 보았다.

---

* 씨 없는 청포도를 말린 것.

5

오펀 렌은 라스모이 기차역에서 매일 아침, 그리고 매일 저녁을 기다렸다. 사시사철 조바심 내지 않고 기다렸다. 여름 기운이 완연한 따뜻한 아침에 역에 나와 있으니 기분이 좋아서 그는 졸음을 쫓지 않았다. 더블린 기차가 전진하는 소리가 들리면 깨어날 것을 알았기 때문이다. 하지만 기차는 오지 않았다. 기차역이 폐쇄된 후로 기차는 온 적이 없으며 앞으로도 다시는 오지 않을 터였다.

오펀은 현재에도 살고 과거에도 살았다. 그는 오래전 리스퀸 저택을 소유한 세인트존 가문에 고용되어 도서관 장서 목록을 정리하는 일을 했고, 어떤 의미에서는 그때 이후로 그 집을 한 번도 떠난 적이 없었다. 비록 세인트존 가문은 32년 전에 저택과 토지를 시장에 내놓았고 가구는 경매에 넘겼지만 말이다. 수대에 걸쳐 학자들이 드나들던 저명한 세인트존 도서관은 장사꾼들에게 약탈당했고 그들이 쓸어가고 남은 것은 마당에 피운 모닥불 속으로 던져졌다. 집은 비워지고 지붕의 납판과 슬레이트는 벗겨져나갔다. 벽난로 선반과 천장, 문과 벽판, 그리고 계단 양 측면에서 곡선으로 휘어지며 널찍한 2층 층계참의 특징이 되던 발코니는 따로 해체되어 팔려나갔다. 폐허가 된 건물 뼈대는 완전히 철거되었고, 수톤에 달하는 석재 역시 밖으로 운반되어 팔려나갔다.

그런 일이 있은 지 3년이 더 지난 어느 서리 내린 11월 아침에 그 사서가 라스모이에 나타났다. 사람들은 그때 그가 목격한 일에 충격을 받아 여기저기 떠돌아다녔을 것이라 말했지만 사실 여부는 확인되지 않았다. 오핀 본인의 말로는 오직 자신만이 리스퀸 저택을 떠나지 않았고 항상 그곳에서 지내왔다고 했지만, 그곳에는 주거지가 남아 있지 않았으며 심지어 악천후를 피할 변변한 피난처조차 없었다.

가난하고 집도 없는 사람이지만 마을에 처음 나타났을 때 그의 모습은 울적함과는 거리가 멀었다. 그건 요즘도 마찬가지였다. 어떤 곳에서든 만족하며 살 수 있다고 말한 그는 결국 세인트모페스 테라스*에 있는 구호용 주택 한 곳에 자리 잡을 수 있었다. 그 거리의 집들은 보수가 잘되지 않은 상태였고 주

---

* 보통 비슷한 형태의 연립주택이 다닥다닥 붙어 있는 거리를 가리킨다.

거에 적합한 곳은 두세 군데에 불과했다. 이후 그는 거리에서 만나는 사람들에게 라스모이에 살게 되어 정말 행복하다며 거듭 감사의 마음을 표하면서도 여전히 대저택이 원래대로 남아 있는 양 말하고 다녔다. 조촐한 짐 속에는 마을에서 세인트존 문서라고 알려진 것이 들어 있었는데, 오펀은 그것이 자신에게 한시적으로 위탁된 서류라고 말했다. 날마다 서류를 몸에 지니고 다니면서 기차역에서든 거리에서든 세인트존 가문의 일원이나 리스퀸 저택의 하인들 중 아무라도 만나면 그것을 돌려줄 준비를 해둔 것이었다. 그는 이제 가문의 재산이 복원되었으니 그들이 돌아올 거라고 생각했다. 또한 국가연금수령 자격증도 늘 지니고 다녔다. 많지는 않아도 그에게는 충분한 액수였다.

나이가 들면서 오펀은 몸이 비쩍 마르고 얼굴 살은 뼈에서 분리된 듯 처졌으며 약해진 턱 밑은 동굴처럼 움푹 들어갔고 눈은 푹 꺼져 조그만 구멍처럼 보였다. 옷은 몸에 헐렁하게 걸쳐져 있었는데 늘 입는 나달나달한 외투는 단추가 떨어져나가고 없었다. 낡은 밤색 신발도 뒤축과 밑창이 다 떨어져 있었다. 기차역에서 햇살을 받으며 앉아 있는 오늘 아침에도 그는 추위에 떠는 사람처럼 보였다.

세인트모페스 테라스에서 기차역까지 오는 길에 오펀은 개신교 교회와 구세주회 성당을 지났다. 역시 모페스 성인의 이름을 딴 교회는 어두운 색의 가느다란 첨탑과 오래된 묘비가 눈에 띄는 곳이었고, 구세주회 성당은 밝은 색 석회암 외벽과 주차 공간, 두 번째 층계참에 놓인 피에타 상이 특징이었다. 기차역으로 오면서 왕년의 사서는 세인트모페스 교회를 들렀고 늘 그렇듯 그곳에서 15분 동안 머물렀다.

기차가 오지 않자―아니면 한 대가 오긴 했으나 승객을 내려놓지 않고 그냥 지나가버렸다고 믿었기 때문에―오편은 다시 마을로 발길을 돌렸다. 아이리시 스트리트에서부터 가게들이 나타나기 시작했다. 그는 밤사이 진열이 바뀌었나 보려고 상점 진열장 앞에 멈춰 섰다. 바뀐 곳은 없었다. 포목점 마네킹들은 초봄부터 봐온 그대로였고 안경점의 판지로 만든 얼굴 모형에 놓인 안경들은 그보다 더 오랫동안 변함이 없었다. 폰즈 화장품은 여전히 할인 중이었고 저가 여행 상품도 아직 판매 중이었으며 이자율 역시 변동이 없었다.

머게니스 스트리트에는 포장도로 위 개구부까지 철제 맥주통을 굴리며 가는 사람이 있었다. 맥거번스에서 나온 키 큰 점원이 안경을 끼고 흰 앞치마를 두른 모습으로 밴의 운전기사와 이야기를 나누는 중이었다. 운전기사가 들고 있는 상자에는 '요크셔 렐리시 소스, 진한 맛, 12병입'이라는 문구가 쓰여 있었다. 데벌레라*를 닮은 외모로 유명한 키 큰 점원은 주문서

―――――――

* 아일랜드의 정치가. 반영 독립운동에 참가했고 이후 아일랜드공화국 총리와 대통령을 역임했다.

항목을 하나씩 체크해나가다 마이와디 음료에서 보낸 상품도 있을 거라고 말했다.

고양이 한 마리가 오편의 다리로 기어올라 정강이에 몸을 비볐다. 그는 허리를 숙여 고양이의 매끄러운 검은 머리를 쓰다듬었다. 그가 잘 아는, 함께 있으면 기분 좋은 고양이였다. 하지만 고양이는 늘 그렇듯 갑작스럽게 흥미를 잃고 슬그머니 사라져버렸다.

"잠깐만 기다리세요. 그거 갖다드릴게요." 키 큰 점원이 가게 문간에서 인사를 하더니 말을 끝맺기도 전에 서둘러 안으로 들어가 차 진열대로 향했다. 서랍을 하나하나 열어보던 그는 마호가니 선반 위를 확인하더니 커피 원두를 보관하는 길쭉한 동양풍 용기 사이에서 마침내 봉투를 찾아냈다. "아, 대단하던데요." 그가 말했다. 그가 빌려 본 서류에서 맥거번스가 언급된 부분을 가리키는 것이었다.

"알아봤어요?"

"오, 그럼요, 알아봤죠."

"맥거번 씨가 그 행사를 기억하실까요?"

"사실대로 말씀드리면, 기억이 안 난다고 하시네요."

그가 기차역으로 하루에 두 번 가지고 나가는 서류─출생과 사망에 관한 메모, 리스퀸 저택 내 아일랜드 성공회 공동묘지의 매장 수수료 영수증, 토지매매와 저택의 유지보수 관련 기록 등등─는 대부분 복잡하고 난해한 읽을거리였다. 하지만 거기에는 타운센드 경의 총독 재임 시절이나 1798년 아일랜드 봉기에 관한 세세한 정보 혹은 대기근 시절의 이야기 같은 꽤 흥미를 불러일으키는 개인적인 서신도 포함되어 있었다. 오핀은 간혹 상점들에 들러 이런 서류를 읽어보라고 두고 나오곤 했다.

이제 그는 돌려받은 서류를 옷 속에 조심스럽게 넣고 가던 길을 계속 갔다. 자기 이름이 생각나지 않을 때도 있었지만 거리에서나 연금을 타러 간 우체국에서 사람들이 이름을 부르면 기억이 돌아오곤 했다. 우체국 직원들은 받은 연금의 상당액을 다른 사람들에게 줘버리는 그를 나무랐다. 돈을 받아 나가는 길에 누더기로 감싼 아기를 내밀어 보이는 떠돌이 여자에게 나눠주기도 했고, 이따금 마을을 지나는 부랑자의 손에 떨어뜨리거나, 창피한 얼굴로 불행한 사고나 운 나쁜 이야기를 중얼거리는 사내들 손에 쥐여주기도 했다.

오늘 아침 오핀은 그런 식으로 인사를 거는 사람을 만나지 않고 광장에 도착했다. 차들이 어지럽게 주차되었고 작업복을 입은 여자가 보넬스 주점 바깥 보도를 쓸고 있었다. 자갈무늬 유리가 끼워진 창문이나 햇볕에 색이 바랜 철망 위에 사무변호사나 회계사의 이름을 붙여놓은 사무실도 있었고, 좀 더 요란한 간판을 달고 다양한 서비스를 제공하는 사무실도 있었다. 마을의 유일한 치과와 개인병원들에 달린 놋쇠 간판은 대부분 애초의 광택을 잃은 모습이었다. 2주에 한 번씩 방문하는 족병(足病) 전문의는 고객이 알아볼 수 있도록 초인종 옆에 손으로 쓴 엽서를 붙이는 것으로 간판을 대신했다. 현관문은 녹색이나 빨간색, 검은색이나 다양한 채도의 파란색이었다.

버려진 집도 한 채 있었다. 녹슨 홈통에서는 잡초가 자라났고 안테나는 석재 굴뚝 아래로 삐딱하게 처져 있었다. 하지만 옆쪽 금융 회사 건물은 말쑥했고, 좀 더 떨어진 곳에 있는 회색조의 법원 건물 계단과 기둥은 비록 지금은 개정 기간이 아님에도 권위 있어 보였다.

세인트존의 서류 관리자는 광장에서 봉기의 영웅을 기리는 동상 옆자리에 앉았다. 셔츠 차림의 그 인물은 단호하게 명령을 내리는 몸짓으로 오른팔을 쳐들었고, 손에 펼쳐 든 깃발은 동상의 석재 기단 위로 청동 주름을 늘어뜨리고 있었다. 오펀은 광장에 올 때마다 이 자리에 앉았지만 때로 현관문 색깔들이 생각을 방해했고, 가끔 버려진 집이 적대적으로 보일 때도 있었다. 그는 은행에서 나온 해싯 씨가 보델스 주점 쪽으로 가는 모습을 보았다. 서류에는 은행 건물이 밸리 호텔이었던 시절에 대한 언급도 있었다. 당시에 세인트존 가문이 라스모이에 올 때면 타고 왔던 트랩이나 독카트*를 호텔 마당에 세워두었다는 내용이었다.

해싯 씨는 잠시 멈춰 보도를 쓰는 여자와 이야기를 나누고

---

* 둘 다 이륜마차의 한 종류.

는 주점으로 들어갔다. 오펀은 코널티 가의 민박집에서 현관문 놋쇠 장식에 광을 내는 가정부를 지켜보았다. 잠시 후 광장에 있는 낯선 남자가 눈에 들어왔다. 허리가 꼿꼿하고 자신감 있는 몸짓이 멀리서 보아도 세인트존 가문 사람이 분명했다. 세인트존 가문이 떠난 뒤에 태어난 조지 프레디 씨의 손자, 조지 앤서니라고 이름 지은 아이일 터였다.

오펀 렌은 자리에서 일어나 그 사람을 더 똑똑히 본 뒤 조지 앤서니가 분명하다고 중얼거렸다. 그가 광장 건너편을 향해 손을 들어 인사하자, 처음에는 의식하지 못하던 낯선 남자는 곧 자신에게 하는 인사임을 깨닫고 잠시 머뭇거렸다. 그리고 마침내 플로리언 킬데리가 손을 들어 인사에 화답했다.

6

"어서들 나와." 딜러핸이 개들에게 외쳤다. 개들은 트랙터가 아니라 복스홀 자동차로 가는 주인을 보고 곧장 달려왔다. 공기가 살짝 새는 앞쪽 타이어가 아직은 많이 꺼지지 않았지만 문제가 더 악화될 경우에 대비해 펌프를 뒤에 실었다. 그런 다음 그는 크릴리까지 차를 몰고 갔다. 가끔씩 그곳에 가서 산에 풀어놓은 양들을 한 곳에 몰아 숫자를 세어보고 무리에서 벗어난 놈이 있으면 찾기도 했다. 개들은 유일하게 이 경우에만 자동차에 탔으며 녀석들도 그런 사실을 항상 알고 있었다. 주인만큼이나 개들도 산속에 있는 이 땅을 좋아했다.

암양 한 마리가 죽어서 시간이 약간 지체되었다. 헤더 관목 사이에 그냥 버려둘 수도 있었지만 남은 사체를 묻어주기 위해 더 좋은 장소를 찾았다. 그는 감상적인 사람은 아니었지만 양을 존중했다.

딜러핸은 개 두 마리가 양떼를 쫓아 한 곳에 모은 다음 주인이 있는 곳으로 몰고 오는 모습을 지켜보았다. 그가 머릿수를 세는 동안 개들은 양떼를 제자리에 붙들어두었다. 자욱하던 안개가 걷히고 하늘이 개었다. 보송보송한 흰 구름이 부드럽게 떠다녔고 잿빛 사이로 군데군데 파란색이 내비쳤다. 암벽이 시작되는 곳보다 더 높이 올라갈 필요는 없었다.

그는 크릴리에서 복스홀을 천천히 몰고 내려오며 고트더프와 본을 지났다. 전부터 눈독을 들이던 들판에 이르자 입구 옆에서 차를 멈췄다. 그 땅을 사면 강가에 있는 땅까지 질러갈 수 있어 먼 우회로를 이용하지 않아도 되니 일이 한결 수월해질 터였다. 게다가 자신의 소유지가 깔끔하게 정리된다는 사실도 좋았다. 또한 농장의 규모가 늘어나고 이 들판을 제대로 일굴 수 있다는 사실도 마음에 들었다. 개헤건은 땅을 그냥 방치해두고 있었다.

그는 마당에 차를 세웠으나 집 안으로 들어가지는 않았다. 크릴리에서 이렇게 빨리 돌아올 줄은 몰랐다. 예상했더라면 오늘 샌드위치를 싸 가지 않고 부엌에서 식사하겠다고 말해두었을 것이다. 그는 트랙터를 몰고 개들과 함께 산자락의 들판으로 갔다.

엘리는 신문지를 뒤로 끌어당겨 그 위에 다시 무릎을 꿇고 앉아 보조 주방 바닥에 카디널 광택제를 발랐다. 한 번도 카디널을 써본 적은 없지만 예전에 콘크리트 바닥이 이 제품과 같은 붉은색으로 칠해져 있었다는 것을 알 수 있었다. 바닥에 벗겨지지 않고 남은 흔적이 있었기 때문이다. 다 끝내고 나니 주방 전체가 훨씬 밝아진 느낌이 들었다.

부엌에서 주전자에 물을 받았다. 물이 끓자 혼자 있을 때 쓰는 작은 찻주전자에 차를 우렸다. 달걀을 삶을까 생각하다가 배가 고프지 않아 그만두었다.

그녀는 마당으로 나가 부엌에서 가져온 의자에 앉아 차를 마시며 〈니나 뉴스〉를 읽었다. 음주로 체포된 운전자의 차 트렁크에서 곡괭이가 나왔다. 투미바라 근처에서 광석이 발견되었고, 볼링게리 품평회에서는 킬린네의 프라이드가 두 번 연속으로 상을 탔다. 암양의 가격이 최고가를 기록했다.

신문이 손가락에서 빠져나갔지만 엘리는 신문을 집지 않았다. 사진사가 그녀에게 미소 짓는 모습을 그렇게 좋아해서는 안 되는 일이었다. 그가 치킨햄 페이스트를 찾는다고 말했을 때 안내해주겠다고 하지 말았어야 했다. 그녀는 알지도 못하는 낯선 사람과 캐시앤드캐리 매장 안을 여기저기 돌아다녔다. 이름도 알려주었다. "그런 거 없어요." 어떤 이름의 애칭인지 물었을 때 그녀는 그렇게 대답했다. 남자는 웃었고, 왠지 모르지만 그녀도 함께 웃고 싶었다.

엘리는 콘크리트 바닥에 떨어진 신문을 집어 들었다. 신문을 대충 접어 한쪽 팔에 끼우고 의자와 쟁반을 부엌으로 다시 옮겨놓았다. 찻주전자 안의 찌꺼기를 버리고 컵과 받침접시를 씻었다.

"계세요?" 누군가가 마당에서 외쳤다.

차 소리는 들리지 않았다. 오늘 버터밀크를 가지러 오기로 한 해든 부인일 것 같았다. 그녀는 마당까지 차를 몰고 들어오는 법이 없었다. 대문 안으로 들어올 때 마주치는 모퉁이가 부담스러워 차를 바깥 길가에 세워두는 편을 선호했다.

다른 생각을 하게 되어 다행이기도 하고 싫기도 한 기분으로 엘리는 해든 부인이 차를 마시고 싶어 할 경우에 대비해 주전자를 스토브에 올려놓았다. 부인은 현관문으로 들어왔다. 현관문을 이용하는 사람은 오직 해든 부인뿐이었다. "폐 끼치면 안 되는데." 엘리가 문을 열 때마다 하는 말인데 이번에도 어김없이 부인은 그렇게 말했다. 엘리는 손님을 부엌으로 안내했다.

"차 한잔 드시겠어요?" 엘리가 묻자 해든 부인은 괜찮다고 말했다. 보통 때와 달리 이뇨제를 복용 중이어서 조심해야 한다는 말은 덧붙이지 않았다. 혹시 막 구워 식힘망에 올려놓은 소다빵이 있으면 차 대신 그걸 좀 먹고 싶다고 부인은 말했다.

엘리는 오늘은 빵이 없어서 미안하다고 했다. 보조 주방으로 간 그녀는 해든 부인이 가져다놓은 두 개의 단지 중 하나에 버터밀크를 담아 내왔다. 해든 부인은 지갑에서 동전을 꺼내면서 양로원으로 보낸 이모가 어떻게 지내고 있는지 보고 했다.

"가슴이 미어져요." 부인이 말했다. "활기가 없는 곳은 아니에요. 너무 조용한 곳은 의심해봐야 하거든요."

부인은 이어서 안정제를 남용하다가 문을 닫은 양로원도 있고 아직 운영 중이지만 문을 닫게 해야 마땅한 곳도 있다는 이야기를 늘어놓았다. "결국 우리 모두한테 닥칠 일이에요."

해든 부인이 말했다.

"네, 그렇죠."

"우리 시댁 숙부 한 분은 아무 데도 안 가겠다고 이미 딱 잘라 선언했어요. 호리 굴드라는 분인데."

호리 굴드는 백한 살까지 살았고, 마지막 10년 동안은 매년 생일이 돌아올 때마다 새 양복을 사 입었다. 그분 나름의 저항 방식이었다, 해든 부인은 그렇게 말했다.

"가시기 전날에는 침대에 누워서 〈거친 식민지 소년〉*을 부르셨지 뭐예요."

---

* 아일랜드 독립운동을 하다가 오스트레일리아로 유배된 인물인 잭 도너휴를 기리는 노래.

해든 부인에게는 이모가 한 명 더 있었는데 지갑에 자수를 놓는 일을 했지만 류머티즘을 앓으면서 점차 손에서 일을 놓게 되었다. 전에 엘리도 들은 적 있는 이야기였고 부인은 다시 최근 소식을 들려주었다. 여름이 되면서 조금 호전되었다는 내용이었다.

"불행 중 다행이죠." 해든 부인은 어쩔 수 없다는 듯 말했다. "이런 일을 그렇게 말하지 않나요?"

"그렇죠."

제 이름은 꽤나 어려워요, 남자가 말했었다. 플로리언 킬데리. 웃음을 터트릴 때면 얼굴이 약간 주름졌는데 때로는 미소를 지을 때도 그랬다. "라스모이에 사는 사람은 다 아시겠네요?" 남자가 그렇게 말할 때 계산대의 여자가 그것을 듣고 있었다. 그는 엘리와 나란히 걸으며 캐시앤드캐리를 나섰다.

"우리 집안 전설이에요." 해든 부인이 말했다. "백한 살에 침대에 누워 노래 부르기!"

"그렇군요."

무거우니까, 엘리의 쇼핑백을 가져가며 그가 그렇게 말했다. 쇼핑백은 전혀 무겁지 않았다. '금독수리'라는 이름의 자전거는 손잡이 기둥에 독수리 그림이 그려져 있었다. 그녀는 그런 이름으로 불리는 자전거를 본 적이 없어서, 흙받기가 우그러지고 낡기는 했지만 사실 특별한 자전거가 아닐까 생각했다.

"우린 호리 숙부를 아드러니에 있는 묘지에 묻어드렸지요."

잠시 대화의 맥을 놓친 엘리는 어쨌거나 고개를 끄덕이며 잘됐다고, 류머티즘 환자에게는 여름이 한결 수월하다고 말하며 혼란스러운 마음을 감추려 했다. "라스모이에 아는 사람은 몇 안 돼요." 바깥으로 나와 햇빛 아래 서서 그녀가 말했고, 남자는 그렇군요, 하고 대답했다. 그가 담배를 내밀었다.

"괜찮아요, 엘리?" 해든 부인이 일어서며 가겠다고 말했다.

"아, 네." 엘리는 해든 부인이 뭔가 알아차린 걸까 싶었지만 그건 항상 듣던 질문임을 이내 깨달았다.

"괜찮다니 다행이에요, 엘리."

두 사람은 함께 마당으로 나가 길가 좁은 풀밭에 바짝 대놓은 자동차까지 걸어갔다.

"다음 주에는 좀 늦을지도 몰라요." 해든 부인이 말했다.

차는 천천히 후진해 대문 안으로 조금 들어왔다가 방향을 돌렸다. 출발 준비를 마친 해든 부인은 열린 창문 너머로 손을 흔들었다. 엘리는 대문 앞에 서서 자동차 엔진 소리가 완전히 사라질 때까지 귀를 기울였다. 길가 풀밭에서는 빛바랜 디기탈리스 사이에 카우파슬리가 축 늘어져 있었다. 들쥐 한 마리가 잽싸게 달려가 어디론가 사라졌다. 자동차 타이어가 일으킨 먼지가 완전히 가라앉았다.

그 남자가 다시 라스모이에 나타나면 길 반대편으로 갈 것이다. 말을 걸면 가봐야 한다고 말할 것이다. 고해성사에서 이런 얘기를 하면 창피하겠지. 바보 같은 짓이니까, 그 사람이 머리에 떠오르면 생각을 다른 데로 돌리기만 하면 되니까. 하지만 그렇게 하려 해봐도 마음대로 되지 않았다. 남자가 캐시앤드캐리에서 버즈 젤리 상자나 겨자 캔, 삭사 소금 등을 배경으로 서 있는 모습이 계속 아른거렸다. 그 물건들에 어떤 의미라도 있는 것처럼, 그냥 물건을 넘어선 무엇이라도 되는 것처럼 머리를 떠나지가 않았다. 엘리는 궁금했다. 그 물건들이 다시 예전과 똑같아 보일 수 있을까, 자신이 산 브라운앤드폴슨의 옥수수전분, 린소 등도 예전 같아질 수 있을까. 그녀는 자신 역시 예전과 같아질 수 있을지 궁금했다. 자신이 이제는, 그리고 앞으로도, 코널티 부인 장례식 이전과는 다른 사람이 된 게 아닐까 궁금했다. 그날 남자가 누구 장례식이냐고 물었을 때, 그것이 시작이었지만 엘리는 알지 못했다. 코널티 양이 광장에서 그 사람을 가리켰을 때에야 그녀는 깨달았다. 캐시앤드캐리에서 그가 미소 지었을 때도 알았다. 햇살을 받으며 함께 서 있었을 때, 그가 담배를 권하고 그녀가 고개를 저었을 때 그녀는 이미 달라져 있었다. 함께 있는 모습이 사람들 눈에 띌 수 있었는데도 개의치 않았다.

집 안에서 엘리는 농장 작업복으로 입는 갈색 덧옷을 걸치고 긴 장화를 신었다. 유제품 작업장에서 우유 양동이와 양철통을 모아다가 부엌 개수대에서 박박 문질러 닦았다. 그리고 호스로 물을 뿌려 작업장을 청소한 뒤 고인 물을 빗자루로 쓸어 바닥 배수구로 흘려보냈다. 양동이와 양철통, 국자와 계량 용기는 예전에 시범을 보고 배운 대로 기다란 콘크리트 선반 위 각자의 자리에 늘어놓았다. 처음 이곳에 왔을 때는 할 수 있는 일이 아무것도 없었다. 양을 품종별로 구분하지도 못했고 달걀을 모으거나 닭장을 청소하거나 염소를 말뚝에 매어본 적도 없었다. 알고 지낸 남자도 없었다. 신부들과 일꾼이나 배달부 몇 명을 알기는 했지만 그것도 오다가다 마주친 것 이상의 만남은 아니었다. 처음 면도 비누가 거품으로 변하는 모습, 그리고 면도기가 거품을 긁어내는 모습을 보았을 때 엘리는 깜짝 놀랐다. 식탁에서 남자와 마주 앉아본 적도 없었다. 하지만 아내가 되기 전에, 가정부로 지내던 시기에 모든 것에 익숙해졌다. 다른 사람과 침대를 함께 쓰는 것만 빼고는.

돌사과밭에서는 암탉들이 자유롭게 뛰어다녔다. 몇 마리는 나무 아래 모여 있고 검은 한 놈은 트랙터 타이어 근처에 있었다. 양의 먹이통으로 쓰려고 반으로 잘랐는데 어쩌다 그곳에 자리 잡게 된 타이어였다. 메마르고 단단한 땅바닥에서는 풀 한 포기 찾아볼 수 없었다. 겨울이 오면 풀은 다시 자랄 것이었다. 늘 그랬듯이. 닭들이 낳아놓은 달걀은 모두 열네 알이었고, 엘리는 하루 종일 다양한 용도로 사용하는 금이 간 갈색 대접에 그 달걀을 모았다. 돌사과밭을 나올 때는 출입문을 다시 닫고 문기둥 위로 사슬고리를 끼워두었다. 그 남자는 말하기 전에 머뭇거리며 잠시 시선을 돌렸다가 다시 바라보는 모습이 특이했다. 담배를 들고 있는 모습도 특이했다. 그녀에게 담배를 권했을 때 그는 자기가 피울 담배를 하나 꺼냈지만 불을 붙이지는 않았다. 함께 있던 시간 내내 불을 붙이지 않은 담배를 손가락 사이에 끼워 들고 있었다.

엘리는 갈색 달걀 그릇을 두 손으로 움켜쥐고 천천히 집으로 돌아왔다. 부엌에서는 최대한 차가운 물에 키아오라 오렌지 주스를 타서 플라스틱 병에 가득 채웠다. 감자를 긁어 껍질을 벗기고 양배추를 잘라놓은 다음 남편에게 줄 음료수를 들고 산등성이 목초지로 올라갔다.

그곳은 농장에서 가장 먼 구역이었다. 이름 없는 야산 동쪽 경사면 고원에 자리한 넓이 9만 제곱미터의 땅으로, 잡목림을 사이에 두고 농장의 다른 구역과 분리되어 있었고 공공 통행로는 덤불이 무성해 트랙터가 다니기 힘들었다. 그 길에 도착한 엘리는 남편이 덤불을 다시 잘라내고 있음을 알았다. 여름에 새로 나온 가지들이 잘려 아직 바닥에 널려 있었고, 머리 위로 뻗은 가지도 톱으로 잘린 상태였다. 산울타리 절단기까지 살 필요는 없다, 남편은 그렇게 주장했다. 산울타리라고 해봐야 몇 군데 되지도 않고 늘 잘라줘야 하는 덤불이 자란 길도 채 1킬로미터도 안 되니까. 남편이 산등성이 들판에 다녀올 때는 늘 덤불을 정리하고 돌아온다는 사실을 엘리는 지난 몇 년 동안 여름마다 보아서 알고 있었다. 지름이 3센티미터가 안 되는 나무가 곳곳에 쌓여 있던 모습과 잘라낸 가지를 태우던 자리가 기억났다. 통행로 정리가 의무는 아니었지만 그곳을 방치하는 개헤건과 실랑이를 벌이기 싫어 남편은 늘 혼자서 일을 해치웠다. 몇 해 전에는 자작나무와 물푸레나무가 숲 속의 큰 나무처럼 높이 자랐던 적도 있었다.

엘리는 이 모든 것에 생각을 집중하며, 남편이 통행로를 정리하는 방식대로 나무를 태운 자리가 지난여름과는 다른 어딘가가 나타날 경우 먼저 그것을 알아보려고 애썼다. 언젠가 오소리들이 이곳에 자리 잡았을 때 남편은 엘리에게 오소리 굴을 보여준 적도 있었다. 여기서는 자신이 낯선 사람처럼 느껴지는 이 감정을 물리치기가 좀 더 쉬웠다. 수녀원 고아의 공상이 제멋대로 뻗어나가는 거라고 스스로를 다독이기도 더 쉬웠고, 수치심을 느끼기도, 수치심을 느껴야 마땅하다는 사실을 깨닫기도 더 쉬웠다. 여기서는 주변의 모든 것이 그녀가 이해하는 방식으로 일리가 있기 때문이었다. 하지만 자기답지 않은 생각이 일으키는 혼란에는 전혀 일리가 없었다.

엘리는 좁은 길에서 벗어나 작은 목초지 한쪽으로 난 지름길을 통해 컴컴한 숲 속으로 들어갔다. 이 숲을 살 생각이다, 남편은 그렇게 말했다. 매물로 나오기만 한다면. 그녀도 늘 그렇게 되기를 바랐다. 새도 없는 나무들 사이로 정적이 흘렀고, 숲길 양쪽 두둑에서 굴속으로 숨어드는 여우도 산비탈이 시작되면서 길이 점차 사라지는 이곳에는 거의 찾아오지 않았다. 클룬힐의 클레어 수녀님과 앰브로즈 수녀님, 그리고 템플로스에서 어쩌다 한 번씩 찾아오는 원장수녀님 같으면 이 정적을 하느님의 평화라고 불렀을 것이다. 우리가 어디에 있든, 어떤 모습이든, 하느님이 우리와 함께 계시지 않는 때는 없다. 하루의 매순간, 인생의 매순간. 우리를 위로하기 위해, 우리가 저지른 죄의 엄청난 짐을 덜어주시기 위해 우리와 함께한다. 고백해라, 참회하는 마음으로 하느님께 말씀드려라. 그분은 그것 이상을 바라시지 않으니까.

서두를 마음이 없었기에 엘리는 느긋하게 숲 속을 걸으며 밀려드는 기억 속으로 다가갔다. 이제 클룬힐은 그곳에 없었다. 3년 전에 문을 닫았고 수녀님들은 템플로스로 돌아갔다. 하지만 건물이 없어졌다고 인연도 모두 끊어지는 것은 아니다. 그곳의 일부로 살던 때의 우리 자신과 우리 유년기와 그 시절의 순진함과 완전히 이별하는 것은 아니다. 이 역시 예전에 들었던 말, 지금도 듣고 있는 말이었다. 앰브로즈 수녀님이 크리스마스카드에 항상 편지를 동봉해 보냈기 때문이다.

햇빛이 다시 들어와 나무들 사이로 반짝거렸다. 여우 굴을 숨기고 있는 길 양쪽 두둑의 빽빽한 풀은 어떤 동물이 깔끔하게 뜯어먹었는데 그 정도 양분이면 한 마리나 겨우 키울 수 있을 듯했다. 두둑이 끝나는 곳에는 미나리아재비의 기다란 덩굴손이 잘려나가 있었다. 트랙터 타이어 자국은 없었고 산등성이 목초지로 들어가는 문이 열려 있었다. 엘리는 잠시 가만히 서서 고해성사를 할 용기를 달라고, 자신의 생각에서 자신을 보호해달라고 기도했다. 다시 걸음을 옮기자 템플로스의 나이 든 신부가 고해실 창살을 톡톡 두드리며 더 크게 말하라고 하던 때가 생각났다. 성모마리아님, 지금 우리를 위해 기도해주소서…… 어떤 경우든 고백을 하고 나면 기분이 나아졌다.

서 있는 자리에서 보니 저 아래 농장이 아주 멀어 보였다. 마당 하나와 헛간 여러 개가 옹기종기 모여 있는 외딴집. 달걀이나 버터밀크를 사러 오는 사람들과, 1년에 한 번씩 일요일 오후에 신론에서 오는 시댁 식구들 외에는 집으로 찾아오는 손님도 별로 없었다. 우편배달부나 보험 외판원을 손님이라 하기는 힘들었다. 가축 인공수정을 해주는 남자와 계량기 검침원을 손님이라고 하기도 힘들었다. 도로에는 코리건 가족의 트랙터와 길 잃은 가축을 찾아 헤매는 개혜건 외에는 아무도 지나다니지 않았다. "조용하대." 클룬힐 사람들은 이곳 이야기를 할 때 그렇게 말했다. "조용한 곳이래." 유니폼을 입어야 할지도 모른다고 들었지만 그럴 필요는 없었다. 생각하시는 것과는 달라요, 앰브로즈 수녀님에게 보내는 첫 편지에 엘리는 그렇게 썼다. 훨씬 더 지내기 수월한 곳이에요.

"아, 고마워." 서로의 말소리가 들리는 곳까지 다가가자 남편이 말했고, 좀 더 가까이 갔을 때 손을 뻗어 음료수를 받았다. 조금만 정리하면 된다, 그가 말했다. 철조망이 끊어진 부분 몇 군데만 손보면 되니 강가 들밭과는 상황이 다르다고. 한 해 중 이맘때 몇 주 동안 그는 날마다 이곳에 올라와 베어놓은 풀을 뒤집어가며 말렸다. 그리고 올라온 김에 산등성이의 울타리를 손보기도 했다.

"고마워." 다시 한 번 그렇게 말한 남편은 음료수 병을 가지고 하던 일로 돌아가서, 조이고 스테이플러로 고정하고 플라이어로 울타리에 철사를 엮어 넣었다. 그녀를 보고 알은척을 하던 양치기 개 두 마리는 좀 전까지 누워 있던 자리로 돌아갔다.

"해든 부인이 다녀가셨어요." 엘리가 말했다.

*

딜러핸은 몇 시간 더 일한 뒤 돌아가는 길에 개헤건을 찾아갔다. 점찍어둔 땅을 사겠다고 제안했을 때 개헤건은 생각해보겠다고 했었다. 하지만 마당에 그의 픽업트럭이 보이지 않았고 불러보아도 대답이 없었다. 열다섯 해 전에 홀아비가 된 개헤건은 농장 일을 돕는 사람도 두지 않고 혼자 살았으며 만나려 해도 찾을 수 없는 때가 많았다.

딜러핸은 그곳을 지나쳤다. 잠시 후 차를 멈추고 울타리 문을 열어 개들을 내려주었다. 이제 개들은 매일 저녁 자기들끼리 소들을 안으로 몰아넣었다.

7

  암실로 개조한 식료품 저장실에서 라스모이에서 찍은 사진을 현상한 플로리언 킬데리는, 가대식 탁자 하나와 아버지가 팔려고 했으나 아무도 사지 않은 라디오 겸용 전축 하나만 덩그러니 놓인 거실로 그것을 가져갔다. 벽에는 압정으로 고정시킨 수채화 스케치들이 몇 년째 한자리에 걸려 있었다. 하늘을 나는 송골매, 물가로 소풍 나와 수영하는 사람들, 정원에서 테니스 치는 사람들을 그린 습작이었다. 텅 빈 극장에서 바짝 붙어 대화를 나누는 두 배우, 전면을 파랗게 칠한 집을 반쯤 가리는 튤립나무 이파리와 빨랫줄에서 빨래를 걷고 있는 소녀, 길모퉁이에서 펼친 우산 위에 카드를 늘어놓고 스리카드 트릭 도박판을 벌이는 사람들도 있었다.
  수채화는 예전만큼 생생하지도 화사하지도 않았다. 도화지는 우글쭈글하고 파리 떼가 남긴 자국으로 더러웠으며 햇볕에 바랜 데다 압정에서 나온 녹까지 묻어 있었다. 하지만 그렇게 빛을 잃은 상태에서도 그 그림들은 탁자 위에 정렬된 사진들을 시시하게 만들었다. 이번에도 재난으로 인한 황량함을 감동적으로 전달하는 데 실패했음을 확인한 플로리언은 안도에 가까운 감정을 느끼며 그것들을 다른 사진 무더기와 합쳐놓았다.

사진들을 정원에 피워둔 모닥불로 가져가는 길에 초인종이 울렸고 그는 누가 자신을 찾아왔는지 미리 짐작했다. 책을 한데 모아 홀의 벽에 차곡차곡 쌓아둔 참이었는데 중고서적상이 오겠다고 말한 시간에 맞춰 찾아온 것이었다. 서적상은 그가 한 번도 만난 적이 없는 사람이었다. 갈색 줄무늬 정장 차림에 가느다란 까만 콧수염을 기른 이 남자는 주의가 산만했고 집 안에서도 모자를 벗지 않았다. 그는 건성으로 잽싸게 둘러보면서 연신 고개를 저었다. "《면도날》, 요즘엔 이거 별로 안 읽어요." 그것이 유일한 논평이었다.

"저 같으면 읽겠어요." 플로리언이 가볍게 항변했다.

그는 책을 태울 수가 없었다. 해비샴 양과 벌록 씨, 게이브리얼 콘로이와 에드워드 애슈버넘과 히스클리프를 처음 만나고, 네더필드 파크와 바체스터를 알게 해준 책들을 그렇게 아무렇지 않게 없애버릴 수는 없었다.

"전 감상적인 독자거든요." 그는 방문객에게 털어놓았다.

"일괄 처분 하시는 거죠?"

"네. 제가 차에 싣는 걸 돕겠습니다."

그는 집이 팔릴 때까지 여름 한철이 다 갈 수도 있다고 생각했기에 기다리는 동안 읽을 작정으로 책 몇 권을 빼놓았다.

"골치 아프죠. 집안 살림을 모두 처분하려면." 남자는 말했다.

"그러네요."

얼마 안 되는 돈을 받고 다시 혼자가 된 플로리언은 전축에 레코드를 한 장 걸었다. 바늘이 미끄러지듯 돌아갔고 춤곡이 잠시 끊겼다 이어지며 허스키한 여자 목소리가 들렸다. 그는 볼륨을 높인 후 거실 창문 하나를 열고 가대식 탁자 위에서 《아름답고 저주받은 사람들》을 집어 들었다. 제시가 그의 뒤에서 터벅터벅 정원까지 따라 걸어왔다.

'다시 사랑에 빠졌네.' 노래하는 여자의 목소리는 정원에서도 들렸다. 플로리언이 풀밭에 눕자 개가 그 옆에 발을 뻗고 엎드렸다. 매발톱나무와 푸크시아 사이로 야생 스위트피 덩굴이 자라고 있었다. 덤불 사이로 진한 자주색 모란이 비어져 나왔다. 끈적끈적한 사랑 노래가 계속 흘러나오는 동안 그는 담배에 불을 붙이고 스칸디나비아로 떠나면 어떨까 생각해보았다.

처음 한 생각은 아니었다. 예전에도 스칸디나비아는 생각한 적이 있었다. 깔끔하고 정돈된 분위기, 스웨덴의 건축, 노르웨이의 풍경, 겨울의 핀란드. 플로리언은 예전에도 상상했던 장면들을 다시 그려보았다. 어느 오지 마을, 깨끗한 광장을 중심으로 옹기종기 모여 있는 집들, 나무로 된 교회 첨탑. 그는 황량하고 오래된 호텔에 방을 얻어 살고 있었다.

음악이 멈췄고, 전축 바늘은 레코드 한가운데 빈자리를 맴돌며 너무 희미해 들릴락 말락 하는 신음소리를 냈다. 계속 다른 나라로 이주하는 문제를 곱씹으며 그는 담배를 피운 뒤 꽁초를 풀에 짓이겨 담뱃불을 껐다. 해가 넘어가면서 초저녁 빛이 어슴푸레하게 변해갔다. 어기적거리며 자리에서 일어나자 제시도 함께 일어나 거실까지 따라왔다. 그는 전축 바늘을 들어 옮긴 후 부엌으로 가서 소시지를 프라이팬에 올려 구웠다.

라스모이에서 그 여자에게 말을 걸었던 건 다시 만나니 대화라도 나누고 싶었기 때문이다. 그가 찾는 물건이 있는 매대로 안내할 때 그녀의 부드러운 목소리는 수줍고 느긋했으며 시골 사람 느낌이 났다. 처음에는 여자의 잿빛 푸른 눈에 관심이 갔는데 이야기를 나누는 동안 꾸밈없는 외모가 점점 더 좋아졌다.

소시지가 다 구워지자 그는 제시의 밥도 함께 챙겨 정원으로 나갔다. 이맘때면 종종 그렇듯이 공기 중에 향기가 감돌았다. 새소리가 아직 완전히 잦아들지는 않았지만 이전보다는 훨씬 조용해졌다. 때로 그는 여름밤이면 정원에서 잠들었다가 이슬이 맺히는 축축한 기운에 깨어나곤 했다. 하지만 오늘 밤에는 그러지 않을 생각이었다.

그녀는 가벼운 외투를 걸치고 너무 예스러워 눈에 띄는 옅은 감색 나폴레옹 모자를 썼다. 그는 침대에 누워 책을 읽었다…… 그리고 대로를 걸어가다 동물원으로 들어간 그들은 코끼리의 위용과 기린의 긴 목을 감탄의 시선으로 쳐다보았지만 원숭이 사육장에는 가지 않았다. 글로리아가 원숭이는 냄새가 지독하다고 말했기 때문이다.

몇 시간 후, 플로리언은 동물원 꿈을 꾸며 코끼리의 위용과 글로리아의 모자를 보았다. 하지만 글로리아는 글로리아가 아니라 그의 이탈리아인 사촌 이사벨라였다가 그다음에는 라스모이의 여자로 변했다. "난초처럼 사랑스럽구나." 아버지는 이사벨라가 처음으로 셜해나에 왔을 때 그렇게 말했었다. 하지만 꿈에서는 그 여자가 난초처럼 사랑스럽다고 말했다.

다른 꿈도 꾸었지만 모두 어둠 속으로 흩어져 기억에서 사라졌고, 새벽에 잠에서 깨었을 때 남은 것은 그 여자가 그렇다고 말하는 아버지의 목소리뿐이었다. 그리고 플로리언의 어머니는 자기주장이 강하지 않은 그녀만의 독특한 말투로, 아침마다 호수로 찾아오는 새의 이름은 뿔해오라비라고 말했다. 그리고 어디에선가 슈베르트의 피아노곡이 들려왔다.

플로리언은 꿈이 이어지기를 바라며 다시 잠을 청했다. 어릴 때도 자주 그렇게 해봤지만 한 번도 성공한 적은 없었다. 개는 침실 문 너머 층계참에 곤히 잠들어 있었다. 꿈의 자세한 내용은 점점 흐려지다가 완전히 사라졌다.

일주일 전에 처분한 피아노를 연주했던 사람은 이사벨라뿐이었다. 제노바에 사는 이사벨라는 영어를 완벽하게 다듬기 위해 여름마다 이곳에 왔지만 셜해나 사람들은 그녀의 영어가 다른 누구에게도 뒤지지 않는다고 생각했다. 이사벨라는 언제나 7월에 왔다. 처음 이곳에 왔을 때 그녀는 플로리언보다 약간 어린 아이였다. 혼자만의 세계를 방해받기 싫었던 그는 침입자에 대한 의심을 거두지 않았다. 하지만 자라면서 점점 친해진 두 사람은 전에는 경험하지 못했던 동지의식을 서로에게서 느꼈다. 늘 자신감 넘치는 사촌은 플로리언과 달리 이것저것 아는 것이 많아 그를 가끔 놀리기도 했다. "이 사람 머리가 너무 혼란스럽네(Nella sua mente c'é una gran confusione)." 이사벨라가 가끔 혼잣말처럼 그렇게 말하면 그는 갈피를 못잡는다고 자신을 나무라는 소리임을 알아차리고 어깨를 으쓱했다. 플로리언은 사실 자신의 그런 성향을 알고 있었고, 그런 말을 듣게 된 이유도 그즈음 이사벨라에게 모든 이야기를 다 했기 때문이었다. 이사벨라는 외로움을 덜어주었고, 처음에 플로리언이 그녀의 호기심에서 지켜내려 했던 혼자만의 비밀을 두 사람의 비밀로 바꾸어놓았다. "멋진데(Meraviglioso)!" 언젠가 그가 기숙학교에 다닐 적의 얘기를 털어놓았을 때 그녀는 그렇게 말했다. 어두워지는 겨울밤이면 몰래 학교를 빠져나가 거리에서 사람들을 따라다니며 정체를 알 수 없는 사람들 하나하나를 멋대로 상상하곤 했다는 이야기였다. 군중 속에 섞여 어깨를 움츠린 탐색 대상들은 자신들이 저지른 범죄 현장에서 서둘러 도망치고 있었다. 지갑이나 핸드백을 가진 소매치기, 횡령한 돈을 옷 속에 숨긴 은행원, 좀도둑, 소리

내지 않는 절도범. 그들은 어두운 현관문 앞에서 음험한 모습으로 열쇠를 꺼내며, 잠시 후 커튼이 드리워지고 불이 켜진다. 협박범은 편지를 쓰고 상점의 들치기는 훔친 음식을 요리한다. 절망에 빠진 소녀들의 구원자임을 자처한 간호사는 수술도구를 깨끗하게 닦는다. 마약상은 꿈을 포장하고 살인자는 손을 씻는다. "굉장해(Magnifico)!" 이사벨라가 외쳤다.

이사벨라는 나름의 현실세계를 펼쳐놓았다. 체사레와 엔리코, 바르톨로메오, 조반니 등이 존재하는 그 세계에서 그녀가 벽에 꽂아두는 스냅사진은 올 때마다 달라졌다. 멀리서 감탄하며 바라본 야회복 차림의 피에트로 팔로타, 이탈리아 은행의 시뇨르 카네파치. 그들이 그녀에게, 또는 그녀가 그들에게 실연의 상처를 안겼다. 그리고 플로리언은 그녀의 친구이며 언제나 그럴 것이었다. "너랑 있으면 나다울 수가 있어." 이사벨라는 플로리언을 치켜세웠다. 우리는 서로가 서로의 반쪽이라고, 이탈리아어로 훨씬 명확하게 표현했던 그 말은 번역을 거치며 우아함을 잃어버렸다. 플로리언은 그 말이 사실임을 알았다. 두 사람은 서로의 빈 곳을 채워주는 사람이었다.

어둑하던 새벽빛이 밝아왔다. 플로리언은 다시 잠들었고 다시 꿈을 꾸었지만 나중에는 그랬다는 사실조차 알 수 없었다. 처음으로 이사벨라를 사랑하게 된 날이 언제인지 몰랐고, 그 애를 항상 사랑했다고 생각될 때도 많았다. "우리 여기서 살아도 되겠다." 그녀는 셜해나를, 그리고 미래의 날들을 떠올리며 그렇게 말하곤 했다. 하지만 이사벨라에게 그건 사랑이 아니었고 그래서 플로리언에게는 다른 여자들이 있었다. 멀지 않은 곳에 살던 어여쁜 로즈 메리 다티, 그리고 캐슬드러먼드 약국에서 일하던 여자아이, 역장의 딸 놀린 파히, 그리고 〈누구를 위하여 좋은 울리나〉의 잉그리드 버그먼. 그 여자들과 별일이 있었던 것은 아니지만 무슨 일이 있었다 한들 그건 모두 이사벨라와 관련된 것이었다. 그녀를 정리하려는 또 하나의 가망 없는 시도였다. 플로리언은 집을 팔기로 결심하고 그녀에게 편지로 알렸지만, 매일 현관 바닥에 놓인 갈색 봉투들 사이에서 이사벨라의 길쭉하고 가는 필체로 쓰인 답장은 찾아볼 수 없었다.

오늘 아침에도 그녀의 편지는 없었다. 집을 보러 올 사람들과의 약속을 알리는 부동산 중개인의 편지만 있을 뿐. 약속은 오늘 두시 반, 네시, 다섯시였다. 이렇게 반응이 빠르다니 정말 다행입니다, 편지는 그렇게 마무리되었다, 곧 매입 제안이 들어올 것 같습니다.

아침을 먹고 플로리언은 모닥불을 되살려 추가로 찾아낸 사진과 학창시절의 애처로운 학기말 통지서, 아버지의 일기장, 잡지, 게임용 카드를 불 속에 집어넣었다. 그리고 타들어간 사진들이 까만 재로 조각조각 흩어져 보리수와 뿔남천을 장식하는 모습을 지켜보았다. 그는 등받이가 부서졌거나 다리가 없는 의자들을 태우며 어머니가 모아둔 이탈리아 미술 엽서들을 불길 위로 흩뿌렸다. 신발상자 다섯 개에 담긴 흑백 명화 엽서 한 장 한 장에는 각기 다른 필체로 인사말이 적혀 있고 우표와 소인까지 있었다. 어딘가에서 한꺼번에 세트로 산 잡동사니였다. 그중 몇 장이 발치에 떨어져 도로 집어 불 속으로 던져 넣었는데, 나중에 보니 몇 미터 떨어진 풀 위에 미처 놓친 엽서 한 장이 있었다. 칼에 찔린 성녀에게 기도를 올리는 수사가 그려진 엽서였다. 성녀의 목을 찌른 단도가 그대로 꽂혀 있었다. 상처에서는 피가 흐르지 않았고 성스러운 인물은 그런 고통에도 전혀 흔들림 없는 모습이었다. 엽서에 '성녀 루치아'라고 쓰인 글을 읽던 플로리언은 그때 라스모이에서 얘기를 나눴던 여자가 떠오른 것은 그저 상상의 작용일 뿐이라고 혼잣말을 했다.

8

며칠이, 그리고 몇 주가 흘렀다. 6월의 온기가 7월의 불볕으로 바뀌었다. 땅은 이미 바짝 말랐고 풀밭은 푸른 기운을 잃었다. 라스모이 거리에는 흙먼지가 쌓였고 비에 쓸려 내려가지 못한 쓰레기가 배수로에 모였다.

새로운 달이 시작되고 얼마 지나지 않은 어느 수요일 아침, 조지프 폴 코널티는 달리아와 아스파라거스 잎으로 만든 꽃다발을 들고 마을길을 걸었다. 어머니가 돌아가신 이후 일주일에 한 번씩 이 일을 해오며 그는 어머니 무덤가에 놓인 꽃이 축 늘어지거나 시들도록 하지 않겠다고 마음먹었다. 곁들이는 잎은 늘 아스파라거스를 썼지만 꽃은 캐도건스 화훼야채점에 있는 것으로 그때그때 정했다.

묘지에서 조지프 폴은 유리병의 물을 갈고 원래 있던 꽃은 시든 꽃을 버리도록 비치된 철망 쓰레기통에 넣었다. 어쩌면 그 꽃은 며칠 더, 잘하면 일주일은 더 갈 수도 있겠지만 매번 캐도건스에서 새로 꽃을 사고, 마을길을 걸어오고, 물을 갈고, 싱싱한 꽃을 병에 꽂는 모습을 어머니가 지켜본다는 생각이 자신의 공상만은 아니라고 생각했기에 대충 넘어갈 수가 없었다. 언젠가 묘지에 와 있을 때 어머니가 귓속말하듯 낮은 목소리로 고맙다고 속삭이는 소리를 들은 것도 같았다. 하지만 주점과 저탄장을 운영하며 지불할 돈은 지불하고 청구할 건은 청구하는 현실적인 사업가인 그는 자신이 뭔가 잘못 들었다고, 상상 속에서 잠시 실제와 다르게 바뀌어버린 소리를 들었다고 생각했다. 신앙이나 종교적 신념이 확고한 그였지만 자신이 정한 개연성의 범위를 벗어나는 것까지 받아들이지는 않았다.

조지프 폴은 묘지를 나와 자신의 주된 업무 장소인 주점의 바 뒤편으로 되돌아갔다. 30분 내로 저탄장 사무실에서 일하는 버나뎃 오키프가 그의 서명이 필요한 수표, 거래처에 두세 번 발송했는데도 응답이 없는 송장 사본, 아침에 도착한 우편물 중 중요한 서류 등을 들고 도착할 것이었다. 광장 4번지의 민박 운영과 관련한 비용 청구서는 모두 사무실 장부에 기록했고 들어오는 대로 바로 정산했다. 일주일에 한 번, 금요일 저녁이면 조지프 폴은 생전에 어머니와 합의한 금액을 금전출납기에서 꺼냈고, 이제는 그 돈을 누이에게 지급했다. 그는 늘 하던 대로 지폐와 잔돈을 부엌 창틀에 놓아두었다.

파리 한 마리가 천장에서 기어 다니고 있었다. 그는 기다리는 동안 우두커니 파리를 쳐다보았다. 한 번도 파리를 죽여본 적이 없었다. 그런 일을 할 수 있는 사람이 아니었다. 하루 중 이 시간 즈음 해서 마시면 기분이 상쾌해지는 세븐업을 한 잔 따랐다. 그리고 여기저기 돌아다니며 저 나름대로 무슨 일인가 하고 있는 파리를 계속 주시했다.

*

그날 아침 버나뎃 오키프는 제시간에 맞춰 도착하지 못했다. 저탄장을 나설 때부터 몇 분 늦은 데다 키세인 보석상 문간에서 그녀를 기다리던 오픈 렌에게 시달리기까지 했다.

"무슨 석탄 말씀이세요, 렌 씨?" 그녀가 물었다. 사실 아무 의미도 없는 말이라는 것을 알면서도.

"늘 하던 주문 그대로예요. 겨울용 재고가 저탄장에 들어왔나요?"

"이제 겨우 7월인데요, 렌 씨."

"9월만 되면 불을 피우시는데."

"누가 불을 피우는데요?" 버나뎃이 물었다. 이 질문의 답도 물론 알고 있었다.

"조지 앤서니가 돌아왔어요. 리스퀸 저택의 문이 예전처럼 활짝 열렸어요. 음, 조지 앤서니가 돌아온 건 알고 있겠죠."

"저는 모르는데요."

"그분들 앞으로 석탄 주문을 넣어주세요."

"물론 그래야죠, 렌 씨."

세련된 외모에 머리를 금발로 염색하고 자잘한 점무늬가 들어간 선홍색 투피스를 입은 버나뎃은 가던 길을 재촉했다. 그녀의 나이는 마흔여섯 살로 자신의 고용주보다, 그리고 고용주의 누이보다 젊었다. 사장의 누이는 자주 만나고 싶은 사람은 아니었는데 만날 때마다 그녀에게 고압적으로 굴었다. 그런 태도는 그들 어머니의 특징이었고 그 딸은 그러한 사실을 미처 깨닫지 못했으며, 아마 알았다면 태도를 바꿨을 터였다. 버나뎃이 보기에 사장의 누이는 사악한 여자였다.

그녀는 주점으로 들어가 거리 쪽에 면한 긴 바를 지났다. 바를 지키는 사람은 아무도 없었다. 아침마다 바의 끄트머리에서 술을 마시는 남자 둘은 그녀가 들어와도 인사를 하는 법이 없었고 근처를 지나가도 말을 걸지 않았다. 버나뎃은 남자들의 이름을 알지 못했거니와 알고 싶지도 않았다.

"안녕하세요." 바 뒤편으로 들어선 그녀가 인사하자 사장은 업무를 보는 조그만 원탁에서 일어섰고 그녀는 자리에 앉았다. 사장이 세븐업을 따라주었다.

그곳에는 두 사람뿐이었다. 버나뎃이 오는 시간에 바 뒤편에는 항상 손님이 없었고 오후에도 마찬가지였으며 초저녁에도 사람들은 여전히 거리에 면한 바 앞쪽을 더 좋아했다. 초저녁에도 주로 바 뒤편은 신부들이 드나들었고, 그쪽에서 들어오기가 더 편한 맥거번 씨나 카드놀이 상대가 있나 해서 찾아오는 법원의 포가티 정도만 거기 있었다.

버나뎃은 가져온 서류를 펼치고 서명이 필요한 수표는 한쪽에 따로 두었다. 이것은 오랫동안 매일 아침의 일과였다. 세븐업을 받은 후, 사장이 볼펜 뚜껑을 열고 서명하는 모습을 지켜보는 일. 그렇게 자신이 누구인지 밝히는 행위에서도 그는 자신의 됨됨이만큼이나 꼼꼼하고 깔끔했다. 자제심을 높이 사고, 언성을 높이거나 분노를 드러내지 않는 남자, 물건을 잃어버리는 행위를 스스로 용납하지 않기에 어느 것 하나 잃어버리지 않는 남자. 버나뎃은 그를 사랑했다.

"헤네시 코냑 재고가 많지 않네요." 그가 말했다.

"제가 전화로 주문할게요."

그녀는 좀처럼 잊는 법이 없으므로 메모를 할 필요가 없었다. 그는 어제저녁 밀레인 신부가 다녀갔다고 말했다. 추모공원과 관련해 좀 곤란한 상황이 발생했는데, 공원 부지로 봐둔 땅에 오래된 공공 통행로가 지나고 있어 매입이 까다로워졌다는 것이었다.

"저도 들은 얘기 같아요." 그녀가 말했다.

"밀레인 신부님은 공원 대신 스테인드글라스를 설치하고 싶어 하세요. 신부님은 북쪽 벽의 빈 창문 세 칸에 수태고지 성화를 스테인드글라스로 해 넣고 싶단 생각을 늘 하셨던 듯해요."

"그런데 코널티 양은 어떻게 생각하세요?"

"별로 좋아하진 않죠."

"수태고지 성화는 멋있을 것 같은데요."

"묘지 울타리에 머거티네 수송아지들이 드나드는 자리가 있어요. 누이는 그 울타리나 손을 좀 보면 되지 않겠느냐고 말하는데."

"어머님을 추모하는 의미로 말이죠?"

"누이가 말을 좀 멋대로 해요."

"어쨌거나 울타리는 별거 아니에요. 철망 울타리인가요? 눈여겨본 적이 없어서요."

"콘크리트 기둥에 철망이 연결되어 있어요."

"어머님은 매사에 현실적이셨어요. 코널티 양은 그런 점을 고려하는 거겠죠."

"아, 묘지를 헤치고 다니는 송아지를 보고만 있을 순 없죠. 그건 말할 것도 없어요. 울타리는 당연히 손볼 거예요. 그런데 북쪽 벽을 의미 있게 단장하기를 주교님도 원하시는 모양이에요. 그래서 밀레인 신부님이 누이에게 얘기를 하신답니다."

버나뎃은 신부가 나서서 한마디 하면 일의 진행에 도움이 될 거라는 데 의견을 같이했다.

"요즘 누이가 신경 쓰는 건," 조지프 폴이 말했다. "장례식에서 사진을 찍었다는 어떤 작자예요."

버나뎃은 장례식을 촬영하는 남자를 실제로 보았고, 사람들이 못마땅해하는 말을 들었으며, 자신이 자리를 비운 사이에 같은 남자가 저탄장에 왔다는 사실, 그리고 사진을 더 찍기 위해 콜리시엄 극장의 열쇠를 받아 갔다는 사실까지 모두 알았지만, 그래도 코널티 양이 지나친 상상을 하고 있다는 그의 말에 맞장구를 쳤다. 그녀는 자신의 고용주가 저탄장에 지원한 남자의 추천서를 꼼꼼히 읽는 모습을 지켜보았다. 아침 우편물에 섞여 있던 서류였다. 그는 만족한 듯 고개를 끄덕이며 추천서를 접어 봉투에 넣었다. 그리고 이토록 유익한 정보를 제공해준 이가 누구이든 그 사람에게 감사 편지를 보내라고 지시했다.

"아니, 편지는 이미 썼어요." 버나뎃은 그렇게 말하고 서명만 하면 되는 편지를 찾았다. 그가 편지 쪽으로 몸을 기울이며 의자에서 몸을 살짝 틀었을 때, 버나뎃은 잠시 그의 접어올린 바짓단이 자신의 장딴지에 닿는 것을 느꼈지만 그저 우연일 뿐임을 알고 있었다.

"자, 이제 다 정리됐군요." 사장이 말했다. 그가 아침 미팅을 마칠 때 항상 하는 말이었다.

*

저탄장으로 돌아가는 버나뎃 오키프와 다시 이야기를 나눈 오펀 렌은 키세인 보석상 문가에서 잠시 더 머물다가 우체국으로 갔다. 그곳에서 조지 앤서니 세인트존에 대해 문의하며 그가 돌아온 후 거기 들른 적이 있는지 물었다. 우체국 여자가 고개를 젓자, 오편은 캐셜 스트리트의 이발소와 아이리시 스트리트의 맥스 미용실에서도 비슷한 질문을 했다. 맥거번스에 가서도 물어보았다. 그런 다음 그는 광장으로 갔다.

그는 늘 지니고 다니는 서류를 옆자리에 늘어놓고 접힌 곳을 잘 편 다음 거기 적힌 내용을 읽었다. 여기저기 떠돌아다니던 긴 세월 동안 날마다 서류를 읽으며 동의의 의미로 고개를 끄덕이고 자신의 예감에 안도했었다. 오늘 아침 광장에서 휴식을 취하는 동안에도 그는 다시 한 번 안도했다.

조지 앤서니는 리스퀸에서 정신없이 바쁠 것이다. 당연한 얘기다. 가족 모두가 그럴 것이며, 달리 생각할 것도 없다. 굴뚝은 떼까마귀들이 차지했을 테고 창문은 뻑뻑해서 잘 열리지도 않을 것이며 자물쇠는 녹슬었을 것이다. 그 큰 저택이 정상으로 돌아오려면 한 달, 두 달, 아니 어쩌면 석 달은 넘게 걸릴 터이니 당장은 서류를 준비하는 일이나 할 수 있을 뿐이다. 머지않아 모든 방을 상쾌하게 환기시키고 보안 문제가 있는 방범창도 모두 교체하면, 굴뚝을 청소하고 페인트칠을 다시 하고 나면, 바쁜 시기를 모두 넘긴 조지 앤서니는 비로소 시간을 내어 서류를 받은 후 원래 있어야 할 자리인 서랍 속에 그것들을 다시 보관하게 될 것이다. 머지않아 조지 앤서니는 볼일을 처리하러 다시 마을에 나올 것이다. 사무변호사와 상담을 하거나 이를 빼거나 머리를 자르기 위해서라도. 어쩌면 양복을 맞추기 위해 치수를 재야 할지도 모르고, 금고에 보관해둔 귀중품을 꺼내거나 식료품을 주문해야 할지도 모르는 일이다. 오펀 렌에게 기다림은 힘든 일이 아니었다.

9

같은 날 오후, 코널티 양은 스튜를 만들 쇠고기를 다듬었다. 고기를 길쭉하게 썬 다음 비계와 힘줄을 되도록 깨끗하게 제거한 뒤 밀가루를 뿌려 큰 접시에 담아놓고 당근과 양파를 깍둑썰기로 잘랐다. 그녀는 고기를 겉면만 갈색으로 살짝 구워 한 번 뒤집은 다음 채소를 볶던 냄비에 부어 합쳤다. 그리고 끓는 물을 부은 후 소금과 비스토를 넣고 뚜껑을 닫았다. 도마를 문질러 씻고 대접과 칼을 개수대에 넣고 설거지했다. 냄비 뚜껑이 덜컹거리자 불을 줄였다.

네시 반이었다. 저녁식사가 시작되는 일곱시까지 고기는 충분히, 혹은 적당히 연해질 것이었다. 장례를 치른 후 집안 살림은 정상을 되찾았다. 변한 게 있다면 이제 코널티 양이 부엌에서 가정부와 함께 식사를 하고 남동생은 식당에서 혼자, 아니면 단기 투숙객들과 함께 식사를 한다는 점이었다.

예전에 어머니는 소위 가족실이라는 곳에 세 사람분의 식탁을 차렸다. 부엌에 면한 그 방은 어찌나 작고 갑갑한지 접시를 들고 식탁 주변을 돌아다니기도 힘들 정도였다. 그녀는 이제 그곳을 창고로 사용할 생각으로, 벽난로 선반과 식탁 위에도 통조림 병을 쌓아놓았다. 그 편이 훨씬 실용적이라 생각해 코널티 양이 여러 번 제안했지만 그때마다 무시되던 방식이었다.

코널티 양은 오븐에서 음식을 꺼낼 때를 대비해 접시를 미리 꺼내놓았다. 겨자를 물에 개어 준비하고 식탁에 놓을 소금 병을 채웠다. 고어리는 아직도 여름휴가에서 돌아오지 않았다. 클로버미츠 육가공 회사의 순회출장 영업사원과 드러먼드 시즈 종묘 회사의 영업사원이 오기로 되어 있었다. 다른 사람은 없을 듯했다. 그녀는 나이프와 포크의 숫자를 세어 놓아두고 물주전자와 유리잔도 준비해놓았다. 그런 다음 부엌을 나가 오후 이 시간이면 늘 그러하듯 이제는 자신의 것이 된 2층 침실로 올라갔다. 집 안에서 가장 크고 환기가 잘되며 아침 햇살이 가장 잘 드는 방이었다.

코널티 양은 옷에 양파 냄새가 배었을까봐 향수를 살짝 뿌리고 화장대 거울에 얼굴을 비춰보며 머리핀을 다시 꽂고 코와 볼에 파우더를 발랐다. 어머니가 돌아가시고 얼마 후 원래 거처하던 조그만 방, 오래전 아서 테틀로가 드나들던 방에서 나와 이곳으로 옮겨왔다. 셰필드에서 불행한 결혼생활에 매여 살던 가축용품 외판원 아서 테틀로는 이 집에서 마지막으로 머무르던 당시 이미 치열해지고 있던 전쟁터로 나갔다. 그가 정말 전쟁터로 갔다는 것을 그녀는 알고 있었다. 그리고 마침내 평화가 찾아왔을 때 코널티 양은 그가 예전에 자주 그랬듯이 뒷자리의 셀룰로이드 창문을 테이프로 보수하고 영국 번호판을 단 녹색 포드를 몰고 다시 한 번 광장으로 들어서기를, 위쪽을 쳐다보다 자신을 발견하고 집으로 달려오기를 소망했다. 하지만 아서 테틀로는 포화 속으로 사라져버렸고, 진심 어린 약속과 둘이서 이야기하던 미래도 함께 사라져버렸다. 전쟁에 나가 오도 가도 못하게 되면 그 누구도 어쩔 도리가 없는 것이다.

그 시절을 기념하기 위해 코널티 양은 벨벳을 씌운 조그만 보석함 쿠션에서 오늘을 위한 장신구, 사파이어 귀걸이를 꺼냈다. 잘 때 끼는 귀걸이를 빼고 반짝이는 파란 보석이 조밀하게 박힌 귀걸이를 귓불에 꽂았다. 올여름 매일 오후의 의식이 된 이런 몸단장은 매번 향수를 한 번 더 뿌리고 입술보호제를 한 번 더 바르면서 마무리되었다. 모든 과정을 다 끝내고도 그녀는 잠시 더 그곳에 머무르며 거울에 비친 모습을 아무 감정 없이 응시했다. 그러고는 물건을 모두 화장대 위 원래 자리에 놓고 장신구는 맨 위 얕은 서랍 안에 넣었다.

아래층으로 내려가는 길에 창가에 서서 광장을 내려다보았다. 아서 테틀로가 자기 나라를 지키러 전쟁에 나가지 않고 이곳에 돌아왔다면 자신을 찾아 올려다보았을 그 창가였다. "정신 차려." 어머니는 이 모든 것을 비웃으며, 그는 매춘부 같은 제 마누라에게로 돌아간 거라고, 그런 남자는 꼭 매춘부 같은 여자를 마누라로 삼는다고 말하곤 했다.

그녀의 어머니는 침대 시트를 태웠다. 가정부는 밖에 나가 마당을 쓸라며 내보낸 뒤 침대에서 시트를 벗겨내 아래층으로 가져가 화덕에 욱여넣었다. 눈물과 애원에, 아서 테틀로의 약속에 대한 믿음에, 그의 셰필드 이야기와 돌아오겠다는 다짐에, 이 모든 것에 어머니는 멸시를 퍼부었다. 모든 게 한심하다, 어머니는 말했다. 그렇게 비열한 욕구를 채웠으니 두 사람 다 천벌을 받을 거다, 평생 대가를 치를 거다. 이 집에 닥친 추한 불행은 결코 사라지지 않을 거다, 어머니는 그렇게 예견했다. 추한 결과도 마찬가지고.

"당신 딸은 창녀야." 주점의 바 뒤편에 있다 돌아온 아버지에게 던진 어머니의 인사였다. 침대 시트 타는 냄새가 여전히 공기 중에 감돌고 있었다. 들어야 할 얘기를 다 듣고 난 아버지는 셰필드로 가서 아서 테틀로를 찾아내 돌로 쳐 죽이겠다고 맹세했다.

하지만 대신에 딸을 버스에 태워 더블린으로 데려갔다. 로스크레이와 모나스테레빈을 거쳐 커라를 지나는 내내 아버지는 딸의 손을 잡고 있었다. 버스가 네이스에서 멈췄을 때 그녀는 속이 매스꺼워 버스에서 내려야 했다. 오코넬 다리에서 어떤 남자가 다가와 안녕하시냐고 묻자 아버지는 그렇지도 않으면서 아주 좋다고 대답했다. 아버지는 남자에게 동전 하나를 주었다. 거지를 만나면 항상 뭐든 주는 사람이었기 때문이다. 그는 딸에게 기도하라고 타일렀다. 자리에 눕자마자, 사람들이 그녀에게 뭔가를 하기 전에 기도하라고.

아버지가 데려간 곳은 약국이었다. 그곳 사람들은 일을 시작하기 전에 먼저 약국 문을 닫고, 문에 붙은 팻말을 뒤집은 다음 유리창 블라인드를 내렸다. 아버지에게는 그곳에서 기다리라고 말했다. 그녀가 약국 뒤편에서 나왔을 때 아버지는 함께 차를 마시러 가자고 했고, 부녀는 아델피 극장 찻집으로 갔다. 자동차를 빌려 강변도로까지 돌아가 그곳에서 다시 버스를 탔다. 두 사람이 돌아오자 어머니는 아버지를 향해 살인자라고 말했다. 아마도 열시 반쯤 되었을 것이다. 다락방에 아버지를 위한 잠자리가 마련되었고, 그날 밤, 그리고 그후로도 계속 아버지는 그곳에서 잤다. 이후 어머니와 아버지는 그 일에 대해 한마디 말도 나누지 않았다.

그날 일은 코널티 양의 기억에 아직도 생생하게 남아 있었다. 그녀가 망자에게 보이는 매정함은 그 기억을 보존하기 위한 의식과도 같았다. 고통의 시간은 끝났지만 그녀는 그 시간이 아직 지나지 않았기를, 항상 무언가가 남아 있기를, 움츠림이나 떨림, 아직 풀리지 않은 분노의 일부라도 남아 있기를 소망했다.

10

그들은 똑같은 질문을 했다. 배수관에 대해 물었고 다락방을 터덜거리며 돌아다녔다. 땅이 알칼리성인지 물었고 전기 배선을 궁금해했으며 창틀에 잘 맞지 않는 창문을 눈여겨보았다. 몇몇은 물쥐를 보고 깜짝 놀랐다. 아예 차를 돌려 가버린 사람도 있었다.

플로리언은 모닥불에 던져 넣지 않은 엽서를 부엌 창틀에 세워놓았다. 비교적 덜 알려진 기를란다요*의 그림이 담긴 엽서의 수신인은 첼트넘 패덕스 21번지에 사는 메이블 신 양이었다. 날씨가 정말 상쾌해요. 엽서에는 그렇게 쓰여 있었다. 이 도

---

*15세기 이탈리아에서 활동한 화가 다비드 기를란다요를 가리키며 마찬가지로 화가로 활동한 형제들인 도메니코, 베네디토가 유명하다. 본문에서 언급된 작품은 〈성녀 루치아와 후원자〉이다.

시도 마찬가지고요. 그림은 세피아빛으로 바랬지만 기를란다요가 묘사한 순수함은 완전히 사라지지 않아서, 처음 보았을 때는 그저 상상일 뿐이라고 여겼던 유사성이 여전히 눈에 들어왔다. 황폐해진 거실을 보고 놀라는 사람들, 답할 수 없는 질문을 해대는 사람들이 지겨워진 플로리언은 어느 날 아침 다시 라스모이로 갔다.

*

"다 됐어요." 클랜시 씨가 말했다. 말랐지만 강단 있고 부산스러운 클랜시 씨는 대화가 계속 이어지는 것을 좋아했다. "좀 살펴볼 테니 기다려요."

밑창이나 굽, 혹은 두 가지를 다 고친 후 구두끈을 바꾸고 광을 낸 장화와 구두들이 선반 위에 놓여 있고, 그 아래에는 수선 중인 신발이 어수선하게 흩어져 있었다. 이름을 적은 쪽지도, 수선비를 적은 쪽지도 붙어 있지 않았다. 클랜시 씨는 항상 알고 있었다.

"바깥양반은 잘 계신가요?" 그가 양쪽 굽을 모두 교체한 딜러핸의 주일용 검정 신발을 찾으며 물었다.

"잘 지내요."

"딜러핸 부인은 어떠시고?"

"저도 잘 지내요."

사람들은 그녀에게 아이가 생기기를 기다렸다. 상점에서도, 사제관에서도 그랬고, 생전의 코널티 부인도, 지금은 그 딸도 그랬다. 뜨개질 매장의 버크 양은 가끔 그녀의 몸을 슬쩍 훑어보기도 했다. 그리고 엘리 자신을 포함해 이미 포기한 사람들도 있었다.

그녀는 수선비를 지불했다. 신발이 거의 닳지 않아서 평생 신겠다, 클랜시 씨가 그렇게 말했다. 요즘엔 신발을 그렇게 튼튼하게 만들지 않는다, 그가 신발을 한 짝씩 차례로 닦아 카운터 위에 올려놓으며 덧붙였다.

"거스름돈을 줄 테니 잠깐 기다려요." 그가 말했다.

하지만 클랜시 씨에게는 거슬러줄 잔돈이 없었다. 엘리는 매슈 스트리트의 상점들에 가보기로 하고 10실링 지폐를 그대로 들고 나왔다.

*

어쩌다 이렇게 되었나 의아해하며, 플로리언은 이미 제 손에 들린 잘 정리된 서류 다발을 내려다보고 있었다. 여왕 폐하의 범선 서펀트호는 외국 여행을 위해 설계되었다. 그는 서류를 읽었다. 귀하는 군수청의 지시에 따라 위 선박에 적합한 추가 비축용 군수품을 공급해야 한다.

"이거 아주 재미있네요." 그가 말했다.

바로 직전, 거리에서 체구가 자그마한 이가 그의 옆에 불쑥 다가온 참이었다. "이렇게 오래도록 서류를 보관하고 있었답니다." 오펀 렌이 말했다. "오랫동안 가지고 다녔지요."

플로리언은 서류를 돌려주려 했지만 늙은 사서는 받기를 주저하다가 다시 한 번 자신이 그 서류를 보관해왔다는 말을 했다. 가족 중 해군에 있었던 사람은 조지 3세였다, 그가 말했다. "물론 도련님도 잘 아시겠지만요."

플로리언은 부정해봤자 소용없을 것 같아 가만히 있었다.

"그분은 군수부에 두 해 동안 계셨습니다. 그리고 그 이상을 해군에서 근무하다가 지휘관이 되셨죠. 세인트존 가문 분들은 절대로 군인처럼 행동하시지 않았어요."

"물론 그렇겠죠."

"얼마 전에 맥거번스에 가서 도련님이 생필품을 사러 오실 거라고 말해두었습니다. 제가 그냥 알아서 그렇게 했어요. 맥거번스에서 도련님을 기다리고 있을 겁니다."

"네."

"세인트존 가문은 늘 맥거번스만 이용했지요."

"예, 물론이죠."

노인의 주름지고 처진 얼굴과 피로한 눈을 가만히 바라보던 플로리언은 언뜻 순간적인 의심과 당황의 기색이 스치는 것을 보았지만, 노인은 다시 대화를 그대로 이어갔다.

"석탄도 주문해두었습니다." 그가 말했다.

"물론 그러셨겠죠. 하지만 그래도 서류는 직접 보관하시는 편이 좋겠어요."

"이 서류는 항상 레이디 일라이자의 초상화 아래에 있는 작은 탁자에 보관했지요. 밖으로 펼쳐지는 조그만 탁자요. 뭐, 당연히 아시겠지만요."

"당분간만 계속 맡아주실 수 있을까요?"

"당분간은 이미 지났습니다. 아일랜드에서 이렇게 긴 당분간은 없었을 거예요."

그때 플로리언의 눈에 그 여자가 보였다. 그녀는 멀리서 자전거를 타고 천천히 광장을 가로질러 갔다. 파란 원피스가 눈길을 끌었다. 전에 만났을 때, 그리고 그의 꿈속에 나왔을 때 입고 있던 바로 그 옷이었다. 그녀는 보렐스 주점을 지나 어느 거리로 꺾어든 후 몇 미터를 더 갔다.

"괜찮으시다면," 그가 말했다. "이 서류는 다른 날 받는 편이 더 좋을 듯합니다."

플로리언이 다시 내민 서류를 노인은 받아 들었다.

"몇 번인가 이 서류를 대여해준 적도 있습니다, 도련님. 가문에 관심을 갖는 사람들이 많아서요. 하지만 분부대로 제가 잘 가지고 있겠습니다. 저는 요즘 모페스 테라스에 삽니다. 초입에서 두 번째 집이지요. 제겐 딱 알맞은 곳입니다."

플로리언은 고개를 끄덕였다. 그 탁자 서랍에는 도서관 카탈로그도 있다, 노인이 계속 설명했다. 2059권의 장서를 모두

보기 쉽게 정리했으며, 카탈로그가 제자리에 없을 경우에 대비하여 사본도 만들어 2층 작은 거실에 있는 리머릭 책상에 넣어두었다.

"그 책상은 맥크레디 씨가 직접 배달했습니다, 도련님. 그러고는 벽난로 쇠살대에서 좀 떨어진 곳에 두라고 했지요. 그날 맥크레디 씨가 책상 뚜껑 안에 비밀 서랍 몇 개를 넣어줄 수 있다고 했는데 가정교사가 싫다고 했어요. 작은 거실을 교실로 쓰고 있었거든요. 윌리엄 도련님 다리가 부러졌을 때 임시로 그렇게 쓰였지요. 가정교사 이름은 베이츠리프 양이었고요."

"어쩌죠? 저 지금 가야 하는데요."

"아일랜드에서 일어난 최고의 사건입니다. 도련님의 귀향 말입니다."

*

엘리는 바꿔 온 잔돈을 카운터에 올려놓았다. 클랜시 씨가 돈을 나누었다.

"바깥양반한테 내가 안부 전하더라고 해주세요, 딜러핸 부인." 그가 청했다. "개인적으로 알고 지내는 사이는 아니지만. 예전에는 어머님이 그이 신발을 가져왔는데 그다음엔 처가 가져오더니 요즘엔 새댁이 오는군요."

"그이한테 전할게요, 클랜시 씨."

가게를 나서는데 문 위에 달린 종이 울렸다.

"안녕하세요." 거리에서 목소리가 들려왔다.

돌아보기도 전에 엘리는 알았다. 손에는 봉투에 넣지도 않은 신발이 아직 들려 있었다. 자전거 바구니에 막 넣으려던 참이었다.

"플로리언 킬데리." 그가 말했다. "기억하세요?"

그는 구둣방 옆 폐업한 가게 창문 앞에 자전거를 두고 서 있었다. 머리에는 모자를 쓰고 있었다. 그가 엘리에게 미소 지었다. "기억 못 하시는군요." 플로리언이 말했다.

엘리는 그때처럼 얼굴이 붉어지는 것을 느꼈다. 그때처럼 머릿속이 뒤죽박죽되었고 도저히 제 것 같지 않은 비뚤어지고 생소한 생각들이 가득 찼다. 물론 기억한다고 말하고 싶었다. 그가 궁금했고, 궁금해하지 않으려고 노력했고, 궁금해하면 안 된다는 것을 알았다고 말하고 싶었다. 그가 안녕하세요, 하고 말했을 때 누구인지 바로 알았다고 말하고 싶었다.

"커피 한잔하실래요?" 그가 제안했다.

"아뇨." 엘리의 대답은 의도보다 훨씬 날카로웠다. 그녀는 고개를 저었다

"커피 한잔하고 싶으실 줄 알았는데."

엘리가 움직이자 그는 옆에서 자전거를 밀며 따라왔다.

"그냥 전 그럴지도 모르겠다고 생각한 거예요." 그가 말했다.

이어진 침묵 속에서 엘리는 모질게 말할 생각이 아니었다고

말하고 싶었다. 하지만 그 말도 하지 않았다.

"전 캐슬드러먼드 근처에 살아요. 아버지가 얼마 전에 돌아가셔서 여기서 3, 4킬로미터 떨어진 곳에 있는 집만 남았죠."

"캐슬드러먼드, 들어본 적 있어요."

"라스모이가 좋아요, 엘리?"

"살다보면 차차 알게 되는 거죠."

"변변한 일도 없는 동네 같은데요."

"딸기 축제가 열려요. 사람들도 많이 오고."

함께 걷는 동안 그는 뭔가 잃어버린 사람처럼 땅을 보고 걸었다. 한 번은 잠시 멈춰서 뭘 집더니 다시 던져버렸다.

"거리에서 만난 노인이 절 다른 사람으로 착각하던데요." 그가 말했다.

"아마 오핀 렌일 거예요. 리스퀸 얘기를 하지 않던가요?"

"리스퀸이 뭐죠?"

"예전에 세인트존 가문 사람들이 거기 살았어요. 그러다 오래전에 다른 곳으로 가버렸죠."

"렌 씨는 제가 다시 돌아온 그 가문 사람인 줄 아는 것 같아요."

"이제 리스퀸은 거기 없어요."

뒷문 쪽에 관리인 주택만 남아 있다, 엘리는 그렇게 말했다. 거의 허물어진 상태로, 옛 킬레이니 도로에. 가끔 그곳에 라벤더를 꺾으러 간다고 그녀는 말했다.

두 사람은 마을의 가난한 동네에 와 있었다. 빈민가가 철거된 그곳에서 영업을 계속하고 있는 마지막 점포가 구둣방이었다. 계속 영업해도 된다는 허가를 받았다. 언젠가 클랜시 씨가 엘리에게 그렇게 말한 적이 있었다. 너무 늙어 장사를 할 수 없을 때까지 있어도 될 거라고. 엘리는 지금 그 이야기를 하며 판자로 창문을 막은 가게들 하나하나에 대해 설명했다.

"이 근처에 사는 거 아닌가요, 엘리?"

"전 노크레이에 있는 농장에 살아요. 크릴리 산이요."

그는 전과 하나도 다르지 않은 모습이었다. 엘리는 자꾸만 그에게로 눈길이 향하는 자신을 주체할 수 없었다. 한 번은 눈이 마주치자 그가 미소를 지어 보였고, 그녀는 자기 마음을 알까 궁금했다. 모르면 좋겠다고 그녀는 생각했다.

"라벤더가 있으면 나비도 있겠군요." 그가 말했다.

"아, 맞아요, 나비가 있어요."

"세인트존 가문은 어디로 간 거죠?"

"아일랜드를 아예 떠났대요. 왜 그랬는지는 저도 몰라요."

"노인은 그럼 하인이었나요?"

"저는 잘 모르겠는데 사람들 말로는 렌 씨가 거기 도서관을 책임졌었다고 해요."

"그 말이 맞는 것 같네요."

그는 다리를 뻗어 포장도로 가장자리에 있는 병뚜껑을 배수로로 차 넣었다. 그 남자와 함께 자전거를 끌며 걷고 있다는 것, 심지어 고기를 사러 가려 했던 헌스 정육점과는 다른 방향으로 가고 있다는 것 때문에 엘리는 겁이 났다. 장거리가 있다고 말했어야 했다. 고기를 사야 한다고 지금이라도 말해야 했다. 하지만 그러지 않았다.

"렌 씨가 저더러 무슨 서류를 받으라고 해요."

"그분은 항상 서류를 가지고 다녀요."

그는 담배를 권하며 은박지를 젖힌 담뱃갑을 내밀었다. 그녀는 고개를 저었다.

"담배 안 피워요?"

"피운 적 없어요."

그는 포장도로에서 동전을 하나 주웠다.

"못 쓰는 동전이네요." 동전을 내밀며 그가 말했다. "옛날 상점에서 개별적으로 주조해 쓰던 종류예요." 보이스, 엘리가 동전 위의 글씨를 읽자 그는 상점 주인 이름일 거라고 말했다. "보이스라면 웩스퍼드 마을에 살던 사람들이죠." 그가 말했다.

엘리는 머게니스 스트리트가 나오면 코벌리스에 가야 한다고 말할 작정이었다. 마음의 준비를 했고, 사야 한다고 말할 물건도 생각해두었다. 똑딱이 단추, 그렇게 말할 참이었다. 그리고 바늘.

"저는 아버지가 남긴 집에서 혼자 살아요." 그가 말했다. "검은 개 한 마리하고요."

*

플로리언이 오늘 아침 만남에서 기대한 것은 자신이 과거에 같은 방식, 같은 이유로 맺었던 가벼운 관계에서 기대한 그이상은 아니었다. 이런 시작은 예전 관계의 시작과 다르지 않았고 이미 기분 전환도 충분히 되었다. 이사벨라가 한낱 그림자로 남는 일은 결코 없을 터였다. 하지만 오늘 아침 꾸밈없는 시골 여자 하나가 마음속 여린 부분을 건드리자, 사촌의 목소리는 예전만큼 자신 있게 울리지 않았고 미소는 다소 희미해진 듯했으며 손길의 기억은 어제보다 약해진 듯했다. 그가 대화를 이어가느라 현재 길동무의 매력을 벌써 언급했는지도 모르겠지만 사실은 그러지 않는 편이 낫다는 것을 직감했다. 영영 그러지 않는 편이 나을 것 같았다.

"셜해나라고 불리는 집이죠." 대신 이렇게 말했다. 엘리는 개에 대해 물었고, 그는 개에 대해 호수에 대해 초저녁의 정원에 대해 이야기했다. 그 시간대의 정원을 가장 좋아한다는 말과 함께. 다른 곳에서는 살아본 적이 없다, 라고 말했다. 그러기를 원한 적도 없었고, 아일랜드에 정착한 뒤로는 어머니나 아버지도 그런 생각은 하지 않았다. 어머니는 이탈리아 분이었다, 그가 말했다.

"어머니가 돌아가시자 아버지도 생기를 잃으셨어요. 그래도 감당하고 사셨죠. 아버지는 언제나 잘 감당해내는 분이셨으니까."

"그 집에서 태어나셨어요?"

"네. 두 분에겐 뜻밖의 사건이었대요. 조금씩 나이가 들면서 포기하고 있었나봐요."

"커요? 집?"

"황폐해진 방이 열여덟 개예요."

＊

엘리는 그 방들을 그려보았다. 황폐함은 빼고. 벽난로와 꽃이 있는 편안한 방들, 그의 어머니와 아버지, 뜻밖의 사건으로 그들에게 온 아이. 그녀는 그곳에 홀로 남은 남자와 검은 개, 부모의 죽음 뒤로 너무 많아진 열여덟 개의 방을 보았다. 호수의 고요한 물도 있었다. 정원의 향기와 황혼녘의 달콤한 공기도 있었다.

그가 주운 동전을 엘리는 손바닥과 자전거 고무 손잡이 사이에 넣어 쥐고 있었다. 그런 동전은 본 적이 없었다. 간직하고 싶었고 간직하게 되리라는 것도 알았다.

헐리 레인에서 그들은 사방치기를 하는 아이들 주변을 빙 돌아 자전거를 밀고 갔다. 그는 불을 붙이지 않은 담배를 손가락 사이에 계속 끼우고 있었다. 잊어버린 것 같았다. 하지만 그건 아니었는지 잠시 멈춰 서더니 담배에 불을 붙였다.

*

　성냥을 켜면서 플로리언은 그녀가 자전거 바구니에 자리를 만들어 신발을 넣던 모습을 기억했다. 무심코 보아 넘기는 사이에 아버지나 오빠 신발인가보다, 어쩌면 남자 형제가 여럿인지도 모르겠다, 하는 생각이 스쳤던 것 같지만 기억은 나지 않았다. 유심히 살펴보니 여태 보이지 않았던 반지가 거기에 있었다. 어찌나 가늘고 눈에 띄지 않던지 할로윈 밤브랙 케이크*에서 나온 것처럼 보였다.

　"몰랐어요." 그가 반지를 가리키며 말했다.

　"결혼한 지 오래됐어요." 그녀가 말했다.

*

　두 사람은 코벌리스 매장을 지나 걸었다. 엘리는 캐시앤드캐리에서 그를 만났을 때 자기도 모르게 반지를 숨기지 않았을까, 오늘 아침에도 그러지 않았을까 자문해보았다. 자기도 모르게 하게 되는 일들을 조심해야 한다, 수녀님들은 그렇게 말하곤 했다. 무슨 일이든 그걸 행하는 사람은 바로 자신이다.

---

*아일랜드에서 전통적으로 할로윈에 먹는 건포도빵으로, 동전이나 반지 등을 넣어 운을 점친다.

117

그들은 광장에 도착해 아무 말 없이 서 있었다. 사람들이 볼 수도 있었지만 그녀는 신경 쓰지 않았다.

"조만간 허물어졌다는 그 관리인 주택을 찾아갈지도 몰라요." 그가 말했다. "노인이 내게 그리도 열심히 이야기했는데 이제 남은 게 그뿐이라니, 어쩌면 가볼지도 모르겠어요."

"옛 킬레이니 도로를 따라 5킬로미터쯤 나가면 돼요. 찾기 쉬울 거예요."

"당신 꿈을 꿨어요." 그가 말했다.

11

 아침 일을 마친 코널티 양은 광장을 내다보려고 자주 찾는 창가에서 한가하게 쉬다가 머게니스 스트리트 쪽에서 나타나는 두 사람을 발견했다. 그들이 잠시 망설이다 걷는 모습, 다시 멈춰 서는 모습, 마침내 엘리 딜러핸이 종종걸음으로 자리를 뜨는 모습이 보였다. 느닷없이 달아나는 모습을 보니 종종걸음이라는 말이 떠오르지 않을 수 없었다. 망설임과 다급함이 섞인 몸짓으로 누가 억지로 등을 떠미는 듯 갑작스럽고 어색하게 떠나는 모습이었다. 엘리는 자전거를 타지 않고 끌면서 갔고, 장례식에서 사진을 찍었다는 그 남자는 그녀가 서둘러 자리를 뜨는 모습에 놀란 듯 제자리에 그대로 서 있었다. 그러더니 자전거를 타고 광장을 가로질러 캐슬드러먼드 로드 쪽으로 사라졌다.

함께 있는 두 사람의 모습에 무언가가 있었다. 그녀가 엘리를 몰랐다면 눈치챌 수 없었을—그리고 분명 중요하게 생각하지 않았을—무엇. 전에 엘리가 얘기했던 때, 그러니까 남자가 길을 물었다던 그때보다 두 사람이 서로를 더 잘 알게 되었다는 사실만은 분명했다.

이동식 주택을 매단 차가 후진하는 데 애를 먹고 있었다. 조지프 폴의 트럭 하나가 토탄을 싣고 매슈 스트리트로 들어섰다. 코널티 양이 바로 직전의 광경을 보고 느낀 당혹감은 이내 경악으로 바뀌었다. 엘리 딜러핸이 지금까지 어떻게 살았는지 생각하면 그녀에게 보호본능을 느끼지 않을 수가 없었다. 그녀의 남편은 사람들에게 존경을 받고 술도 마시지 않는 점잖은 사람이고 과거에 겪었던 비극 때문에 힘겨워하는 점이 이해할 만은 했다. 하지만 지난날의 잘못 때문에 스스로를 용서하지 못하는 남편 외에 말 상대 하나 없이 저 멀리 외딴 산중에서 하루하루를 보내는 것은 만만치 않은 일일 터였다. 엘리를 탓하기는 힘들었다. 그러고 싶지 않았고, 그러는 게 당연한 일 같지도 않았다. 시설에서 자란 아이, 빈곤 속에서 자신을 낮추며 살아온 아이, 아무것도 없이 태어나 아무것도 기대하지 않는 엘리 딜러핸은 세련된 사진사의 관심이 아니어도 이미 충분한 역경을 겪었다. 그가 누구이며 어디에서 왔건 상관없이, 코널티 양의 낯선 상상 속에서 그 남자는 이미 약탈자였다. 후진하는 이동식 주택을 지켜보며 그런 생각을 곱씹는 동안 코널티 양이 느낀 충격은 분노가 되어 양 볼을 발갛게 물들였다.

집 안은 고요했다. 가정부는 일찍 퇴근하는 날이어서 집에 없었다. 코널티 양은 몇 분을 더 창가에 머물다 남동생에게 점심으로 줄 샌드위치를 만들기 위해 아래층으로 내려갔다. 분노가 가라앉긴 했지만 아직 마음에 남아 있었다. 죽은 사람처럼 살아냈던 지난시절, 그리고 이젠 흐르지도 않는 눈물이 아직 마음에 남아 있는 것처럼. 엘리 딜러핸이 한없이 불쌍했다. 자신이 한없이 불쌍해 너무도 비참했던 어느 시절처럼.

*

조지프 폴의 누이는 샌드위치를 만들어 그가 곁들여 먹기 좋아하는 보브릴*을 진하게 타 식당으로 가져오더니 전에 없이 식탁 맞은편 자리에 앉았다. 그는 누이에게 무언가 할 말이 있음을 알아차렸지만 정작 누이가 말을 시작했을 때는 제대로 듣지 않고 가끔 고개만 끄덕였다.

아버지가 누이를 더블린에 데려갔던 날, 어머니는 두 사람이 돌아오지 않았으면 좋겠다고 말했다. 둘 다, 어머니가 말했다. 영원히. 하지만 그는 아버지와 누이가 돌아오기를 바랐다.

---

* 소고기 농축액 상표명. 물에 타서 음료로 마시기도 한다.

아무리 수치심이 끔찍해도 두 사람이 저녁 버스를, 아니면 다음 날 출발하는 버스를 타고 언젠가 돌아오기를 바랐다. 아래층 창문에 사실과는 다르게 빈 방이 없다는 안내문을 붙인 집에서 올지 안 올지 모르는 아버지와 누이를 기다리며, 그는 어머니가 울 거라고 생각했지만 그녀는 울지 않았다. 어머니가 우는 모습은 보지 못했다. 오후에 그는 차를 끓이고 토스트를 만들었지만 어머니는 먹지 않았다. 조금 지나 읍내에 가서 아버지와 누이가 버스를 타고 왔는지 보면 어떻겠느냐고 물었을 때 어머니는 아들의 말을 듣지 못했다. 다시 묻자 어머니는 두 사람은 버스에 탔다고, 알 수 있다고 말했다. 마중을 간 그와 함께 아버지와 누이가 집에 돌아왔을 때 어머니는 그날이 인생 최악의 날이라고 말했다. 그는 누이에게 코코아를 가져다주었다. 엄마라면 누구라도 속상할 거다, 그가 말했지만 누이는 대답하지 않았다. 남동생의 말에 아무런 대꾸를 하지 않은 건 그때가 처음이었다. 지금은 자주, 그들은 서로의 말에 대꾸하지 않았다.

"그 남자가 엘리 딜러핸한테 극장에 대해 물어봤대." 식당에서 누이가 그렇게 말하자 조지프 폴은 무슨 이야기냐고 물었다.

"말했잖아."

"알아, 알아. 그런데 누나 말은 요지를 파악하기가 쉽지 않아."

"그 남자가 마을 여기저기를 들쑤시고 다닌다고. 극장에도 들어갔대. 누가 말해줬어. 그 남자가 누군지 아는 사람이 아무도 없단 말이야."

"극장 열쇠는 저탄장 사무실에 있어. 열쇠가 없으면 극장에 들어갈 방법이 없잖아. 누나가 말하는 남자가 누군지 난 몰라."

"옅은 트위드 양복에 모자를 잘 쓰고 다녀. 캐슬드러먼드 로드 쪽에서 오는 사람이야."

"누군지 전혀 모른다고."

조지프 폴의 말투에 무관심이 역력히 묻어났다. 이딴 말을 듣고 있을 이유가 없지, 그는 마음속으로 그렇게 생각했다. 그러고는 뒷방을 새로 페인트칠하기 위해 버나뎃 오키프가 뎀프시와 일정을 조정하고 있다고 말했다.

"뒷방하고는 상관없는 문제야. 그 남자를 못 본 사람은 너밖에 없는 것 같다. 그 사람이 지붕에 올라가 고함을 쳐도 넌 안 보려고 하겠지."

그는 아무 말 하지 않았다. 아무 말 하지 않는 것이 늘 최선이었다. 그는 누이가 만들어준 샌드위치를 다 먹고 남은 보브릴을 다 마신 후 그녀가 일어나길 기다렸다.

*

코널티 양은 이동식 식기대에서 놓아둔 쟁반을 집었다. 동생이 식사를 마친 접시, 컵과 컵받침, 그리고 항상 함께 가져다주는 소금과 후추병까지 모두 쟁반 위에 얹었다. 그리고 동생이 흘린 빵부스러기를 행주로 훔쳐 쟁반에 쓸어 담았다.

"한 가지 더 말해줄게." 그녀가 냉정하고 침착하게 말했다. 마음만 먹으면 언제든 그렇게 침착해질 수 있는 사람이었다.

그녀는 동생의 등 뒤에 대고 말했다. 그는 고개를 돌리지 않았다. 그 남자, 한동안 엘리 딜러핸이랑 어울리다가 결국 떠나고 말 거다, 그녀가 말했다.

12

엘리는 남편이 보여준 대로 타이어 레버를 움직이지 않게 잡고 있었다. 바퀴의 테에서 12에서 15센티미터 정도 벗겨진 타이어를 그대로 고정하기 위해 또 다른 레버 두 개가 사이에 끼워져 있었다. 그는 둘 중 하나를 발로 조작하며 타이어를 살살 벗기려다가 제대로 되지 않자 다른 레버를 아직 그녀가 잡고 있는 레버 쪽으로 가까이 밀었다. 타이어 가장자리가 몇 센티미터 더 밀려났다. "이제 됐어." 그가 말했다.

그는 레버를 옆으로 계속 밀어 튜브를 빼냈다. 바로 몇 분 전 그녀를 부르기 전에 그는 혼자서 복스힐을 잭으로 들어 올리고 바퀴를 빼놓았다. 이제 그는 대야에 물을 채웠다. 그녀는 남편이 펌프로 튜브에 바람을 넣어 핑크 난 곳을 찾는 모습을 옆에서 지켜보았다. "이제 나 혼자 할 수 있겠어." 그가 말했다.

돌사과밭으로 가서 곡식을 흩뿌리자 암탉들이 몰려들었다. 엘리는 자신이 남편을 사랑하지 않는다는 사실을 의식해본 적이 없었다. 사랑은 아니었다. 클룬힐 수녀님들이 항상 이야기하던 사랑과 다른 방식의 사랑은 시작되지 않았다. 그 표지가 눈에 보일 듯이 밝게 빛나며 영원히 타오르는 그런 사랑, 농장의 부엌 문간 위에서 지금도 꺼지지 않고 타오르는 듯한 그런 사랑이 이제는 엘리의 것이 된 소스 팬을 닦던 그 여자에게, 또한 그전의 다른 여자들에게는 있었겠지만 엘리는 아니었다. 엘리는 닭들을 안으로 몰아넣고 마당으로 가는 길에 양상추 두 개를 잘라냈다. 그리고 가장 상태가 좋은 골파를 뽑았다.

차바퀴가 교체되었고 잭은 다시 내려와 있었다. "고마웠어." 그녀가 지나가자 남편이 말했다. 남편은 그녀에게 자꾸만 고맙다고 말했다.

결혼 제안은 배려에서 나온 것이었다. 제안을 받았을 당시나 지금이나 그렇게 느끼고 있었다. 싫다고 했다면 그녀야말로 배려 없는 사람이었을 것이다. 딜러핸의 집이 엘리의 보금자리였고, 그곳에서 그녀는 역시 배려의 의미로 하녀가 아니라 주부로 불렸다. 아내를 여의었고 자신보다 아는 것도 많은 그는 실제보다 더 나이 든 사람처럼 느껴졌다. 차라리 결혼하는 편이 낫겠다, 그가 말했다. 정확히 그런 표현을 쓰지는 않았지만. 나중에 라힌치에서는 그녀가 점점 친근하게 느껴진다며, 자신은 운이 좋은 남자라고도 말했다. "저야말로 운이 좋죠." 엘리는 진심으로 그렇게 말했다. 그녀에게는 거짓말하는 습관이 없었다. "미안해요." 남편에게 아이를 안겨주지 못하자 그녀는 미안해했고 그는 상관없다고 했다. "당신은 이미 충분히 많은 걸 해줬어." 그가 말했다.

엘리는 식탁을 차렸다. 양상추를 씻고 물기를 말렸다. 일요일에 먹다 남긴 양고기도 얇게 저몄다. 골파를 다지고 토마토를 잘랐다.

그는 문간에서 장화를 벗고 개수대에서 손을 씻었다. 때로 남편은 위층에 올라가 씻고 셔츠를 갈아입기도 했지만 오늘 저녁에는 그렇게 하지 않았다. 피곤하다는 걸 알 수 있었다.

"칼날 파편이야." 그가 타이어에 왜 구멍이 났는지를 설명했다. "날카로운 칼날 조각이 박혔어."

또 하루가 지나갔다. 구둣방 앞에서의 만남 뒤로 닷새째였다. 그 뒤로 나아진 것은 전혀 없었다. 이맘때면 나아져 있을 거라고 생각했었다. 엘리는 깊이 뉘우쳤고 수치스러워했지만 감정은 그날 아침이나 그 이전과 다를 바가 없었다.

"자토를 사왔군." 남편은 자기 접시에 샐러드를 덜었다. 여름 음식, 그는 샐러드를 보고 그렇게 말했고 다시 담아줘도 마다하지 않았다.

"자토가 들어왔다고 말하는 걸 깜빡했어요."

"괜찮아. 잉글리시스에서 혹시 용수철 고리 봤어? 거기서 파는지 혹시 알아?"

"물어볼게요."

엘리는 차를 따르고 우유를 넣어 남편에게 주었다. 그리고 설탕을 가까이 밀어주었다. 말을 하면 도움이 되었으므로 할 말을 더 생각해내려고 애썼다. "저 사람은 새댁을 위해서라면 뭐든 할 거예요." 결혼 피로연에서 모르는 여자가 그녀에게 말했었다. 그 말을 꼭 해야 한다는 듯, 그의 진가를 모르기 십상일 거라는 듯. 맥거번스에서 데벌레라를 닮은 남자가 또 테리어 강아지들을 팔고 있었다, 그녀는 남편에게 말했다.

"당신이 전에 얘기한 것 같은데."

"미안해요."

"저런, 아니야."

결혼식장의 그 여자는 엘리에게 운이 좋다고 말했다. 결혼식이 끝나고 복스홀을 타고 여행을 떠났을 때 그녀는 불행하지 않았다. 그때도, 그 뒤로 며칠간 여행을 할 때도 후회가 되지는 않았다. 농장으로 돌아온 다음에도 마찬가지였다. 라스모이에서 사람들이 딜러핸 부인이라고 부르면 기분이 좋았다. 단지 그것, 그리고 그와 같은 침대를 쓴다는 점만 달랐다. 그전에 자신이 쓰던 방은 밝은 색 페인트와 장난감 무늬 벽지로 미루어 보아 아이 방이었던 듯했다. 방을 바꾸고 싶다고 생각한 적은 없었다. 방이 비었을 때 그냥 그대로 두라는 남편의 말에 엘리는 그가 무슨 생각을 하는지 알 수 있었다.

남편은 그녀가 따라준 차에 설탕을 타서 저었다. 말이 없는 것은 문제가 되지 않았다. 개의치 않는다, 그는 자주 그렇게 말했다.

"길가 풀밭의 풀을 깎았어." 그가 접시에 담긴 음식을 다 먹고 나서 말했다. "코리건네 아들 녀석들을 불렀지."

그녀는 남편이 삼각형의 치즈를 감싼 은박지를 벗겨 깔끔하게 접은 뒤 칼로 치즈를 들어 올려 꺼내는 모습을 지켜보았다. 그는 꼼꼼한 일처리를 좋아했다. 심지어 이런 것까지도. 조심성 없이, 혹은 건성으로 행동하는 모습은 상상하기 힘들었다. 물론, 예전에 그런 행동이 비극을 초래한 적은 있었지만.

"밥맛이 없는 거야, 엘리?" 그가 말했다.

"조금요."

"그래 보여."

그녀는 남편에게 빵을 더 잘라준 뒤 찻잔을 채워주려고 식탁 위로 손을 뻗었다. 개헤건이 잘하면 땅을 팔 것 같아, 그가 말했다.

"자꾸 엇나가는 작자이긴 하지만 땅을 내놓을 준비가 거의 된 것 같아."

엘리는 주인이 바뀔 땅과 그로 인해 생길 변화, 그리고 개헤건이 어쩌면 숲에 있는 땅까지 처분할 마음을 품는 상황 등을 생각해보았다.

"이제 곧 그날이 올 거야, 엘리."

남편은 어절 하나하나에 한 번씩 고개를 주억거리며 그렇게 말하더니 의자를 뒤로 밀었다. 그는 피곤한 저녁이면 창가에 있는 푹 꺼진 소파에 앉아 넓은 어깨를 편안히 기울인 채 신문을 읽었고 듣고 싶은 프로그램이 있으면 라디오를 켜놓았다. 오늘 저녁에도 그는 그곳에 앉아 있었고 엘리는 식탁을 치우고 접시를 개수대로 가져갔다. 처음에는 옆방에 그의 아내 사진이 있었다. 아기를 팔에 안고 미소 짓는 여자. 하지만 나중에 그는 사진을 서랍에 넣었다.

엘리는 뜨거운 물을 틀어 접시와 식기를 담그고 설거지용 세제를 풀었다. 라디오에서는 남편이 잘 듣는 올드타임 댄스 프로그램이 나오고 있었다. 제 마음속에는 오직 나약함뿐이에요. 눈앞에 자신의 필체가 보였다. 옆으로 기울여 쓴 구식 필체는 현란함을 지양하고 명료함을 따르라는 앰브로즈 수녀님의 가르침에 영향을 받은 것이었다. "우리가 필요하면 언제든지 편지를 쓰려무나." 앰브로즈 수녀님은 간청하듯 말했다. "언제든지 우리한테 말해." 하느님이 너의 힘이시다, 수녀들의 입술이 그 얼마나 자주 전했던 말인가!

더 많은 날들이 지날 것이고, 그때 정말 그런 일이 있었나 생각되는 날이 올 것이다. 자신의 실수와 자기 자신까지 속여 넘겼던 시간을 수치심과 함께 되새기며, 참회를 통해 평화를 찾고 용서받게 될 것이다. 흐르지 않는 시간이란 있을 수 없고 매순간 치유가 될 것이다.

"나도 올드타임을 추러 다녔지." 남편이 말했다. 그녀는 전처와 함께 다녔던 거라고, 그리고 그 사건 때문에 이후로는 가고 싶어 하지 않는 거라고 추측했다. 그는 소파 팔걸이를 손가락으로 두들기며 무언가 다른 말을 했다. 하지만 음악소리가 갑자기 너무 커져서 무슨 말인지 알아들을 수 없었다.

"닭을 보러 가봐야겠어요."

개가 짖은 걸 보면 근처에 여우가 있는 모양이었다. 하지만 그녀가 밖으로 나갔을 때는 모든 것이 고요했다. 한 해 중 이맘때는 밤에도 완전히 어두워지지 않기 때문에 트랙터의 녹색이나 복스힐의 칙칙한 갈색도 흐려 보이지 않았다. 양치기 개들은 엘리가 주위를 돌아보는 동안 함께 다녔고 대문가에 서서 귀를 기울이는 동안에도 충실히 옆에 서 있었다. 그의 이탈리아인 어머니는 키가 크고 담배를 피우고 나이가 들어도 아름다운 여인이었을 것이다. 난데없이 그 이미지가 떠올랐다. 돌사과밭에서 그녀는 닭들을 우리에 가두었다.

"앉아서 쉬지그래." 남편이 말했다. "앉아서 음악 들어."

"저는 가계부를 좀 봐야 해서요."

엘리는 옆방으로 갔다. 거기에 영수증과 은행에서 지불했던 당좌수표 대금을 기록한 회색 연습장이 있었다. 그녀는 불을 켜고 창가에 놓인 탁자 서랍에서 연습장을 꺼냈다.

가계부는 이미 써놓았고 그녀도 그걸 알고 있었다. 하지만 같은 서랍에 앰브로즈 수녀님이 보낸 크리스마스카드가 있었다. 클룬힐에서 앰브로즈 수녀는 다른 수녀들보다 더 그녀와 친했다. 네가 결혼해서 우리는 정말 기쁘단다, 어떤 편지에는 이렇게 쓰여 있었다. 그리고 농장에서 만족스럽게 지낸다니 정말 감사할 일이로구나. 다른 편지에는 로크 덕으로 여행을 간 이야기와 퍼모이 피정 소식이 담겨 있었다. "수녀가 될 소명을 받았다고 느끼면 우리가 네 옆에 있어줄게." 그녀의 생일로 선택된 날 밤에 앰브로즈 수녀님이 한 말이 생각났다. "그게 아니어도 우리가 늘 네 옆에 있다는 거 잊지 마." 그때 그녀는 열한 살이었다.

엘리는 카드들을 다시 봉투에 집어넣었다. 종교적인 글이 동봉된 것도 있었다. 광택 나는 종이에 그리스도의 수난을 묘사한 카드였다. 우리의 죄는 주님의 상처입니다. 피 흘리는 인물 아래 진한 검은색 이탤릭체로 쓰인 글씨가 그렇게 선언하고 있었다. 주님은 우리를 위해 고통 받으셨습니다.

남편이 계단을 올라 2층 침실로 가는 발소리가 들렸다. 엘리는 연습장에서 종이를 한 장 찢어 늘 서랍에 넣어두는 볼펜을 꺼냈다. 그녀는 앰브로즈 수녀에게 크리스마스에 소식 전하지 못해 죄송하다고, 자신은 잘 지내고 있다고 썼다. 그리고 잘 지내고는 있지만 그래도 자신을 위해 기도해달라고 부탁했다. 머릿속에서 구상한 편지를 종이에 옮겨 적었지만 앞뒤가 맞지 않았다. 편지를 읽어보니 알 것 같았다. 편지를 쓴 이유를 밝히지 않는다면, 그리고 자신을 너무도 잘 아는 그녀들이지만, 침묵과 기만이라는 거짓 때문에 변해버렸고 수치심에 시달리고 있는 지금의 자신이 낯선 사람처럼 느껴질 거라고 털어놓지 않는다면, 앞뒤가 맞지 않는 글이 될 것이라는 사실을. 다른 종이에 편지를 새로 쓰려고 해봤지만 달리 할 말이 없었다. 그렇게 말을 아껴서는 자신이 느끼는 황폐함을 전달할 방법이 없었다. 그리고 그렇게 아낀 말마저도 당혹감과 불안함만 초래할 터였다.

그녀는 고요한 방에서 한 시간을 더 앉아 있었고, 그러고도 조금을 더 머물렀다. 울고 싶었지만 울지 않았다. 자신이 구하는 동정이 바로 거기에 있는데, 그걸 알면서도 거부했다.

엘리는 뒷문 빗장을 벗기고 다시 밖으로 나가 길을 걸었다. 밤공기가 상쾌해 위안이 되었다. 피곤해지도록 걸어 다니는 그녀를 양치기 개들이 따라다녔다. 부엌으로 돌아와서는 스토브 뚜껑을 열고 연습장에서 찢어낸 종이들을 빛이 없는 까만 무연탄 위로 던져 넣었다. 통풍조절판을 빼낸 후 불꽃이 타오르는 소리를 들었다.

13

코널티 양은 그 남자가 골칫거리라고 했다. 엘리를 보지도 않고 달걀을 받으며 말했다. 그가 누군지 사람들이 궁금해한 다, 지갑에서 꺼내던 돈을 만지작거리며 그렇게 말했다. 코널 티 양은 알았던 것이다.

꺼낸 동전에 잔돈이 좀 더 보태졌고 지갑의 지퍼가 닫혔다.

"내가 이런 말 해서 언짢은 건 아니죠?" 코널티 양이 물었다.

"그날 제게 길을 물은 사람일 뿐이에요."

그는 골칫거리가 아니다. 자전거를 타고 떠나며 엘리는 그 렇게 말했어야 했다고 생각했다. 그 사람이 누군지도 모르고 그에 대해 아는 것도 없으면서 어떻게 골칫거리라고 말할 수 있지? 그 말도 했어야 했다. "그 사람 이름은 플로리언 킬데리 예요." 그렇게 말했어야 했다. "반은 이탈리아 사람이고요."

엘리는 옛 킬레이니 도로를 통해 먼 거리를 돌아 농장으로 돌아왔다. 남자가 리스퀸의 관리인 주택에 관심을 보였을 때 그녀는 그것을 무시했다. 그곳의 고요함을 좋아한다고, 내색한 것보다 자주 거기 간다고도 말하지 않았다. 그녀는 자신이 표현을 억제하는 것을 감지하고 그가 마음이 상하지는 않았는지, 그리고 인사도 없이 난데없이 자리를 떠서 또 한 번 마음이 상하지 않았는지 궁금했다. 함께 마허스 카페에 갔다 해도 그게 그리 대단한 일인가? 그 사람이 골칫거리라는 말을 듣고 나니 뭔가가 달라졌다. 그런 걸 수녀님들이 어떻게 이해하겠는가? 그분들이 어떻게? 그리고 잘못된 말이 오가지도 않았는데 누군가와 대화하는 것이 그리 나쁜 일인가?

요즘엔 아무도 다니지 않는 옛 킬레이니 도로에서 그 남자가 피우는 담배 냄새가 나는 것 같았다. 잠시 멈춰 섰으나 냄새는 착각이었다. 천천히, 그녀는 리스퀸 애비뉴의 높은 철제 대문을 지나 허물어진 관리인 주택을 들여다보았다. 거기에는 아무도 없었다.

*

"산등성이 목초지에 가보려고 해." 딜러핸이 말했다. "두어 마리가 빠져나간 것 같아."

그녀는 대답하지 않았다. 아무 말도 듣지 못한 것처럼.

"말해봐, 엘리. 무슨 걱정거리라도 있어?"

엘리는 괜찮다고 말했다. "정말이에요." 그녀가 말했다.

그는 차를 몰고 마당을 나갔다. 무리에서 벗어난 양들 이야기를 해준 사람은 개혜건이었다. 개혜건은 거기 놓아기르는 가축이 있는 것도 아닌데 가끔 산에 올라가곤 했다. 파란색으로 표시된 양 두 마리를 봤다, 그는 그렇게 말했다. 눈이 안 좋으니 확신할 수는 없다면서. 딜러핸은 직접 올라가 살펴봐야겠다고, 그 두 마리가 자기 양일 것 같다고 했다.

딜러핸은 평소와는 다른 길을 택해 코리건 가족의 검은색 창고에서 오른쪽으로 방향을 틀었다. 그는 둘(Doole)을 빙 돌아 산길을 오르기 시작했다. 경사가 조금만 더 심했어도 복스 힐을 타고 올라가지 못할 것 같았다. 양들이 무리를 벗어났다면 크릴리의 이쪽 울타리를 뚫고 빠져나갔을 터였다.

개들은 옆자리에서 졸고 있었다. 손잡이를 돌려 내린 창문으로 신선하고 쌀쌀한 공기가 흘러 들어왔다. 뭔가가 있다, 그는 생각했다. 그냥 기분이 좀 가라앉았을 뿐인지도 모르지만, 감정기복은 그녀와 어울리지 않았고 전에도 없던 일이었다. 아침 식사 때도 아내는 음식에 거의 손을 대지 않았다.

딜러핸은 나무가 성긴 곳에 차를 대고 습지를 지나갔다. 멀리 흰 점 두 개가 보였고 위치로 보아 자신의 양임을 알 수 있었다. 개들을 그리로 보내고 그는 철망 울타리가 뚫린 부분을 찾으러 갔다. 장화가 습지 수면 밑으로 푹푹 빠졌다. 그녀는 여자들만의 문제에 대해 얘기할 때 수줍어하는 경우가 많았지만 그는 또 굳이 캐묻는 성향이 아니었다. 그녀는 또한 얼버무리는 성격이 아니며 이 집에 온 이후로 한 번도 그런 모습을 보인 적이 없었다. 처음 여기 왔을 때 농장 일에 대해 아무것도 몰랐지만 아는 척하지 않았다. 딜러핸 역시 알 거라고 예상하지도 않았다. 하지만 지금 엘리는 암탉치기, 유제품 가공하기, 채소 재배하기, 가계부 쓰기 등, 몇 가지 손에 익은 일에서는 그보다 더 능숙했다. 엘리를 첫 번째 아내와 비교할 생각은 들지 않았다. 두 사람을 함께 놓고 생각하고 싶지 않았고, 그런 적도 없었다. 하지만 딜러핸은 자신이 두 번이나 운이 좋았다는 사실을 알고 있었다.

그는 자기 소유의 토탄 습지를 지나며 매장된 토탄이 별로 남지 않았음을 깨달았다. 하지만 땅 가장자리 근처에 캘 수 있는 토탄이 더 있었다. 좁고 긴 습지이긴 하지만 그 정도 너비라면 토탄 채취를 위해 땅을 정리할 가치가 있었다. 토탄을 수레에 담아 축축한 땅 위로 운반하기가 쉽지는 않겠지만 건기에는 어찌해볼 수 있을 것 같았다. 이 문제는 내년 초여름에 결정할 참이었다.

종달새가 헤더 관목 군락 위로 날아올랐고 가끔은 도요새도 보였다. 그는 철망이 끊어진 곳을 찾아 휘파람으로 개를 불러들였다. 개들은 서두를 필요가 없음을 알고 느긋하게 다가왔다. 그는 예전만큼 알을 잘 낳지 않는 암탉들 때문에 아내가 실망한 거라고 생각했다. 그런 이유가 아니냐고 물었을 때 엘리는 억지로 미소를 지었다. 괜찮다, 그때도 그녀는 그렇게 말했었다. 별거 아닐 거다, 그는 혼잣말을 했다.

*

엘리는 핀으로 종이 옷본을 고정시킨 옷감을 부엌 탁자에 펼쳤다. 핀을 빼낸 뒤에는 얄팍한 종이 옷본을 다시 원래대로 접었다. 연한 바탕천에 조그만 선홍색 장미 봉오리 무늬가 들어간 원피스가 반쯤 완성되었다. 오늘은 아니지만 내일은 끝낼 수 있을 듯했다.

남편이 기억하는 한 늘 집에 있었다는 재봉틀은 원래 시어머니가 쓰던 것이었다. 남편은 새것을 사주겠다고 했지만 그걸 버리는 건 낭비라는 생각이 들었다. 그녀는 늘 다리가 견고하고 상판이 넓은 부엌 탁자에 재봉틀을 놓고 사용했다.

엘리는 실패를 교체하고 다시 바늘에 실을 끼운 다음 돌림 바퀴를 돌려 솔기 박음질을 시작했다. 농장에 오기 전부터 재봉틀은 사용할 줄 알았다. 자기 옷을 직접 만들었으며 셔츠 칼라를 떼어낸 후 뒤집어서 닳은 부분이 보이지 않도록 박을 수있었고 주머니를 달 줄도 알았다. 하지만 엘리는 이 원피스가 필요 없었다. 코벌리스에서 옷감과 옷본을 살 때도 맘에 드는지 아닌지 생각하지 않았다.

덜컥덜컥 돌아가는 재봉틀이 바람대로 딴생각을 몰아내주었다. 결연한 태도로 그녀는 솔기를 일직선으로 박아 내려갔다. 오후는 가장 힘든 시간이었다. 아침에는 닭도 돌보고 라디오에서 나오는 '오늘의 음반'도 들었는데 음악 중간 중간에 대화도 많았다. 하지만 해든 부인이나 또는 몇 안 되는 오리알을 사러 오는 작고 수줍음 많은 토머시나 플린이 들르지 않는 날에는 오후를 보낼 소일거리가 필요했다. 엘리는 라스모이로 가는 날을 화요일로 바꿨다. 금요일의 라스모이는 이제 익숙했기 때문이다. 화요일 오후는 자신에게도 그렇고 사제관 일정을 봐도 그렇고 금요일 아침만큼 편하지는 않지만, 그래도 화요일이 더 낫기에 바꾼 것이었다.

엘리는 솔기 박음질을 다 마친 뒤 실을 끊고 다른 쪽 소매로 손을 뻗었다. 하지만 바느질을 계속하고 싶지 않아 잠시 그냥 그렇게 앉아 있었다. 조용해진 재봉틀 위로 원하지도 않는 원피스가 반쯤 완성된 채 그대로 펼쳐져 있었다. 트랙터 소리가 마당에서 들리자 엘리는 다가올 기나긴 저녁이 두려워졌다.

14

코널티 양의 단기 숙박 손님들이 방마다 놓인 자명종 시계 소음에 하나둘 잠에서 깨어났다. 그들은 그 위압적인 호출을 중단시킨 뒤 기지개를 켜고 하품을 하며 이불에서 나와 커튼을 열었고, 그런 다음 화장실이나 욕실에 사람이 있는지 확인하러 갔다. 20분 후 어두운 색 양복에 셔츠와 타이 차림을 한 남자 세 명은 전날 밤 코널티 양이 각자의 침실 문 앞에서 가져다 닦아놓은 구두를 신고 계단을 내려와 식당으로 들어갔다. 네 번째 손님 버클리 씨는 아직 옷을 입는 중이었다. 여름 휴가에서 돌아온 금속가공기술 강사 고어리는 아침 식사를 거의 마친 참이었다. 조지프 폴은 아침 미사에서 돌아오지 않았다.

"달걀은요?" 웅성거리는 소리를 들은 코널티 양이 부엌과 식당 사이 창구를 열고 그 사이로 물었다. "달걀은 어떻게 익힐까요?"

남자들은 보통 때처럼 프라이로 달라고 했다. 호턴스의 순회출장 영업사원 역시 보통 때처럼 양면을 다 익혀달라고 했다. 토마토와 소시지를 먹겠느냐는 코널티 양의 질문에 세 남자 모두 그러겠다고 대답했다. 베이컨은 말할 것도 없이 각자의 접시에 다 담겼다. 울시 (아일랜드) 영업사원은 오늘 아침에 블랙푸딩*이 있는지 물었고, 코널티 양은 아주 많다고 대답했다.

고어리가 식탁에서 일어나자 잠시 식사가 중단되었다. 그는 세 남자가 식당에 들어왔을 때처럼 말없이 고개를 끄덕여 인사했다. 층계에서는 천천히 홀로 내려오고 있는 버클리 씨에게도 고개를 끄덕했다. 현관에 이른 버클리 씨는 35년 가까이 광장 4번지에서 묵을 때면 아침마다 하던 습관대로 다용도스탠드 옆에 걸려 있는 유리 기압계를 손가락으로 두드렸다. 부엌에 있던 코널티 양은 사람들이 그에게 인사를 하고 새로 온 손님을 소개하는 소리를 들었다. 창구를 열 필요도 없었다. 요즘 버클리 씨는 위타빅스 시리얼만 먹었다.

호턴스의 영업사원은 버클리 씨에게 건강이 어떤지 물었고, 그에게서 최고라는 대답을 들었으나 그 말이 사실이 아님

---

* 선지에 채소와 곡류를 섞어 만드는 소시지의 일종.

을 알고 있었다. 구부정하고 육중한 체구의 버클리 씨는 안색이 누르께하고 해쓱한 데다 몸도 축 늘어진 무기력한 모습이었다. 그는 다른 사람들이나 스스로에게 자신은 병들지 않았으며 여느 때와 마찬가지로 팔팔하다고 둘러대곤 했다. 하지만 방문하는 마을 상가에서 도는 말에 따르면, 요즘 버클리 씨가 주문 처리를 실수하는 일이 잦은데 그를 잘 아는 정 많은 상점 주인들이 그가 내심 갈망하는 은퇴까지 무사히 버텨 연금을 받을 수 있도록 보호하느라 실수를 알아서 바로잡는다고 했다. 버클리 씨가 취급하는 물품은 문구와 잡화 종류였다. 전성기 때와 마찬가지로 쇠락해가는 지금도 그는 애정 어린 존경을 받았다.

창구의 문이 다시 열렸고, 잠시 후 코널티 양이 전용 거치대에 첩첩이 꽂은 토스트와 버터 바른 빵을 가지고 식당으로 들어왔다. 그리고 창구에 놓아둔 접시들을 식탁으로 옮기고 처음 묵는 손님에게 빵이 노릇하게 잘 튀겨졌는지 물었다. 그는 그렇다고 대답했다.

"라스모이에 오면 난 여기 말고 다른 데는 안 가요." 코널티 양이 나가자 호턴스의 영업사원이 그 손님에게 말했다. "그렇지 않아요, 버클리 씨?"

버클리 씨 역시 그 말에 동의했고, 울시 (아일랜드) 영업사원은 더 멀리 찾아다녀도 이만한 곳이 잘 없다고 말했다. 숙박과 관련해 운이 나빴던 경험에 대한 이야기들이 오갔다. 눅눅

한 이불, 도저히 입에 대지도 못할 음식, 막힌 배수관. 광장 4번지의 욕실에는 비누가 떨어진 적이 없다, 호턴스의 영업사원은 그렇게 말했다. 더불어 화장실에 화장지 여분이 없는 경우도 본 적이 없다고 하자 여럿이 고개를 끄덕였다.

식탁 위로 금속제 찻주전자를 전달하며 저마다 자기 잔에 차를 따랐다. 호턴스의 영업사원은 음식을 입에 떠 넣으면서 동시에 골드플레이크 담뱃갑을 툭툭 쳐서 한 개비를 꺼낸 뒤 식탁보 위에 성냥과 함께 늘어놓고 식사가 끝나면 바로 불을 붙일 수 있도록 준비해두었다. 주로 셔츠 영업을 하지만 일반적으로는 남성복 일체를 담당한다, 그가 새로 온 남자에게 알려주었다. 새로 온 손님이 자신은 시멘트 업계에서 일한다고 말했다.

가정부 아이가 출근 시간에 맞춰 부엌으로 왔다. 현관문이 쾅 닫히는 소리가 나자 코널티 양은 조지프 폴이 미사에서 돌아왔음을 알았다. 요즘 그는 스테인드글라스 이야기를 전혀 하지 않지만, 바로 몇 분 전만 해도 교체할 창문의 지저분한 유리를 올려다보며 수태고지 벽화에 대한 밀레인 신부의 제안을 다시 한 번 흐뭇하게 떠올렸을 것임을 그녀는 알고 있었다. 머지않아 창문 옆에 아일린 브리지드 코널티의 영혼을 위해 기도하자는 문구를 새긴 동판도 붙게 될 터였다.

코널티 양은 더 이상 개의치 않았다. 그들이 자기들 뜻대로 한다 해도 상관없었다. 달콤한 죽음 자체가 그녀에게는 꿈꾸던 것보다 훨씬 더 만족스러운 보상이 되었으니까. 이제는 그녀가 주인이었고 오늘은 진주목걸이도 걸었다.

"사장님 시중 좀 들어." 코널티 양은 가정부 아이에게 일러두고 아침 여섯시부터 일한 다리를 쉬러 갔다. 그녀는 큰 응접실에 앉아 대니얼 오코넬의 시선을 받으며 그는 어떤 사람이었을까 잠시 생각해보았지만 별 결론을 내리지는 못했다. 그럴 생각이 아니었는데 잠에 빠져들었고 손님들이 각자의 침실로 돌아오는 소리에 깨어났다. 계단을 올라오는 사람들의 발소리가 쿵쿵 울렸다. 호턴스의 영업사원이 아침 식사 때문에 이곳이 더 좋아질 거라고 말하는 소리가 들렸다.

책상에 앉은 코널티 양은 투숙객들에게 전달할 계산서를 작성한 뒤 아래층으로 내려가 현관 옆 선반 위에 놓아두었다. 어머니가 생전에 계산서를 두던 현관의 다용도스탠드보다 더 편리한 곳이었다. 투숙객들은 저마다 자기 계산서를 집어 들고 그녀가 다용도스탠드에서 선반으로 옮겨놓은 조그만 종을 울릴 테고, 그러면 자신은 호출에 답할 터였다.

"그 남자랑 얘기해봤어?" 식당으로 간 코널티 양이 동생에게 물었다. 가정부 아이가 막 아침 식사를 차려놓은 참이었다.

*

달걀과 베이컨과 튀긴 빵 모서리를 포크 위에 잘 쌓아올린 조지프 폴은 대답하기 전에 그것들을 한입에 먹었다.

"11월로 날짜를 잡았어." 먹고 나서 그가 말했다.

"무슨 말인지 모르겠어."

"뎀프시가 11월에 내려오도록 버나뎃 오키프가 일정을 잡았다고."

"내려와? 내려오다니 무슨 소리야? 누가 뎀프시에 대해 물었다고 그래."

"누나가 뒷방 때문에 그 사람을 부르자고 했잖아."

"난 지금 뒷방 얘길 하는 게 아니야. 내 말 다 알아들으면서 왜 이래?"

"버나뎃 오키프가 뎀프시에게 뒷방들 수리를 맡기려고 날짜를 잡았다니까." 조지프 폴이 천천히 말했다. "11월로 정했어." 그가 말했다. "첫 월요일에 시작한대. 그때까지는 일정이 꽉 차 있나 봐."

"난 엘리 딜러핸 얘기를 하는 거야."

"엘리 딜러핸이 어쨌는데?"

"무슨 말인지 알잖아."

"그 문제라면, 누나가 상상이 지나친 것 같아."

"아, 젠장, 정신 좀 차려!"

"엘리 딜러핸은 유부녀야. 그런데 왜 사진사하고 어울리겠어? 딜러핸은 자기 토탄을 우리 저탄장에 가져오곤 하던 사람이야. 내가 그 사람 아주 잘 아는데 그런 일은 눈에 흙이 들어가도 용납 안 할 거야."

"딜러핸은 아무것도 몰라. 어떻게 알겠니? 너는 신경도 안 쓰는 어떤 애송이가 그 사람 아내를 귀찮게 하고 있고, 그 여자는 자기 생각은 어떤지 입도 뻥긋 안 해. 모자를 쓰고 자전거를 탄 그 남자 모습이 온 마을에서 얘깃거리가 되고 있는데, 너는 그 남자가 존재하지도 않는다고 말하는 거니?"

희한한 일이다, 조지프 폴은 생각했다. 아침 식사는 식어가고 있었다. 꼭 어머니가 하는 말을 듣는 것 같기도 했고 사용하는 표현도 그때의 사태 이후로는 들어본 적 없는 말들이었다. 누이의 윗볼에 홍조가 떠올랐다. 어린 시절에 보던 모습이었다. 누이는 분탄을 한 움큼 집어 사람들에게 던지곤 했다.

"내가 엘리한테 직접 얘길 했어." 누이의 말이 들렸다. "달리 방법이 없었으니까."

"그 불쌍한 여자한테 무슨 소릴 한 거야?"

"꼭 해야 할 말. 그 이상은 아니야. 네가 그 남자한테도 그렇게 말해두면 큰일이 나기라도 한다니? 딜러핸 사람들은 마차로 배달하던 시절부터 우리 집에 달걀을 대줬잖아. 그리고 또 뭐야, 토탄도 있잖아."

"길거리에서 다짜고짜 접근하란 말이야?"

"그 고아 소녀가 우리한텐 딸이나 다름없다고 말할 수도 있는 거 아니니?"

어머니의 영향과 어머니의 집요함이 이 집에서 완전히 사라지진 않았다는 생각이 들자 대화가 덜 지겹게 느껴지기는 했지만, 말이나 한번 걸어보았을까 싶은 여자가 자신의 딸이 되어 있다고 생각하니 조지프 폴은 상당히 당황스러웠다.

"도대체 문제가 뭐야?" 그럴 생각이 아니었는데 거친 말투가 나왔다. 누이에게 오랜 세월 쌓여온 기벽이 서서히 치매로 진행되는 거라면 — 그런 생각을 가끔 해보았다 — 정말 끔찍한 일일 것이다. 그 불운한 병 이야기를 자꾸 듣게 될 테고, 사람들은 병에 걸린 친척을 언급하겠지. 혼자서 민박을 운영하는 것이 누이에게 너무 벅찬 일인지도 모른다. 폐허가 된 극장에 사람들이 드나든다는 망상은 참사가 일어난 날 아버지가 그곳에 내버려져 있었다는 사실과 관련이 있을 수도 있다. 누이는 아버지가 각별히 아낀 자식이었다. 자신이 어머니에게 그랬던 것처럼. 아버지나 어머니 모두 그 사실을 부정하지 않았다. 그리고 누이는 그 사건 이후로 매일 저녁 집에 돌아온 아버지 모습 때문에 속이 상했을 것이다. 아버지는 셔츠 칼라를 떼어내고 넥타이를 풀어 주머니에 쑤셔 넣고 충혈된 눈으로 집에 들어왔다. 현관에서부터 얼빠진 휘파람을 불기 시작했고 휘청거리거나 넘어지며 계단을 올랐고 지갑에서 돈을 꺼내 뉘우침의 표시라도 되는 양 나누어주었다. 그 사태 이전에는 술도 고작 한두 잔 이상은 마시지 않던 아버지였다.

여전히 아침 식탁 옆에 서 있는 누이에게 조지프 폴은 앉으라고 권했다.

"물 좀 가져다줘?"

"내가 어째서 물을 마셔야 한다는 거야?"

"그냥 그럴지도 모른다고 생각했어."

"그 남자한테 당신 누구냐고 물어봐. 사람들이 수군댄다고 말해. 딜러핸이 엘리랑 끝내버리면 그 애는 어떻게 되겠니? 어디로 가겠어? 불쌍한 오펀 렌처럼 거리를 헤매고 다닐 수도 있잖아. 애라도 태어나면 그때는 어떡하니? 살살 봐가며 말해. 그 남자가 널 때릴 수도 있으니까 함부로 대하지는 말고. 내 말은, 그 사람한테 우리가 엘리와 가족끼리 아는 사이라 관심을 쏟고 있다고 설명하라는 거야. 내 말은, 지금 뭐하는 거냐고 대놓고 물으라는 거야. 난 항상 엘리를 아꼈어."

"바 뒤편에서는 뭐든 잘못된 일이 벌어지고 있다는 얘긴 한 마디도 안 들리던데."

"바 뒤편에 오는 사람들이 뭘 알기나 하겠니? 사제는 고해성사를 비밀로 할 의무가 있는 사람들이잖아. 내 말은, 다른 사람 장례식에서 훼방을 놓는 사람에겐 충고를 해줘야 한다는 거야. 비극이 일어났던 극장을 기웃거리는 건 제쳐두고라도. 산속에 사는 젊은 가톨릭 여신도를 쫓아다니는 것 또한 제쳐두고라도."

코널티 양은 이어서 이미 했던 얘기를 모두 반복했다. 조지프 폴의 접시에서 기름이 굳어가기 시작했고 달걀프라이 노른자에도 막이 생겼다. 가정부 아이가 들어와 식탁을 치웠다.

"내가 좀 알아볼게." 그가 말했다.

*

그 말과 함께 대화는 끝났으나, 잠시 후 조지프 폴은 일터로 돌아가는 길에 이런저런 생각에 잠겼다. 누이의 어리석은 행동이 집안에 그런 풍파를 일으킨 뒤로 그는 누이가 창문 밖으로 집 앞을 응시하는 모습을 자주 보았고, 그녀가 무엇을 찾는지도 알고 있었다. 누이가 투숙객들의 구두를 닦는 모습을 보면서 그들의 구두 한 켤레 한 켤레가 그녀에게는 아서 테틀로의 장식적인 검정색 브로그 구두처럼 보일 거라고도 추측했다. 아마도 그건 누이에게 마지막으로 남은 환상일 것이며, 지금 상상하고 있는 사건 때문에 그녀의 머릿속에서 그 환상은 어쩐지 위태로워지는 듯했다.

그는 주점 자물쇠를 열면서도 그 문제를 깊이 생각해보았다. 자전거를 탄 낯선 남자를 향한 누이의 앙심이 가축용품 외판원에게 배신당한 경험에서 비롯되었다는 확신이 좀 더 강해졌다. 거리에 면한 긴 바를 지나며 일리 있는 결론이라는 생각을 굳혔고 심지어 예전처럼 누이가 불쌍하게 느껴지기도 했다.

*

아침 식사 시간의 언쟁에 대한 코널티 양의 해석은 달랐다. 침대 시트를 교체하며 바삐 일하는 동안, 그녀는 화낸 것을 후회한다거나 왜 그리 고집스럽게 따졌는지 의아해하지 않았다. 그저 실질적이고 핵심적인 부분들을 곰곰이 생각해보았고, 역시나 말을 잘했다 싶어 흡족해했다. 대화 도중에 동생의 머리에 어떤 생각이 스쳤는지 알았다면 이런 상황에서 어쩌면 그리도 편리하게 치매란 말을 갖다 붙이느냐고 따졌을 것이다. 자기는 그런 병을 앓고 있지 않으며 집에 달걀을 대주는 여자가 잘 사는지 관심을 갖는 일은 지극히 자연스럽다고도 말할 수 있었을 것이다. 무슨 일이 되었든 그 외에 다른 뜻은 전혀 없었다.

그녀는 방 하나를 다 정리한 뒤 다음 방으로 가서 겉과 속 시트를 모두 벗겨내고 베갯잇도 빼냈다. 아서 테틀로에게 몸을 허락했을 때는 자기 행동에 확신이 있었다. 남지 말았어야 했던 집에 남았다는 사실만이 후회스러울 뿐이었다. 그녀는 단호한 목소리로, 필요하다면 무슨 수를 써서라도 엘리 딜러핸을 보호하겠다고 다시 한 번 말했다. 그러고는 벗겨낸 시트를 한데 모았고 침대 맡 재떨이에서 담배꽁초 네 개를 털어냈다. 창문을 열어 받침대를 괸 다음에는 블라인드를 자신만의 원칙에 따라 아래로 살짝 내려 레이스 주름이 잘 보이도록 고정시켰다.

*

그날 아침 버나뎃이 편지와 수표를 들고 바 뒤편에 다녀간 뒤, 조지프 폴의 머릿속에는 누이의 별난 행동에 다른 요인이 있을지도 모른다는 생각이 떠올랐다. 누이가 엘리 딜러핸과 캐슬드러먼드 방향에서 온 남자 사이에 벌어지고 있다고 믿는 일을 감안한다면, 어쩌면 그런 생각에 몰입하다가 점점 억울함과 질투를 느끼게 됐을지도 모른다. 누이의 전성기는 끝나버렸고, 이제 그녀는 다른 남자들의 구두나 닦으며 살아가고 있는 것이다.

아침 시간이 흘러가면서 그런 결론이 사실일 수도 있겠다는 생각에 마음이 흔들린 조지프 폴은 언제는 좋은 친구였던 누이가 불쌍하게 느껴졌다. 둘 사이에 사라진 지 오래된 텔레파시가 되살아나기라도 한 것처럼, 코널티 양 역시 아래층으로 내려가면서 질투에 대해 생각해보았다. 하지만 생각이 무르익기도 전에 터무니없는 소리라 여기고 떨쳐버렸다.

15

어느 날 아침 플로리언의 여권이 도착했다. 여권에는 직접 찍은 자신의 사진과 서명을 포함한 여타 신상정보가 담겨 있었다. 플로리언 킬데리. 출생지: 티퍼레리 카운티. 눈 색깔: 파랑. 거주지: 아일랜드.

케빈 그리슨이라는 사람의 서명이 있었고, 플로리언은 그 사람이 누구일지 궁금했다. 모든 국가에서 유효한 것이었다. 귀중한 문서였다. 녹색 인조가죽 표지 위에 양각된 황금 하프 문양과 페이지마다 인쇄된 Éire, Ireland, Irlande*라는 글씨가 그 중요성을 여실히 드러냈고, 해당 여권을 소지한 사람이 자유롭게 국경을 통과할 수 있는 권한을 부여하고 필요한 모든

---

* 각각 아일랜드를 뜻하는 게일어, 영어, 프랑스어.

지원 및 보호 조치를 제공해달라는 문구도 있었다.

플로리언은 여권을 침실의 벽난로 선반에 올려두었다. 눈에 잘 띄는 곳에 두면 나중에 어디 있는지 잊지 않을 것 같았다. 그는 찾아낸 여행 가방들 중 가장 작은 것을 꺼내 곰팡이를 닦아냈다. 그리고 물로 씻은 뒤 햇볕에 마르도록 뒷문 쪽에 놓아두었다.

같은 날 오후 자선단체에서 일하는 여자 두 명이 옷을 가지러 왔다. 두 분 다 돌아가신 지는 좀 되었다, 플로리언이 여자들에게 설명했다. 물어보지는 않았지만 무슨 말이든 주고받아야 할 것 같았다.

"혼자 남으신 거예요?" 안경을 낀 여자가 위층으로 가는 길에 물었다.

"평온하게 지내시는군요." 다른 여자가 말했다. 낯익은 얼굴인데 어디서 봤는지는 기억나지 않았다.

"네, 평온해요."

너무 허름해진 집을 보고 민망해하는 여자들의 감정이 전해졌다. 그는 부모님이 함께 쓰던 옷장 문을 열고서, 고인들의 옷을 그렇게 오래 간직하고 사는 게 보기만큼 이상하지는 않다고 말할까 생각해보았다. 하지만 왜 그런지 설명할 수 없을 것 같아 아무 말도 하지 않았다.

"구두와 구둣골은요?" 안경 낀 여자가 물었다. 두 사람 중 나이가 많은 쪽으로, 숱이 적은 머리카락이 희끗희끗하나 키가 크고 자세가 굉장히 꼿꼿했다. 노력만 하면 가능하다는 생각으로 스스로를 단련해 자세를 유지해온 사람 같았다.

"옷걸이도요?" 다른 여자가 물었다.

"모두 다 가져가세요. 싫지만 않으시면."

"싫을 리가 있나요."

"집 안 정리를 하시나봐요."

"집이 팔렸어요."

더 많은 사람들이 집을 보고 갔다. 이제는 사고 싶어 하는 사람들이 많아져서 조만간 계약이 체결될 거라며 부동산 중개업자는 갈수록 강한 자신감을 보였다. 채권자들은 이미 안심시켜놓았고, 남은 가구 중 쓸 만한 것이 있는지 살피러 올 거래상과의 약속 날짜도 정해둔 상태였다. 건축업자가 현관문 앞 자갈 마당에 부려놓고 간 폐기물 운반통은 이미 반 가까이 채워졌다.

아무리 사소한 것이라도 모두 도움이 된다, 자선단체 여자들은 돌아가기 전에 고맙다면서 그렇게 말했다. 그들은 옷을 가져갈 자선단체들의 이름을 말했고, 당연히 지역 빈민에게도 나누어줄 거라고 했다. 플로리언은 처분 방식에 동의한다는 뜻으로 고개를 끄덕이며 어머니의 원피스와 아버지의 양복과 구두를 다른 사람들이 입고 신은 모습을 상상했다. 차가 떠나갈 때 그가 손을 흔들자 여자들도 손을 흔들어 답했다.

라스모이의 광장에서 해선 안 될 말을 해버린 이후로 두 주

가 더 지났다. 서툴렀던 자신의 행동, 그 무신경함과 어리석음
이 아직도 마음에 걸렸다. 얼마나 부주의했으면 그렇게 뻔히
보이는 곳에 있던 결혼반지를 보지 못했을까. 자신이 너무 경
솔해 결국 그녀를 귀찮게 만들었다는 생각에 후회가 들면서,
미안하다고 말하고 용서를 빌고 싶은 충동이 일었다.

플로리언은 테니스채와 우산을 폐기물 운반통에 버리고 등
유 난방기와 구멍 난 양동이, 페인트 용기, 난로용 철물들을
그 위에 던져 올렸다. 그런 다음 아버지가 보던 오래된 육지측
량부 지도를 부엌 탁자에 펼쳐놓았다. 원래 태워버릴 생각이
었던 지도에서 그는 크릴리 산과 노크레이 읍을 찾았다. 그리
고 리스퀸과 그곳으로 난 두 개의 진입로, 킬레이니 도로에 있
는 관리인 주택도 찾았다.

*

딜러핸은 개수대에서 손을 씻으며 하루 종일 일하느라 묻
은 흙을 문질러 없앴다. 엄지손톱 옆의 갈라진 피부에 비눗물
이 들어가 쓰라렸으나 내색은 하지 않았다. 예전에 어머니가
그런 상처에 바르라고 주던 연고가 있었는데 이름이 기억나지
않았다.

그는 엘리에게 라스모이에 갔다 왔는지 물었다. 잉글리시스
에 용수철 고리가 있더냐고도 물었다. 서두르지 않아도 된다,

그렇게 말했다. 일부러 가볼 것까지는 없다고.

"주문해뒀대요." 그녀가 말했다.

그는 고개를 끄덕였다. 그리고 여우가 주변에 나타났는지 물었고, 엘리는 그렇다고, 예전과 같은 놈이라고 대답했다.

"개들이 제일 먼저 닭장 주변을 킁킁거리고 다녔어요. 안으로 들어가진 않았더라고요"

"걱정거리가 있군, 엘리."

"아, 아니에요."

의사인 라이어든을 만나보라고 했지만 그녀는 고개를 저었다. 딜러핸은 본래 꼬치꼬치 캐묻는 성격이 아닌 데다 당황스러운 감정이 들면 의문을 품기보다는 그대로 받아들이는 편이었다. 하지만 그는 처음으로 깨달았다. 엘리가 무료해하고 농장의 일상에서 외로움을 느낀다는 것, 살림하고 달걀을 모으고 유제품 작업장을 깨끗이 관리하고 토탄 창고를 회칠하는 일거리만으로는 충분치 않다는 것을. 하지만 지금까지 그녀는 그 외에 다른 것을 원한 적이 없었다.

"이곳이 당신에겐 꽤나 적적할 거야." 그가 말했다.

"괜찮아요. 정말로 괜찮아요."

"수녀님들 뵈러 템플로스에 가고 싶으면 언제든 내가 태워다줄게. 언제 한번 가자고."

＊

아무도 자르지 않은 라벤더와 아무도 밟지 않은 풀밭이 있었다. 리스퀸 관리인 주택에서 기다리는 동안 플로리언은《카라마조프 가의 형제들》를 읽었다. 오전 내내 책을 읽었지만 아무도 오지 않았다. 이제는 거의 텅 비어버린 집으로 돌아가는 길에 라스모이를 거쳐 가며 광장의 기념 동상 옆 벤치에서도 책을 읽었다. 그곳에서 한참을 어슬렁거리다 자전거를 타고 상점들 안쪽을 얼핏 들여다보며 지나갔다. 거의 포기했을 즈음 오펀 렌이 말을 걸었다. 그는 거리 한복판에서 한 손을 올리고 있었다.

"늙은이의 어깨에서 큰 짐을 덜었습니다, 도련님."

플로리언은 서둘러 자전거에서 내렸다.

"그게 뭔데요, 렌 씨?"

"도련님께서 기록 문서들을 원래 있어야 할 곳에 돌려놓으셨지요. 선행을 하신 겁니다, 도련님."

전에 만났을 때 노인이 보여준 문서를 자신은 받지 않았다는 말을 하려던 플로리언은 마음을 바꿔 이렇게 말했다.

"조그만 탁자의 서랍 말이지요."

"이제 저는 밤이면 두 다리를 쭉 뻗고 잡니다. 문서가 다시 서랍에 보관되어 있으니까요. 정말로 편히 잡니다, 도련님."

그의 주장이 너무도 열렬했고 피로에 지친 눈이 너무도 밝게 빛나며 모든 고단함을 지우는 터라 플로리언의 정중한 거짓말은 마음속 깊은 연민이 시킨 말이라 할 만했다.

"도서관에 있는 장서 중 문서에 기록되지 않은 책은 한 권도 없습니다, 도련님. 두 해가 걸렸지요. 그 일이 절반쯤 끝났을 무렵 리머릭 주교님이 오셨을 때가 생각납니다. 샐러드에서 조그만 벌레가 나왔는데, 주교님은 아무 말씀도 안 하셨어요. 벌레를 옆으로 치워두시고 못 본 척하며 사람들에게 알리지 않으셨죠. 그런 행동은 절대로 안 하셨어요. 저는 식사 자리에서 아무 말도 하지 않았습니다. 대화에 끼어드는 건 제 본분이 아니니까요. 팰프리 대령 부인께서 오셨을 때 그분은 정말 혼란스러워 보였고 대령께서는 부인 걱정을 많이 하셨습니다. 유니에이크 가 따님들은 식탁에서 떨어져 앉지 않으려고 하셨죠. 캐번디시 가의 막내에게는 고기를 잘라주어야 했어요. 하지만 저는 식사 자리에서 항상 조용히 있었지요."

플로리언은 노인의 말을 막지 않고 한마디, 한마디가 끝날 때마다 고개를 끄덕였다.

"그때 집사는 스탠들비였습니다, 도련님. 노퍽 출신의 영국인이었지요. 주방 사람들은 그가 노퍽 경찰의 수배를 받고 있다고 수군거렸지만 저는 믿지 않았어요. 주방에서는 스탠들비의 일처리 방식을 두고 원성이 높았지요. 태도가 오만하다고들 했지요. 보조 주방에서 일하던 티그가 그런 비난을 늘어놓을 때면 저는 집사란 태도에 관한 한 특권을 가진 사람이라고

말했습니다. 결국 스탠들비 씨는 사직하고 빌리어스스튜어트
가에서 일하던 프랭클린이 그 자리로 왔지요."

"그렇군요."

"스탠들비 씨의 과음 때문이었습니다. 뭐, 도련님도 들어서
아시겠지요. 그는 더없이 유쾌한 성격이었지만, 술이라면 식
료품 저장실 재고와 얽힌 문제라서요."

"그렇죠."

"리스퀸 정도 되는 저택 중에 탈 없는 곳은 하나도 없답니
다. 제가 처음 알게 된 가정교사가 귀띔해주었지요. 그 여선생
이 도서관으로 쓰던 길쭉한 방으로 들어와 매콜리의 《수상록》
을 찾기에 제가 책이 있는 곳으로 안내했더니 비밀을 얘기해
주더군요."

"그렇군요."

"헐리 레인에서 제일 높은 곳으로 가면 말이지요, 리스퀸 저
택 난로에서 나오는 연기가 보입니다. 거기서 연기가 보이지
않으면 석탄이 배달되지 않은 겁니다, 도련님."

"네."

"그곳에서 다시 연기가 납니다, 도련님."

"네, 그렇지요."

바로 그 순간, 엘리 딜러핸은 두 사람이 서 있는 곳 근처에
서 도로를 건넜다. 고기를 반 마리씩 배달하는 밴이 사이에 있
어서 플로리언은 그녀를 보지 못했다.

＊

　하지만 그녀는 플로리언을 보았다. 그가 이야기를 듣는 모습, 그러다 손을 내미는 모습, 오핀 렌이 작별 인사를 뜻하는 악수를 공손히 받아들이는 모습을 지켜보았다. 플로리언 킬데리를 사랑하는 거다, 그녀는 소리 없이 말했다. 그가 자전거를 타고 광장을 벗어나 캐슬드러먼드 로드로 들어설 때 엘리는 다시 한 번 그렇게 말했다.

16

남아 있는 벽 안쪽에는 쐐기풀이 무성했다. 검은딸기나무 한 줄기가 구석에서 갈라져 나왔고 빽빽이 자란 승아에 민들레가 색채를 더하고 있었다. 문틀은 거의 썩어 없어졌고 들보는 삐딱하게 처져 있었다. 리스퀸의 관리인 주택에는 원래 계단이 없었다.

밖으로 나오니 골함석 한 장이 군데군데 녹이 슨 채 우물 펌프에 기대어져 있었다. 흙이 깔린 측면도로에 면한 높은 대문은 쇠사슬로 잠겼고, 대문 밖까지 연결된 진입로는 농업용 방책에 막혀서 흙길을 따라 굽이쳐 소를 치는 목초지를 통과해 뻗어 있었다.

플로리언은 여태 이곳에 자주 왔지만 올 때마다 라벤더를 자른 흔적은 보이지 않았고 풀밭에도 자신이 밟은 곳 외에는 아무런 자국이 없었다. 집은 팔 사람을 정한 상태여서 이제는 보러 오는 사람도 없었다. 시간이 주체할 수 없을 정도로 많았다.

한번은 자전거로 노크레이까지 간 적이 있었다. 농장 건물은 희고 깔끔했으며 근처에는 아무도 없었다. 그는 제대로 찾아왔다고 짐작했지만 또 그녀를 귀찮게 만들까봐 농장을 지나쳐 우회해 관리인 주택으로 되돌아왔다. 아일랜드를 영영 떠나기 전에 미안하다고 말하고 싶은 것이 무리한 바람 같지는 않았지만, 하루하루 지날수록 그 희망은 줄어만 갔다. 쇳조각을 하나 발견한 그는 라벤더를 옥죄는 담쟁이덩굴을 되는 데까지 모두 뽑아냈다. 자신이 간 뒤에 이것을 본다면 그가 한 일임을 알까 궁금했지만, 그녀가 왜 그런 생각을 하겠는가?

그러다 어느 날 아침, 평소보다 더 오래 기다린 뒤에 이제 더는 여기 오지 않겠다고 결심한 순간 길 쪽에서 정적을 깨는 소리가 들려왔다. 전에는 한 번도 소리가 난 적이 없었다. 전에는 아무것도, 아무도 없었다.

*

여자는 춤을 추고 남자들은 박수를 쳤다. 활짝 웃으며 두 팔을 펼친 여자의 선홍색 치마가 춤 동작에 따라 펄럭였고 금발은 사방으로 흩날렸다. 뻣뻣한 풀 위에 엎어놓은 책의 표지그림이 햇빛을 받아 좀 더 밝아 보였다. 그는 라벤더가 자라는 곳 근처에서 책 옆에 무릎을 꿇고 있었다. 마지막으로 보았을 때와 똑같은 모자를 쓰고 있었다.

"안녕하세요?" 그가 말했다.

엘리는 원래 뒷문이 있던 자리의 열린 공간을 통해 자전거를 밀고 들어갔다. 그는 자전거를 받아 자기 자전거 옆에 뉘어 놓았다.

"당신 라벤더가 죽어가네요. 알았어요?"

"아뇨, 몰랐어요."

"제가 잡초를 좀 뽑았어요."

*

그녀가 입은 옷은 지난번과는 다른 초록색 줄무늬 원피스였다. 핸드백은 자전거 손잡이에 달린 바구니에 들어 있었는데 광택 나는 검은색 표면이 군데군데 벗겨져 있었다. 콧등에 주근깨가 있었고 이마에도 몇 개가 보였다. 전에는 몰랐었다.

"그날 곤란하게 만들 생각은 아니었어요." 플로리언이 말했다. "저 여기 여러 번 왔어요. 혹시 만나면 미안하다고 말하려고요."

"제가 그렇게 가버리면 안 되는 거였어요."

"괜찮아요."

"그래도 그러는 게 아니었는데, 말도 없이."

그녀가 말하는 동안 플로리언은 엘리 딜러핸이 자신을 사랑한다는 사실을 깨달았고, 그래서 주춤했다. 셜레나 하우스는 이제 팔린 것이나 다름없었다. 여권은 벽난로 선반 위에 있었고 남은 일은 짐을 꾸리는 것뿐이었다. 그는 시작하지도 않은 일을 끝내는 것이 좋겠다는 말을 어떻게 해야 할지 고민했다. 하지만 어떤 말도 떠오르지 않았고 머릿속에는 오직 이사벨라—그녀의 미소와 목소리, 여기저기에 있는 그녀의 모습—뿐이었다. 괜찮다면 노인이 전에 얘기했던 집이 있던 곳을 보여주겠다고 지금 말하고 있는 이 여자가 아니었다. 다시 그는 망설였고 침묵은 실제보다 더 길게 느껴졌다.

"시간 있어요?" 마침내 그가 말했다.

*

두 사람은 자전거를 그대로 두었다. 그렇다고, 시간은 있다고, 충분하다고 엘리가 말했다. 자전거에서 멀어져 함께 걸어가고 있을 때였다. 그녀는 라스모이에서와 달랐다. 거리에서 사람들 사이에 섞인 채 겁에 질렸던 모습과는 달리, 마치 혼자인 듯 평온했고 고요와 하나가 되었다.

플로리언은 그녀가 빠져나올 수 있도록 가시철망을 벌려주었고, 쓰러진 나무가 큰길을 가로막은 곳에서도 그녀를 도와

주었다. 그가 엘리에게 손을 내밀었을 때 두 사람은 처음으로
서로의 피부를 느꼈으며, 평온함은 여전히 그대로였다.

*

"항상 산에서 살았나요?" 그가 물었다. "지금 사는 곳으로
오기 전에도?"

"전 농장에 하녀로 왔어요." 클룬힐에서, 그녀가 덧붙이며
설명했다. 복지시설이라고.

"고아예요?"

"거기선 업둥이라고 불렀어요. 클룬힐에 살던 우리는 모두
어디서 주워 온 업둥이였어요."

그들은 진입로를 따라 세운 철망 울타리의 출입구에 앉았
다. 그리고 대문의 가로대에 등을 기댔다. 도로 양쪽 들판의
소들이 호기심이 이는 듯 철망에 머리를 디밀더니 다시 되돌
아 느릿느릿 걸어갔다. 플로리언은 담배를 찾았으나 담뱃갑은
비어 있었다.

"끔찍하지 않았어요? 시설 말이에요. 싫어했나요?"

"우린 그곳에서만 살았어요. 수녀님들이 가짜 생일도 정해
주셨고 이름도 지어주셨어요. 수녀님들 역시 우리에 대해 아
는 게 없었죠. 아니요, 끔찍하지 않았어요. 싫어하지도 않았고
요."

165

원래 말 상인의 저택이었던 클룬힐은 그의 유언에 따라 템플로스 수녀원에 기증되어 자선사업에 쓰였다. 콘크리트를 바른 전면은 시설에 걸맞은 간소함으로 인해 더욱 추해졌고 창문은 커튼을 달지 않고 아랫부분을 하얗게 칠했다. 말 상인이 무도회장으로 쓰던 공간은 여전히 그 이름으로 불렸는데, 어느 시절에든 업둥이 소녀들은 겨울밤이면 무도회장의 화목난로 주변에 옹기종기 모여 있거나 혹은 다른 곳에서 너무 낡고 지저분해지면 이곳에 선물로 보내지는 책상에 두 명씩 올라가 앉아 있었다. 위층에 있는 매트리스들도 물려받은 물건이었다. 식당의 긴 송판탁자도 그랬고 옷이나 낡아빠진 교과서도 마찬가지였다.

플로리언은 그 격리된 세상으로 들어서서, 카펫이 깔리지 않은 계단을 오르내리는 발소리와 또 다른 하루를 맞이하기 위해 교리문답을 웅얼거리며 기도를 올리는 소리를 들었고, 내버려둔 죽이 변해 공기 중에 퍼지는 아릿한 냄새를 맡았다. 집이 수용할 수 있는 최대 인원인 열다섯 명의 버려진 소녀들이 머리를 짧게 자르고 아쉬우나마 가장 몸에 맞는 옷을 입고서, 얌전하고 순종적인 모습으로 조용히 줄지어 선 채 깨끗이 씻은 손을 앞으로 내밀고 있었다. 또 하루가 지나면 소녀들은 철제 침대 옆에 무릎을 꿇고 앉았다. 바닥에는 무늬 있는 기다란 리놀륨 조각이 압정으로 고정되어 있었고 딱 하나 있는 세면대는 모두가 돌아가며 함께 썼다. 낮에 입은 옷 하나는 남겨두고 그 위로 잠옷을 껴입고 그런 다음에야 속에 입었던 옷을 벗는 정도가 소녀들이 누릴 수 있는 사생활의 전부였다.

그들은 말 상인의 과수원에서 사과를 수확하고 들판에서 블랙베리를 땄다. 감자는 직접 길렀고 우유는 어느 농장에서 기부받았다. 클룬힐에서는 남자를 고용하지 않았으며, 남자의 도움을 청하는 때는 발전기가 고장 났거나 굴뚝 청소를 해야 할 때, 겨울에 파이프가 얼었거나 여름에 말벌 집이 발견되었을 때뿐이었다.

봄에는 원장수녀님이 방문했고, 8월에는 소풍을 떠나 홀리크로스 마을의 성스러운 분위기에서 묵주기도를 드렸다. 작업실 헛간에서는 목공 담당 수녀가 여든한 해를 채 넘기지 못하고 죽은 채 발견되었는데, 작업 틀에는 망가진 액자가 고정된 상태로 끼워져 있었다. 나쁜 말을 반복하면 벌을 받는다. 남자 배달부에게 말을 걸거나 〈당신은 나의 햇살〉이나 〈베사메 무초〉를 속삭여 노래하면 벌을 받는다. 무도회장에서 춤추면 벌을 받는다. 주어진 것을 그대로 받아들여라. 너희는 운 좋은 사람들이다.

*

진입로가 끝나는 곳에는 온통 이끼로 뒤덮인 빈 터에 클로버가 군데군데 무리지어 자라고 있었다. 쪽문 뒤에 나무들 사

167

이로 사라지는 오솔길이 있었는데 완전히 헐려버린 저택으로 가는 또 다른 길이었다. 두 번째 진입로는 좀 더 무성한 잡초에 뒤덮여 좁아지다가 완전히 사라져버렸다. 그곳에서 두 사람은 길을 되돌아왔다.

"구경시켜줘서 고마워요." 헤어지기 전에 그가 말했다.

플로리언은 엘리가 가는 모습을 지켜보았다. 자전거 바퀴가 바짝 마른 길 표면에 닿아 흙먼지가 일어났다. 그럴 법도 한데 그녀는 뒤돌아보지 않았다. 엘리에게 어울리는 행동이 아님을 그는 이미 알고 있었다. 좁은 샛길이 더욱 좁아졌고, 그녀는 길 저편으로 사라졌다.

17

리스퀸 관리인 주택은 만남의 장소가 되었다. 담 한편에 헐겁게 쌓인 돌 뒤로 구멍이 있어서 약속한 만남에 나올 수 없으면 그곳에 쪽지를 넣으면 되었다. 그들은 햇살 아래 자전거 옆에 누워 있었다. 이제 자전거는 평범한 물건이 아니라 둘을 함께 있게 해주는 수단이 되었다. 그들은 중간에 끊겨버리는 진입로를 다시 걸었지만 길이 끊긴 곳 너머로는 가지 않았다. 그 방향으로 계속 가면 자동차와 트랙터가 다니는 곳, 라스모이 변두리의 단독주택들이 나오기 시작했기 때문이다. 바로 그 진입로의 쓰러진 나무 근처에서 두 사람은 처음으로 포옹했다.

만남이 더 오래 이어지는 동안 그들은 마운트 올러리 공원에서 미로를 발견했고 그곳에 있는 찻집도 알게 되었다. 관광

객들을 상대하는 곳이라 주민들은 잘 오지 않는 장소였다. 그들은 비포장 샛길을 따라 자전거를 타고 에나까지 갔다. 그곳에 있는 들판의 대형 십자가 역시 관광 명소였다. 둘은 라이어에서 숲 속을 산책했고 밸리헤이스에서 수도사들의 무덤에 갔으며 고털라사에서는 선돌 위로 올라가보기도 했다. 라스모이에서 그들이 함께 있는 모습은 다시는 눈에 띄지 않았다.

오펀 렌이 조만간 리스퀸에 나타나리라 예상했지만 그는 보이지 않았다. 그가 아니어도 이곳을 찾는 사람은 없었기에 그들은 아무에게도 방해받지 않는 평온함 속에 세상을 잊은 듯한 안식을 느꼈다. 그리고 오랫동안 들춰보지 않았던 엘리의 기억도 다시 생명을 얻어 쏟아져 나왔다.

"별로 얘기할 거리도 없어요." 농장에 왔을 때 어땠는지 질문을 받자 그녀는 말했다.

"그래도 말해줘요."

"우리가 어딘가로 가게 되는 과정은 다들 같았어요."

수녀님들이 주변에서 알아보고 필요한 준비를 했다. 약속한 날이 되면 떠나는 아이에게 작별 인사를 하려고 모두들 홀에 모였다. 갈 곳이 정해진 사람은 운이 좋은 사람이었다.

"그런 말을 여러 번 들었으니까, 다들 갈 집이 정해져서 떠나기를 바랐어요. 떠나기 싫어하는 사람은 없었고요. 모든 게 결정되면 기대를 엄청 하면서 들뜨곤 했죠. 우린 어디로 가게 될까 추측해보곤 했어요. 우리가 원한 건 큰 마을이었고요. 전

워터퍼드라는 이름이 마음에 들어서 거기 가고 싶었는데, 사람들이 말해준 곳은 농장이었죠."

그가 클룬힐에서 보낸 유년기에 대해 더 많이 물을수록 엘리는 질문하는 사람을 더 사랑하게 되었다. 아직 가끔은 낯설어 보이기도 했지만 그녀는 플로리언이 평생 알고 지내온 사람처럼 느껴졌다. 그가 말해준 과거의 이야기들은 그녀의 또 다른 일부가 되었다. 혼자 했다는 놀이들, 묘사하는 집의 지저분한 방들, 그곳에서 열린 파티들, 그가 그린 그림들. 나무들이 음울한 그림자를 드리우는 서늘한 라이어의 숲 속에서 그와 함께 있거나 수도사들의 무덤 사이를 걷는 일, 장소가 어디든 그와 함께하며 이야기를 주고받는 일은 자신이 지금까지 경험한 어떤 우정, 혹은 어떤 삶보다 더 소중했다.

"농장이었단 말이죠." 마운트 올러리 공원의 찻집에서 그가 말을 이었다. 엘리는 어떤 홀아비의 집으로 가게 된다는 이야기를 앰브로즈 수녀님에게 들었다고 했다.

"수녀님이 아이들을 홀에 모으라고, 다섯시 반이나 여섯시쯤 차가 올 거라고 하셨어요. 그래서 우린 홀에 모였죠. 빗방울이 창문이랑 채광창을 때리고 있었는데, 누군가 밖을 내다보다가 차가 오는 걸 봤어요. 그러곤 바로 종에 매달린 줄이 잠시 덜거덕거리고 나서 종소리가 들렸죠. 종소리는 늘 그런 식으로 울렸거든요. 클레어 수녀님이 급히 가서 현관문을 여니까 어떤 여자분이 빗물을 뚝뚝 떨어뜨리면서 들어오셨어요.

'아이를 준비시켜뒀습니다.' 클레어 수녀님이 그렇게 말씀하시고는 제게 앞으로 나오라고 하셨죠. '네가 그 아이니?' 여자분이 물었고 클레어 수녀님은 제게 큰 소리로 대답하라고 하셨어요. 제 소지품을 넣은 상자는 도로 반납해야 하는 물건이라고, 수녀님이 그렇게 말씀하시니까 여자분이 다음번에 지나갈 때 들러서 놓고 가겠다고 했어요. 클레어 수녀님이 '엘리 짐을 차에다 좀 실어주렴' 하고 말씀하셨어요. 누가 떠날 때는 항상 그렇게 해줬거든요. 그래서 그날 밤엔 로즈랑 필로미나가 짐을 옮겨주었죠. 차 안에서 그 여자분이 '아, 적응하는 덴 아무 문제 없을 거야' 하고 말씀하셨어요. 앞 유리창엔 와이퍼가 작동하고 있었고요. 그 남자의 누이 중 한 분이셨는데 다른 한 분은 저를 보려고 농장에서 기다리고 계셨어요. 그이가 상자를 위층으로 옮겨다줬고 누이분들이 떠나면서 상자를 가지고 갔죠. 농장에서 일어난 사고는 저도 알고 있었어요. 앰브로즈 수녀님이 이야기해주셨거든요. 이런 일은 알고 있어야 할 것 같다, 그렇게 말씀하셨죠. 그 남자가 그 일로 힘들어할 경우에 대비해 알아둬야 한다고요. 어떤 남자라도 아내를 잃는 건 절대 좋은 일은 아니지, 하고 수녀님이 말씀하셨죠. 그래도 어쨌든 이렇게 일이 풀려 다행 아니겠니, 하시면서요. 전 농장이라서 싫거나 하진 않았어요. 전혀 상관하지 않았죠. 지내다 보면 농장 일은 익숙해지는 거니까."

"어떤 사고였죠?"

"트레일러에 짐이 가득 실려 있어서 뒤쪽을 넘겨다보지 못한 거예요. 그 사람 아내가 화물칸 뒤판이 덜렁거리는 걸 보고 걸쇠를 제대로 끼우려고 했대요. 아기를 팔에 안은 채로요."

그 사람은 전 재산을 모두 처분하려고 했다, 앰브로즈 수녀는 그렇게 말했다. 사고에 대해, 이유든 과정이든 전혀 입에 올리지 않을 수 있다. 너무도 고통스러운 일이었으므로 이야기를 하지 않을지도 모른다.

"그래서 얘기를 했나요?"

"첫날 저녁에 했어요."

꼭 해야 할 이야기라고 그는 말했다. 수녀님들에게 이미 들었다는 사실은 알지 못한 채. 그는 부엌 창문 밖으로 손전등을 비추며 콘크리트 위에 아직도 남아 있는 어두운 얼룩을 가리켰다. 그 근처는 가지도 않는다, 그렇게 말했다. 그는 집 안을 안내하며 세간의 위치를 알려주었다. 고리에 걸어놓은 주전자와 컵, 보험료 낼 돈을 넣어두는《올드무어 연감》, 계단 옆 못에 걸린 열쇠들, 옷장 서랍의 내용물 등. 그는 위층과 앞쪽 거실과 그녀가 쓰게 될 침실을 보여주었다. 요리를 할 줄 아느냐고 그가 물었다.

몇 년이 흘렀다, 엘리는 말했다. 그들은 그렇게 한 집에서 단둘이 살았다. 그러다가 그가 자신과 결혼하겠느냐고 물었다. 시간을 가지고 생각해보라고 했다.

"저는 결혼식에 앰브로즈 수녀님이 오셨으면 했어요. 클레

어 수녀님도 함께요. 그런데 두 분은 못 오셨어요. 퍼모이로
또 피정을 가셔야 했거든요."

플로리언은 자신이 느낀 바를 말하지 않았다. 모두가 일어
나서는 안 되는 일이었다고, 과거에 사로잡힌 남자의 집에 그
녀를 일꾼으로 보내어서는 안 되었다고. 그러나 그렇게 생각
만 했을 뿐 내색하지 않으려 했다. 혹시 겉으로 드러날까 싶기
는 했지만.

"그렇게 끔찍한 곳은 아니에요." 엘리가 말했다. 마치 그가
무슨 생각을 하는지 아는 것처럼. "그냥 거기에서 어떤 일이
일어났던 것뿐이에요."

18

8월 혹서기가 시작되었다. 라스모이는 조용했다. 사소한 사건들이 일어났고 사람들 입에 오르내리다 잊혔다. 인근에서 경마가 열릴 때 마권업자들이 광장 4번지에 묵었다. 클론멜에서 온 J. P. 페리스와 갱글리, 맥그리거 등이었다. 교구 신부들은 신자에게 목회를 베풀며 죄의 고백을 듣고 면죄 선언을 하고 성체성사를 집전했다. 얼마 안 되는 아일랜드 성공회 신도들은 매주 예배를 위해 악착같이 모였다. 떠돌이 여자들은 아기를 데리고 벌판의 이동식 주택과 텐트에서 거리로 나왔다. 지금까지 라스모이에서는 여름 동안 심각한 범죄가 일어난 일이 없었으며, 이번 여름 또한 별반 다르지 않았다. 아이는 전부 스물한 명이 새로 태어났다.

더블린의 스테인드글라스 스튜디오에서 기술자 두 명이 찾아와 교체 예정인 구세주회 성당 창문의 치수를 쟀고, 사제관에서 탄복해 마지않던 수태고지 성화 밑그림이 주교의 승인을 받았다. 머게니스 스트리트 양편의 보도블록은 10월 말까지 교체될 예정이었다. 아이리시 스트리트의 라디오와 텔레비전 판매점―버나뎃 오키프의 집이 그 위층이었다―에는 네온사인을 걸어도 좋다는 허가가 떨어졌다. 내년 딸기 축제는 한 주 앞당겨 열기로 합의되었다.

플로리언 킬데리가 마을 사람들의 시선을 끈다는 코널티 양의 말은 사실이었지만 사람들이 험담을 한다는 말은 사실이 아니었다. 험담을 한 사람은 코널티 양뿐이었고, 그것을 들은 사람도 그녀의 남동생뿐이었다. "솔직히 말하면," 그가 바 뒤편에서 버나뎃 오키프에게 투덜거렸다. "누이가 그 얘기를 하면 아주 미치겠어요." 마침내 그는 누이가 못마땅해하는 남자를 직접 보았고 가능한 한 자세히 신상을 알아내라고 버나뎃 오키프에게 지시했다. 그런 지시에 신이 난 버나뎃은 활기차게 일에 착수했고 그 문제로 광장 4번지에서 오고간 언쟁을 주기적으로 듣게 되었다. "누이가 나한테 하는 말만 들으면," 그녀의 고용주가 전했다. "이 친구는 마을을 자유롭게 돌아다녀서도 안 돼요."

엘리 딜러핸을 두고 처음 의견 충돌을 빚었던 날 아침에 그가 누이에게 느꼈던 뜻밖의 연민은 이미 오래전에 희미해졌고, 뒷방들과 관련하여 다시 시작된 짜증으로 인해 그마저도 완전히 사라져버렸다. 오누이 간의 감정 변화에 대해서까지는 듣지 못한 버나뎃은 라스모이에 나타난 낯선 남자가 입길에 올랐을 뿐 광장 4번지에서 달라진 것은 전혀 없다고 생각했다. 그런 까닭에 오핀 렌이 그 남자를 세인트존 가문의 일원이라고 생각한다는 사실이 관련 있는 소식이라 생각하여 고용주에게 그렇게 전했다.

"정말 그럴 것 같진 않지만요." 그녀는 덧붙였다.

사장은 세븐업이 담긴 잔을 그녀 쪽으로 좀 더 가까이 밀었다. 그는 누이가 알아내려고 하는 일, 그녀가 비뚤어진 눈으로 쳐다보며 과도하게 집착하는 일과 관련해 이런 국면이 생겼다는 사실에 짜증도 걱정도 내보이지 않았다.

"누이한테는 말하지 않는 편이 낫겠군요." 그는 잠시 생각한 뒤에 결심했다. "어젯밤에 누이한테 다 잊어버리라고 했어요. 뭔가 새로운 일을 하면 그런 생각 안 하게 될 거라고, 그래서 가죽공예를 시작하거나 집 뒤편에 조그만 꽃밭을 가꾸어보라고 했죠."

"꽃밭 가꾸기가 코널티 양에게 좋을 것 같네요."

"고양이랑 얘기를 해도 그보단 잘 통하겠어요."

버나뎃은 고개를 끄덕였다. 그녀는 달콤쌉쌀한 코디얼에 존 제임슨 위스키를 1닙만 타서 마시면 소원이 없겠다고 생각했지만 말은 하지 않았다. 그녀는 서명이 필요한 수표를 탁자에 펼쳐 건너편으로 밀었다. 그가 어머니를 여의고 외로워하는 것이 날마다 역력히 느껴졌다. 저녁이면 그는 니나 로드로 산책을 나갔다가 결국 묘지까지 가곤 했다. 주말에도 마찬가지였다.

"세인트존 가문 얘기는 혹시나 도움이 될까 해서 말씀드린 것뿐이에요."

"잘했어요, 오키프 양. 매커프리스의 수표는 도착했나요?"

"음, 아니요, 아직이에요."

"하루 이틀 더 여유를 줍시다. 그게 좋을까요?"

그는 항상 그녀의 의견을 구했다. 요즈음은 투숙객들보다 더 못한 대접을 받는다, 언젠가 조지프 폴이 이렇게 말했다. 가정부도 자신을 건성으로 대한다. 그녀는 그가 잠은 잘 자는지 궁금했다.

버나뎃은 서류를 한데 모으고 수표를 센 뒤 서류철에 넣었다. 목요일까지는 기다려보는 게 좋겠다, 그녀는 동의하며 말했다. 그런 다음에 매커프리스에게 독촉장을 보내겠다고.

*

이윽고 버나뎃의 조사가 결실을 맺었고, 이를 통해 코널티 양은 어쩐지 마음에 안 드는 그 남자가 자전거로 돌아다니는 이유는 차를 운전할 줄 모르기 때문인 듯하다는 것과 뚜렷한 생계수단이 없고 상속받은 집을 최근에 팔려고 내놓았으며 다른 나라에 가서 살 계획이라는 것 등을 알게 되었다.

남자의 신원이 밝혀졌고 이름과 함께 코널티 양에게 전달되었으며 세인트존 가문과의 관련설은 사실무근으로 파악되었다. 남자는 캐슬드러먼드에서 아무와도 어울리지 않고 혼자 지낸다고 했다.

"라스모이에서는 그렇지 않다니까." 코널티 양이 송곳처럼 날카롭게 쏘아붙였다. "혼자라니, 어림도 없지."

"난 보고받은 내용을 얘기하는 것뿐이야."

두 사람이 대화를 나누는 장소는 큰 응접실이었다. 조지프 폴은 읽던 신문을 무릎에 올려놓고 안락의자에 앉아 있었고 누이는 벽난로 선반 옆에 서 있었다.

"그 남자랑 얘기는 해봤어?" 누이가 물었다.

"난 어떤 식으로든 이 남자한테 접근할 생각은 털끝만치도 없어. 세상에, 내가 왜 알지도 못하는 사람을 불쾌하게 만들어야 돼? 자전거 타고 마을을 좀 돌아다녔다고 해서?"

"엘리 딜러핸하고 뭔가가 있단 말이야. 그애 태도를 보면 알 수 있어."

"오키프 양이 가져온 정보에 그 친구가 여자 꽁무니를 따라다닌다는 내용은 없어."

"그 아이 지금 상태는, 그게 뭐가 됐든, 아무 이유 없이 그러는 게 아니라니까."

"엘리 딜러핸이 어떤 상태인지 우리가 뭘 안다는 거야. 누나가 이 문제를 완전히 잘못 보고 있는 거라니까. 이 친구는 엘리 딜러핸하고는 아무 상관 없는 인물이야."

"넌 정말 동정심이라고는 없는 거니? 딜러핸이 어떤 일을 겪었는데, 그 사람이 불쌍하지도 않아? 엘리가 그 사람하고 가정을 이루고 불행을 극복하며 살고 있는데 별안간 돼먹지 않은 침입자가 나타난 거잖아."

코널티 양은 남동생이 다시 반박하는 말을 듣지 않았다. 그가 손짓을 해가며 뭔가 설명하려 했으나 그녀는 듣고 싶지 않았다. 동생을 탓할 수는 없었다. 아무것도 이해하지 못하니까. 세상에 태어나는 순간부터 응석받이로 떠받들려 살아와서 동생은 세상을 제대로 겪어보지 못했다. 젊은 아내가 누군가에게 푹 빠졌다는 얘기가 딜러핸의 귀에 들어갈 텐데, 그 뒤로 무슨 일이 일어나든 누가 그를 탓하려 하겠는가?

"딜러핸이 엘리를 쫓아내면 우리 집으로 데려올 거야." 코널티 양이 갑자기 맹렬한 결의를 담아 말했다. "엘리 딜러핸은 이 집에서 살 거야. 당당히 얼굴을 들고서."

19

경첩 두 개 중 위의 것이 헐거워져 마당으로 나가는 문 하나가 덜렁거렸다. 딜러핸은 문을 치켜들어 통나무 두어 개로 받친 다음 버팀목으로 제자리에 고정시켰다.

나사는 쉽게 빠졌다. 그는 작은 송곳으로 새로 경첩을 박을 위치를 표시하고 문설주에 나사가 빠지지 않을 만큼만 구멍을 낸 뒤 제대로 다시 박아 넣었다.

"11월이 되면 크레오소트를 다시 발라야겠어. 작년에 발랐던가? 안 한 것 같은데." 그가 문을 젖혀보았다. "어때?"

하지만 앞서 마당에 있던 엘리는 이미 집 안으로 들어간 후였다. 부엌 창문에서 살짝 옆으로 비켜선 채 그녀는 남편이 받쳐두었던 통나무를 빼내 장작 헛간에 가져다놓고 연장을 챙기는 모습을 지켜보았다. 그가 어서 서둘러 일을 마치고 가기를 바랐다. 그녀는 조바심 때문에 창가에 매달려 있었다. 벽에 가까워 마당에서는 보이지 않는 자리에. 잠깐이면 끝난다, 남편은 그렇게 말해놓고 벌써 한 시간이나 거기에 있었다. 샌드위치를 만들어 트랙터에 실어놓고 물병도 채워놓은 채로. 하루 종일 들판에 있을 거다, 그는 아까 그렇게 말했었다. 검은딸기나무를 쳐내고 경작할 땅을 경운기로 갈아야겠다고.

남편은 딱히 그럴 필요도 없는데 부엌으로 들어왔다. "트랙터에 다 실려 있어요." 엘리는 말했다. 자신의 목소리를 듣고 남편에게 그렇게 퉁명스럽게 말한 것은 처음이라는 생각이 들었지만 그는 눈치채지 못한 듯했다. 그는 10분을 더 미적거리며 옷장 서랍에서 뭔가를 찾았지만 결국은 찾지 못했다. 그러고는 검은딸기나무와 경작지에 대해 이미 했던 말을 되풀이했다.

창가에서 엘리는 남편이 헛간에서 경운기를 끌어내 트랙터에 연결하는 모습을 지켜보았다. 그가 개들을 태우고 트랙터를 몰고 나간 뒤에도 여전히 조바심은 남아 있었다. 생소한 감정이었다. 그녀는 그런 느낌이 싫었다.

*

플로리언은 셜해나를 팔려고 내놓았다는 사실과 매매가 성사되었다는 사실을 아직 털어놓지 않았다. 집을 완전히 넘기고 나면 아일랜드를 떠날 거라는 사실도. 수도사들의 무덤이나 리스퀸의 진입로에서, 혹은 찻집이나 에나에서 매번 그는 헤어지기 전에 반드시 그 말을 하겠다고 결심했다. 하지만 매번 말하지 않았다. 침묵하는 이유는 엘리에게 고통을 주고 싶지 않아서일까? 혹은 시작은 그렇지 않았으나 이제는 기쁨이 된 관계를 갑작스럽게 끝내고 싶지 않아서일까? 아니면 과거에도 자주 그랬듯이 뭐든 숨기고 싶어 하는 성향이 우세했던 것일까? 알 수 없었다. 미루고 있을 때는 그게 옳다고 느꼈지만 숨긴다고 해서 어떻게 해볼 수 일이 아니며, 자신의 행동과는 상관없이 어쨌든 일어날 일임을 그는 알고 있었다.

오늘 아침 그는 고털라사 산자락에 있는 붉은색 헛간 옆에서 엘리를 기다리는 동안 이 문제를 좀 더 다급하게 의식했고, 그녀가 늦도록 나타나지 않자 시간의 압박은 더욱 생생하게 다가왔다. 생각보다 남은 시간이 많지 않았다.

계속 기다리던 끝에 멀리서 그녀가 보였다. 이제는 얼마나 익숙한 사람인가, 그는 생각에 잠겼다. 잿빛의 푸른 눈, 부드러운 입술, 목소리, 미소, 수줍어하면서도 침착한 태도. 오늘은 어떤 옷을 입었을까? 만나기 전이면 그는 늘 엘리가 어떤 옷을 입고 올지 궁금했고 이번에도 마찬가지였다. 파란색, 녹색, 인동덩굴 무늬? 남편의 결혼 선물이라는 팔찌와 수녀님들이 주었다는 울워스 잡화점의 브로치, 그리고 낡은 핸드백은 또 얼마나 익숙한지. 그녀의 순수함, 그리고 처음에 그토록 자신의 연민을 자극했었고 지금도 여전히 그러한 온화함은 또 얼마나 익숙한 것인지.

두 사람은 헛간 옆에서 시작되는 산길을 따라 자전거를 밀며 걸었다. 오늘은 전에 고털라사에 왔을 때보다 더 높이 올라가기로 했다. 코리 호수까지 가보고 싶었던 것이다.

그들은 길이 끊기는 지점에 자전거를 남겨두고 선돌이 둥그렇게 모여 있는 곳까지 걸어 올라갔다. 그곳에서 쉬면서 플로리언은 그녀에게 이야기했다.

"하지만 왜요?" 엘리가 물었다. "왜 떠나는 거예요?"

"집이 팔리면 난 아일랜드에서 지낼 곳이 없어요."

"집을 팔기로 한지 몰랐어요."

"갚아야 할 빚이 있어요." 그는 잠시 멈췄다가 말을 이었다. "미리 말했다면 우리 여름을 망쳤을 거예요."

엘리는 눈길을 돌렸고, 그는 그녀가 시간이 얼마나 남았는지 묻기를 겁내고 있다는 것을 알았다.

"남은 여름 내내." 그녀가 묻기라도 한 듯 그가 대답했다. "언젠가 날짜가 정해지겠죠. 아, 한세월 걸릴 거예요. 아마 10월쯤 될지도 몰라요."

"그때 떠나는 거예요?"

"그래요."

그는 제트기가 빛바랜 희끄무레한 하늘에 하얀 띠를 남기는 모습을 지켜보았다. 흰 띠가 차츰 희미해지다 마지막 조각이 흩어지는 모습을 지켜보았다.

"영영 떠나나요?"

"영영 떠나요."

"세인트존 사람들처럼?"

"네, 그럴 거예요."

종달새가 선돌 위 여기저기를 날아다니고 있었다. 먹히다 만 동물의 사체 위로 공중에 독수리가 정지해 있었다. 산 위에서 양 한 마리가 느릿느릿 움직였다.

"불행해하지 마요, 엘리."

엘리는 고개를 저었다. 그녀는 말이 없었다.

"당신한테 이야기해야 했어요."

"알아요. 그런 거."

두 사람은 양치식물을 헤치며 산을 올랐다. 습지는 말라 있었다. 그들은 급경사지를 둘러가는 지름길을 택해 걸었다. 고요한 가운데 멀리서 삼종기도의 종소리가 희미하게 울렸다.

*

그는 떠날 것이고, 매일 아침 가장 먼저 드는 생각은 그가 떠났다는 사실이 될 것이다. 지금 아침에 가장 먼저 드는 생각이 그가 있다는 사실인 것처럼. 눈을 뜨면 분홍색으로 칠한 벽과 빈 벽난로 위의 성화, 그리고 창가에 놓아둔 자신의 옷이 지금처럼 보일 것이다. 그는 사라질 것이다. 죽은 사람들이 사라지는 것처럼. 그가 떠났다는 사실은 부엌에서도, 마당에서도, 하루 종일 머릿속을 맴돌 테고, 레이번 스토브에 넣을 무연탄을 부엌으로 옮길 때도, 교유기를 끓일 때도, 암탉에게 모이를 줄 때나 토탄을 쌓을 때도 변하지 않을 것이다. 들판에서도, 달걀을 들고 사제관 문이 열리길 기다릴 때도, 코널티 양이 동전을 세는 동안에도, 보청기를 낀 남자가 단열용 전기제품 보호구나 소젖 패드 등을 찾을 때도 변하지 않을 것이다. 남편 옆에 누워 있을 때도, 그를 위해 음식을 만들고 빵을 자를 때도, 올드타임 춤곡이 흘러나올 때도.

"떠나고 싶어요?" 엘리가 물었다.

"이제 나한텐 아일랜드에 남은 게 없어요."

"떠나지 않았으면 좋겠어요."

*

그들은 코리 호수에 도착했다. 지금까지 두 사람이 함께한 이 여름은 앞으로도 사라지지 않을 것이다, 플로리언은 그렇게 말했다. 라이어의 어스름한 숲도, 올러리의 미로도, 라벤더나 나비들까지도. 그의 클룬힐, 그가 머릿속에 그려본 곳, 그리고 그녀의 셜해나. "모든 것이." 그가 말했다. 추억은 사라지지 않을 것이다.

그런 말이 위로가 될 리 없음을 알지만 달리 할 수 있는 것이 없었다. 절망감을 몰아낼 수는 없었다. 그러고 싶지 않았지만 자신이 겪었던 절망을 떠올렸다. 그토록 오래 감춰왔던 얘기를 불쑥 하고 말았을 때를. 둘은 정원에서 함께 책을 읽던 중이었고, 그런 뒤에도 계속 책을 읽었으며 이사벨라는 아무 말도 하지 않았다.

연못보다 더 클 것도 없는 조그만 세 개의 호수 위로 황량한 암벽이 치솟아 있었다. 햇살을 받지 못한 물은 검푸르고 얼어붙은 듯 고요했다. 새도, 다른 생명체도, 어떤 소리도 없었다. 사진을 놓기 전이었다면 이곳을 찍으러 왔을 것 같다, 플로리언은 생각했다. 하지만 풍경을 더 강렬하게 보존하는 쪽은 추억일 터였다.

두 사람은 잠시 차가운 얼굴을 맞대고 있다가 떨어졌다. 그는 어디로 갈까, 엘리는 알고 싶었다.

"아마도 스칸디나비아일 거예요." 그가 말했다.

*

셜해나로 돌아오는 길에 플로리언은 데이노 머호니 주점에 들렀다. 바에 있던 두 사람이 그레이하운드 이야기를 하다 말고 그를 올려다보았다. 전직 권투선수였던 주인은 무뚝뚝한 얼굴로 고개를 까닥하며 손님을 맞았다. 플로리언은 술잔을 들고 코널티 부인의 장례식 때 앉았던 구석 자리로 갔다. 처음 그를 이곳에 데려온 사람은 아버지였다. 그때의 주인은 지금과 달랐고 조금 더 친절했으며 아버지와도 잘 아는 사이처럼 보였다. 어머니가 돌아가신 며칠 뒤였고, 아버지가 늘 술을 찾던 시기였다. 그때도 아버지는 과거를 회상하며 이탈리아에 대해, 사랑에 대해, 아일랜드로 도망쳐온 뒤 구한 집에 대해, 제노바에서 결국 보내준 유산에 대해, 그 유산이 베르데키아 가문에 누를 끼치지 않도록 그곳을 떠나온 대가 같았던 기분에 대해 이야기했다. "그래도 난 항상 베르데키아 가문 사람들을 좋아했단다." 아버지는 털어놓았다. "네 어머니 가족이라서 그랬던 것 같아."

가톨릭 신자로 태어났으나 냉담자가 되었던 어머니는 캐슬드러먼드에 있는 조그만 개신교 교회 묘지에 묻혔다. 때가 되면 어머니와 아버지가 함께 묻힐 수 있게 하려는 조치였다. "우린 미리 준비하는 걸 좋아했어." 데이노 머호니 주점에서 아버지는 말했다. "그런 일들이 다 재미있었지." 이사벨라는 두 번의 장례식 모두 오지 않았다. 플로리언은 그녀가 올 거라고 생각했었다.

두 사람 중 그림 재능은 자신이 더 모자랐다, 아버지는 그렇게 말하곤 했다. 하지만 이제 플로리언은 남겨진 수채화들만 보고는 어떤 것이 누구의 그림인지 구분하지 못했다. 때로는 사람 자체로도 아버지와 어머니를 구분하기 힘든 경우가 있었다. 세월이 흐르면서 두 사람은 서로를 닮아갔다. 비록 부모님은 자신들이 예전에는 굉장히 달랐고 의견이 안 맞을 때도 잦았다고 주장했지만.

"그 친구가 자기 개 값으로 거의 400파운드를 부르더라고." 어느 손님의 목소리가 바 쪽에서 들리더니 갑자기 잠잠해졌다. 남자가 한 명 더 들어왔다. 그는 골짜기에 송아지가 빠졌다며 전화를 좀 쓰겠다고 말했다.

플로리언은 와인을 마저 마시고 담배를 한 개비 피운 다음 자전거에 올랐다. 떠나기 전에 무덤을 돌봐야 할 터였다. 그는 자신이 없으면 누가 그 일을 할까 생각해보았다.

배가 고파 그리네인 하프앤드하프*에 들러 빵과 돼지고기 스테이크를 먹고, 칼리 부인과 의논해 떠나는 날 현관 열쇠를 맡기기로 했다. 그러고 나서 셜해나로 향하다가 길가 술집에서 추억에 잠긴 것은 그날의 심란함을 떨쳐버리려는 노력이었음을 깨달았다. 여름이라는 계절로 인해 더욱 목가적으로 느껴졌던 우정을 되도록 길게 끌고 싶었다는 것이 정확한 진실이었다. 하지만 그 우정의 불가피한 종말이 얼마나 깊은 낙심을 안겨줄지는 예상하지 못했다. 그는 단순한 것을 복잡하게 만들고 말았다. 그는 사랑받는 느낌을 사랑했고, 다정함만으로는 충분한 보답이 되지 않는다는 사실을 너무 늦게 깨달았

---

* 상점과 식당을 겸하는 곳.

다. "아, 우리 플로, 넌 왜 이렇게 엉망진창인 거니?" 이사벨라
가 즐겨 하던 말, 사촌간의 애정을 담아 이탈리아어로도 영어
로도 되풀이하던 말이었다. 그때는 그 말이 좋았지만 지금은
그렇지 않았다.

*

그날 밤 엘리는 잠결에 울었다. 흐느끼는 소리가 들릴까봐
애써 잠에서 깨어났다. 그녀는 자기가 우는 소리를 들었지만
겨우 깨어나 보니 남편은 아무것도 모른 채 자고 있었다. 베개
가 젖어 있어 뒤집었는데, 아침이 되어 보니 눈물은 마치 꿈속
에서 흘렸던 것처럼 사라지고 없었다. 하지만 꿈이 아니었음
을 그녀는 알았다.

20

아일랜드를 떠날 거라고 알린 며칠 뒤에, 플로리언은 원래 식품저장실로 쓰이던 방으로 들어가 짚으로 만든 생선 바구니 더미 밑에서 몇 년 전에 숨겨두었던 가죽 표지로 된 기록장을 찾아냈다. 그는 곰팡이가 슨 바구니를 모아 들고 정원의 모닥불로 가져가기 전에 멋진 글씨체로 음각된 제목을 다시 한 번 보았다. '사냥꾼의 현장수첩.' 그는 공책을 그곳에 감춰놓고 잊어버리고는 집 안 곳곳을 여러 번 뒤지다가 결국은 포기했었다.

플로리언은 익숙한 페이지들을 넘겨보았다. 각 페이지 하단에는 다양한 야생 동식물의 특성과 서식지, 그것의 보존과 파괴 현황에 대한 설명이 깔끔한 박스 안에 간혹 삽화와 함께 인쇄되어 있었다. 희미한 회색 줄 위에는 그가 써놓은 유일한 손

글씨가 있었다.

생선 바구니를 모닥불에 던져 넣고 타오르는 지푸라기를 보고 있으려니 기억이 떠올랐다. 그다음 여름 이사벨라가 셜해나에 왔을 때 그는 '현장수첩'을 어디다 감추었는지 잊었다고 말하기가 창피해 그냥 버렸다고 말했었다. 그 일에 대해서는 이사벨라도 완전히 책임을 면할 수는 없었다. 그녀가 7월의 체류를 마치고 돌아갈 때면 항상 정신이 없었다. 그때 이사벨라는 짐을 모두 홀에 내려놓은 상태에서 '현장수첩'을 침대에 놓고 왔음을 깨닫고 그것을 플로리언에게 감춰두라고 매섭게 지시했다. 중요한 일이었다. 혹은 중요하게 느껴지는 일이었다. 당시 그녀와 플로리언이 하던 일 대부분에는 비밀이 스며들어 있었기 때문이다.

부엌에서 그는 책장에서 먼지를 털어내고 가죽 표지를 젖은 헝겊으로 닦았다. 그의 글씨체는 시간이 지나도록 변하지 않았다. 또렷한 검은색 잉크로 쓴 네모반듯한 글씨가 지금도 그대로였다. 헤아려보니 일곱 해 전이었다. 잉어의 먹이 습관을 설명하는 페이지에 자신이 써놓은 글을 막 읽기 시작했을 때, 현관문 초인종이 울리며 힘찬 노크 소리가 들렸다.

"아, 계셨군요!" 플로리언이 문을 열자 키 큰 남자가 웃으며 고개 숙여 인사했다. 밝은 색 옷을 입은 여자도 함께 있었다. "정말 계시네요." 여자가 외쳤다. "근데 가엾은 킬데리 씨는 우리를 전혀 못 알아보시네!"

두 사람은 이름을 말하지 않았지만 플로리언은 몇 주 전에 그들의 검정 스테이션왜건이 집으로 들어오는 모습을 본 기억이 났다.

"집을 보러 오셨나봐요." 그가 말했다.

"아, 그보다 더 좋은 겁니다." 키 큰 남자가 바로잡았다. "우리가 이 집을 샀지요."

그는 손을 내밀었다. 플로리언이 보기에 남자의 아내인 듯한 여자는 와인 상점의 쇼핑 봉투를 그에게 내밀며 기분 전환에 좋은 무엇이 들어 있다고 말했다.

"집 안 구경 좀 할 수 있을까 해서요." 여자가 쨍쨍거리는 목소리를 내리깔며 소곤거렸다.

"네, 그러세요. 못 알아봐서 죄송합니다. 하도 많은 분들이 오셔서요." 선물은 샴페인 같았다. 그는 샴페인을 좋아하지 않지만 그래도 고맙다고 인사했다.

"정말 행복한 날이네요!" 여자가 외쳤다. 그녀는 장난기 섞인 태도로 플로리언을 보고 미소 지었다. "이렇게 폐를 끼쳐서 죄송해서 어쩌나."

"저 아름다운 풍경 좀 보게!" 타자기로 작성한 문서를 펼치던 남자가 액자에 끼우지 않고 거실에 걸어둔 수채화들을 가리키며 말했다. "환상적이군!"

"정말 너무나 행복한 날이에요!" 그의 아내가 계속 열을 내며 말했고, 플로리언은 그녀가 술에 취하지 않았나 생각했다.

그는 두 사람이 마음껏 구경하며 치수를 잴 수 있도록 내버려두었다. 그리고 좀 전에 찾아낸 '현장수첩'을 다시 펼치지 않고 쓰레기를 모아 타는 것은 모닥불에, 타지 않는 것은 폐기물 운반통에 던져 넣었다. 역시 잃어버렸던 아버지의 망원경을 찾았고 누군가가 두고 가 찾으러 오지 않은 우산도 발견했다. 홀에 있는 시계의 태엽을 감을 때 쓰는, 하지만 몇 년 동안 한 번도 사용하지 않은 열쇠도 찾아냈다. 목걸이에 꿰는 구슬이 담긴 성냥갑도 발견했다.

생선 바구니 아래 '현장수첩'을 감췄던 오후에, 플로리언은 그것을 손에 들고 뒤편 계단을 내려갔었다. 모두 서두르지 않으면 이사벨라가 기차를 놓칠 수 있는 상황이어서 방까지 가져갈 시간은 없었다. 당시 식품저장실로 쓰이던 비좁은 방의 문이 열려 있었다. 그 모든 장면이 한 번도 머리를 떠난 적 없는 기억처럼 생생하게 떠올랐다.

원래 '현장수첩'은 차고에 쌓여 있던 《내셔널 지오그래픽》 잡지 더미에서 떨어져 나온 것을 그가 마음대로 갖다 쓴 것이었다. 야생 동식물에는 관심이 없었지만 희미하게 줄이 쳐진 페이지가 가죽 표지만큼이나 마음에 들었고, 이내 그 용도도 찾아냈다. 가끔 그의 소지품을 뒤지곤 하던 이사벨라는 공책에 쓰인 글을 읽고 놀라움을 금치 못했다. "별났어(bizzarro)!" 글에 대한 그녀의 평이었다.

주방으로 가는 길에 두 여자가 던롭 양을 지나치며 히죽거렸다. 공군 중령이 던롭 양에게 다가와 귀에 대고 사랑의 말을 속삭였다. 던롭 양은 얼굴을 붉혔다. 공군 중령이 한 말은 미드 부인을 향한 저속한 욕망의 표현이었기 때문이다. 그는 상상 속에서 미드 부인의 귀에 속삭이고, 그 시골 여자의 귓불을 깨물고, 자신의 볼에 그녀의 거친 머리칼을 느끼고 있었다.

"참 대단하군요." 뭔가 잘못되었음을 감지한 그녀가 거칠게 말했다. 그러고는 정장 주머니에서 담배를 꺼내 불을 붙였다.

"당신이 얼마나 소중한지 몰라요." 공군 중령이 다시 팔을 뻗으며 속삭였다.

이사벨라 외에는 아무도 '현장수첩'에 쓴 글이나 '현장수첩'이 여태 어딘가에 있었다는 사실에 대해 알지 못했다. 플로리언 자신도 그런 단편적인 글쓰기가 빈둥거림의 결과물 이상이라고 생각해본 적이 없었다. 사람들을 조금, 사건들을 조금 묘사할 뿐 끝을 낸 글은 하나도 없었다. 지금 와서 보니 군데군데 불안정했고 그의 사춘기 피조물은 간혹 꾸며낸 감이 있었다. 나이 든 교사 마담 로처스는 '밤마다 멈추지 않고 들려오는 발소리에 사로잡힌' 사람이었다. 유장은 〈공포의 서커스〉를 너무 좋아해 극장을 지날 때마다 그 영화를 다시 보았다. 일요일에 안나 안드레예프의 집을 찾은 손님들은 상트페테르부르크와 레르몬토프*에 대해 이야기했다. 이매뉴얼 퀸은 조니 애들레이드나 비들러와 마찬가지로 그냥 누군가의 이름일 뿐이었다. 언맥 목사는 상점 계산대에서 자신도 모르게 돈을 훔쳤다.

"킬데리 씨!"

플로리언은 위층으로 올라갔다.

"보일러실 말이에요." 키 큰 남자가 말했다.

"보일러실요?"

"약간 눅눅한 것 같아요."

"어, 맞아요."

"누수 아닌가 싶은데요.'

"그런 것 같아요. 죄송해요."

"이런 맙소사."

플로리언은 미소를 지으며 고개를 까딱한 후 내려왔다. "어떻게 된 거래?" 아래층으로 내려오는데 여자의 말소리가 들렸다. "전혀 신경을 안 쓰는군." 남자가 말했다.

그들은 오후 내내 집에 머물렀지만 둘러보다 결점을 발견해도 묻지 않았다. 그러곤 마침내 이제 다 살펴봤다고 외치더니 야단스럽게 고마움을 표하며 작별 인사를 했다. 그들은 커다란 검정 스테이션왜건을 타고 떠났고 플로리언은 다시 '현장수첩'을 읽기 시작했다. 대부분 자신이 썼다는 사실조차 기억

---

*19세기 러시아의 낭만주의 시인, 작가.

나지 않는 글이었다.

　매돌의 황무지에서 처음에 윌리 존과 네이슨은 소년이 있는 줄 몰랐다. 그러다 윌리 존이 소년을 발견했다.

"쟤는 왜 저러고 있지?" 윌리 존이 물었다.

"그냥 구경하는 거야." 네이슨이 말했다.

　하늘말벌호가 털털거리며 날다가 두 아이 쪽으로 되돌아왔다. 라이터 연료가 다 떨어져 엔진이 꺼진 것이었다.

"구경하려면 돈 내라고 할까?" 윌리 존이 웃었다. 커다란 턱이 벌어졌고 눈 주변에 주름이 지면서 주근깨가 한데 모였다. 붉은 머리칼에 볼품없어 보이는 아이였다. 작고 마른 네이슨은 검은 머리칼 한 가닥이 이마 위로 내려와 있었고 옷차림은 언제나처럼 깔끔했다. 그는 윌리 존보다 두세 달 정도 어렸다.

"내가 뭐 하나 알려줘?" 네이슨이 말했다. "쟤는 자갈 채취장에 사는 애야. 떠돌이들한테서 도망쳐 나왔어. 자갈 채취장에 굴이 여러 개 있거든. 쟤는 토끼하고 같이 먹을 걸 찾아다녀."

　플로리언은 자신이 대충 쓴 글을 이사벨라가 읽는 게 싫었다. 하지만 그녀는 글을 읽었고 글에 등장하는 사람들이 누구인지, 어디에서 온 사람들인지, 왜 때로 반 페이지쯤 쓰다가 갑자기 문장이나 단어 중간에서 그만둬버리는지 궁금해했다.

유스턴 역에서 마이클은 이것이 최선이라고 판단했다. 단도직입적으로 묻고 답을 들어야겠다고, 필요 없는 여행을 하는 어리석은 짓을 하지 않으려면.

"클리오네?" 신호음이 멈추고 누이의 목소리가 들리자 그는 말했다.

"올 거지 마이클? 계속 물어보셔."

하지만 간다고 무슨 소용이 있을까? 가든 안 가든 무슨 소용이란 말인가? 여행 가방이 없으니 쇼핑백에 잠옷과 면도기를 담아 밤새 장거리를 이동해 새벽에 음산한 기차역에 도착해서 그리고 진입로로 가야 하는데, 그는 무엇보다 진입로에 들어서는 순간이 가장 싫었다.

"곧 돌아가실 거야." 누이가 말했다.

하지만 유스턴 역에서 사람들은 전화기를 쓰려고 줄을 서 있었다. 마이클은 수화기를 내려놓았다.

이사벨라는 플로리언이 너무 많은 것들을 너무 쉽게, 때로는 경솔하게 내팽개친다고 주장했다. 이를 두고 의견 충돌이 있을 때면 그녀는 냉정하고 차분했고 그는 조급했다. 플로리언은 그녀가 그리도 신경을 써준다는 사실에 취해 제대로 반론을 펴지도 못했다. 이사벨라는 그의 글을 감탄하며 그에게 읽어주었다. 가본 적도 없는 도시와 경험한 적도 없는 불운에 대한 글, 거절과 절망에 대한 글, 사랑했으나 돈만 훔쳐 달아난 남자를 찾아 온 런던을 뒤지고 다니는 올리비아에 대한 글을.

    그는 스페인에 갔는지도 몰랐다. 전에도 아무 말 없이 스페인
으로 가버린 적이 있었다. 그가 아는 사람이 스페인에 집을 가지
고 있다고 했다. 아니 빌린 집이라고 했는지 확실치는 않다. 한편
으로 그는 가끔 런던을 떠나 다른 지역에서 사람들과 함께 지내
기도 했다. "여기 안 왔어요." '조지'의 바텐더가 말했다. 올리비
아는 다른 손님에게도 물었지만 다들 그를 보지 못했다고 말했
다. 그녀는 괜찮을 거라고 했다. 물론 괜찮을 테니까. 스페인에 간
것일 테고 곧 돌아올 테니까. '코치앤드포'에도 그는 없었다. '퀸
앤드네이브'에도 그는 없었다.
    어떤 여자애가 '진자라 클럽'에 가보자고 했고 그래서 그들은
그 아이가 아는 멀대 같은 여자와 나비넥타이를 맨 남자와 함께
그곳으로 갔다. 오늘 밤에는 데릭이 입구를 지키고 있었는데 머
리모양이 전과 달랐다. 올리비아가 바 건너편에 있는 여자에게
묻자 여자는 고개를 저었다. 올리비아는 '그레이프'로 갔고, 그곳
에서 두 사람이 처음 만난 날 밤과 똑같은 모습으로 서 있는 그를
보았다. 그날에도 그랬듯이 올리비아가 알지 못하는 사람들과 함
께 있었다. 올리비아는 자신을 본 그를 보았지만 그는 움직이지
않았다. 그때 그와 있던 사람들이 그녀를 쏘아보았고 입을 여는
사람은 아무도 없었다.

확실하다, 이사벨라는 단언했다. 이걸로 뭔가 만들 수 있을 거다. 이미 조금은 만들어졌다. "야, 제발, 왜 안 해?" 그녀는 간청했다. 작심한 듯 거듭 반복하며. "야, 제발."

그는 자신이 그럴 수 없음을 알았다.

*

제시가 갈대 사이를 종종거리고 뛰어다니는 동안 플로리언은 담배를 피우며 밤이 다가오는 모습을 지켜보았다. 그는 자신이 '사냥꾼의 현장수첩'을 애초에 버리지 않았으며 지금 그것을 되찾았다는 사실을 이사벨라가 알았으면 했다. 이사벨라가 예전에 자주 그랬던 것처럼 여기 이곳, 어둠이 밀려오는 호숫가에서 필요 이상으로 비밀스러운 분위기를 빚으며 자신과 함께 있었으면 했다. 그는 이사벨라가 시뇨르 카네파치와, 혹은 다른 어떤 사람과 결혼했는지 궁금했다. 그녀가 행복한지 궁금했다. 그는 올리비아와 던롭 양이 누구인지, 그 밖에 다른 사람들은 또 누구인지 말해줄 수 없어서 이사벨라를 화나게 만들었다. "파티에 온 사람들이니?" 그녀는 물었다. 네이슨과 월리 존은 학교에서 만난 아이들인가? 매돌의 황무지에 그들도 갈 수 있는가?

그날 밤 플로리언은 잠들기 위해 애쓰지 않았다. 밤중에 고즈넉한 집 안에 앉아 있으려니 오랫동안 들춰보지 않았던 그

200

세계에는 글로 써놓은 것 외에도 다른 많은 것들이 있는 듯 느껴졌다. 던롭 양의 블라우스는 분홍색이고 헤나로 살짝 물들인 머리는 본래의 색깔과 달랐다. 유장이 미소를 지으면 창백하고 길쭉한 얼굴에서 근엄함이 사라졌다. 공군 중령은 교도소에 갔다 온 사람이었다. 자갈 채취장에 살던 소년의 이마에는 아직 아물지 않은 상처 자국이 선명하게 남아 있었다. 나이 든 교사가 밤마다 듣던 발소리는 차마 떠올리기조차 힘든 운명을 맞이한 한 아이의 발소리였다. 살아갈 가치가 없다, 올리비아가 그렇게 속삭였다.

쓰다가 포기한 조각 글들을 반복해 읽던 플로리언은 시간이 흘러 자신에게 통찰력이 생겼다고 쉽사리 결론짓지는 않았다. 단지 언젠가 상상이 보여주었던 그림자와 반그림자가, 말해지지 않은 것들이, 그리고 아직 알려지지 않은 것들이 호기심을 자극했을 뿐이라 생각했다. 그는 써놓은 글들에 아무것도 덧붙이지 않았지만, 묘사를 강조하거나 단락의 의미를 명료하게 해줄 문장이나 단어는 가끔씩 나직하게 읊어보았다.

하지만 새벽에 물가에 서서 이제는 찾아오지 않는 새를 찾아 헛되이 하늘을 훑는 동안, 플로리언은 자신이 완전히 알 수는 없는, 또는 전혀 알지 못하는 어떤 일이 일어난 양 가슴이 벅차올랐다. 그런 기분은 집으로 돌아온 뒤에도, 커피를 끓이고 토스트를 굽고 개에게 밥을 주는 동안에도 계속되었다. 그리고 늦은 아침 눈을 붙이려고 누울 때까지도 마찬가지였다. 그는 하루 종일 잤고 여전히 상쾌한 기분으로 잠에서 깨어났다.

21

플로리언과 함께 고털라사의 코리 호수에 오르기 전부터 엘리는 관리인 주택에 가지 않고 있었다. 한 해 중 꽤 바쁜 시기이기도 했고 코리건네 추수를 도와야 했기에 더욱 바빠져서 집에서 빠져나오기가 예전만큼 쉽지 않았다.

코털라사에서 가라앉기 시작한 기분은 쉬이 회복되지가 않았다. 잠깐 기분이 나아진 것은 폐허의 담장에 헐겁게 끼워진 돌 뒤에서 셜해나로 가는 길을 설명한 쪽지를 발견했을 때였다. 되는 날 아무 때나 와요. 언제라도 좋아요. 약도 뒷면에 그녀가 알지 못하는 필체로 쓰인 글이 있었다. 쪽지를 쓰고, 길을 알려주고, 약도를 그리고, 자신이 늘 얘기하던 집으로 그녀가 오기를 바라는 사람. 모든 것이 너무나 수월했기에 엘리는 희망을 넘어선 어떤 기대를 품었고, 그렇게 고털라사의 산허리에서 잃어버린 무언가를 조금이라도 되찾을 수 있었다. 그가 예전에는 지금처럼 집으로 찾아오라는 제안을 한 적이 없었기에 혹시 무슨 이유에서든 갑자기 상황이 달라진 건 아닐까 생각했다. 집 거래가 틀어졌다거나, 사겠다던 사람들이 무슨 실수를 했다거나, 다시 계산해보니 돈이 부족하다는 것을 깨달았다거나. 집이 팔리지 않아 그가 아일랜드를 떠나지 못하는 시간이 몇 달, 혹은 몇 년이 될지도 모르는 일이었다. 그에게서 다시는 연락을 받지 못할 수도 있다고 생각했다. 그런데 그가 연락을 했고 그녀가 집으로 오기를 바라고 있었다.

목요일에 갈게요. 오후가 더 나아요.

엘리는 그의 쪽지가 있던 자리에 자신의 쪽지를 놓아두었다.

*

딜러핸은 개혜건의 땅을 사게 될 경우에 대비해 대출 방안을 마련하려고 라스모이에 갔다. 그가 주중에 마을로 가는 일은 흔치 않았다. 해싯 씨의 비좁은 개인 사무실로 찾아가 사정을 설명하자, 그는 2천 파운드 정도 대출해준다고 해서 은행이 망하지는 않을 거라고 말했다. 해싯 씨가 조그만 콧수염 아래로 얼핏 미소를 보였다. 돈을 빌리러 온 사람들이 대출을 승인받을 때 흔히 보게 되는 미소였다. 딜러핸은 감사의 표시로 고개를 끄덕였다.

"버려두기엔 아까운 땅입니다." 그가 말했다.

"좋은 땅을 내버려두는 건 언제나 아까운 일이에요, 딜러핸 씨."

"문제는, 그 사람이 언제는 땅을 팔겠다고 했다가 또 갑자기 땅을 가니, 물길을 내니, 그런 얘기를 한다는 겁니다."

"여태 방치한 땅 아닌가요?"

"네, 맞아요."

"사람은 나이가 들수록 가진 것을 놓기가 힘들어지죠. 그래서 더더욱 놓아야 하고요. 그렇다고 가진 걸 팔아치우기가 누군들 쉽겠어요? 그분 나이는 차치하고라도 말이죠."

"그래도 개혜건에겐 남는 땅이 많아요."

딜러핸은 자리에서 일어섰다. 책상 위에 골프 대회 우승컵이 있었는데, 해싯 씨는 딜러핸의 시선이 거기에 머무는 것을 보았다. 운이 좀 좋았다, 그가 말했다. 라스모이 은행가 상이었다. 그는 비좁은 개인 사무실의 문을 열어 잡아주었다. 두 남자는 악수를 했고 딜러핸은 객장을 지나 햇살이 쏟아지는 광장으로 나갔다. 그는 엘리가 쇼핑을 마치고 돌아왔는지 둘러보았다. 복스홀의 뒷문 하나가 열려 있었고 엘리는 바로 옆 바닥에 바구니와 봉투 두 개를 놓아둔 채 서 있었다. 정신이 이상한 개신교 신자 노인이 그녀에게 말을 걸고 있었다.

"그분들은 그 일 때문에 떠났어요." 오펀 렌이 말했다. "세인트존 가문은 아들들을 잘 단속하지 못했답니다."

엘리는 고개를 끄덕였다. 그녀는 쇼핑 목록을 다시 한 번 훑으며 빠진 게 없는지 확인했다.

"리스퀸에 있던 마지막 집사는 보일 씨였는데요, 마님이 보일 씨와 저를 마님이 쓰던 조그만 방으로 불렀어요. '문 닫아요' 하고 말씀하셔서 제가 문을 닫았고, 보일 씨는 한마디도 하지 않았죠. 마님이 말씀하셨죠. 자기 여자를 찾으러 집에 오는 남자들, 찾는 사람이 아내든 딸이든 그건 중요치 않다, 그들 중에 맬로의 난봉꾼*은 없다.

'아, 그보다 더 심해요.' 마님이 말씀하셨죠. '곧 그보다 더 심해질 거예요.'

주인어른은 너무 수치스러워 몸져누우셨고, 마님이 그때 털어놓으신 거예요. 엘러도어 도련님이 어떤 여자랑 달아났다고요. '내가 아는 건 집안 살림뿐이에요.' 마님이 그러셨죠. '내가 무슨 수를 쓰겠어요.' 딸 둘은 어린아이였고 잭 도련님은 아마 열네 살이었을 거예요. 그런 일 외에 자신이 무슨 쓸모가 있겠는가, 마님은 우리에게 물으셨고 보일 씨는 온 아일랜드를 살

---

* 동명의 아일랜드 민요에 등장하는 허랑방탕한 남자들.

206

샅이 뒤지겠다고 했죠. 마부와 함께 가서 여관이나 호텔을 빠짐없이 살펴보겠다고 했어요. 반년이 걸리더라도 두 사람을 찾아내겠다고 말했지요. 엘러도어 도련님을 봐주지 않겠다고 마님에게 약속했어요. 여자는 원래 집으로 돌려보내야 한다고 도련님에게 분명히 말하겠다고 했지요. 보일 씨는 마님에게 이렇게 말했어요. '마님, 엘러도어 도련님을 두들겨 패서 정신 차리게 해야 할지도 모르겠습니다.' 보일 씨는 마님과 주인어른에게서 도련님에게 손찌검을 해도 된다는 허가를 받아야겠다고 말했어요. 경찰에 잡혀갈까 두려웠던 거지요. 근데 마님은 주인어른이 몸져누워 있다고 또 한 번 얘기하시는 게 아니겠어요? 제정신이 아니라서 이미 말해놓고도 기억을 못하신 거지요. '렌 씨가 대신 서류를 써줄 겁니다.' 보일 씨가 그렇게 말했죠. '엘러도어 도련님이 얻어맞고 정신을 차려 리스퀸으로 돌아왔다고 써줄 거예요. 렌 씨가 날짜도 적고, 제게 허가를 내주었다고 기록해줄 겁니다.'"

엘리는 남편의 걸음걸이를 보고 대출 승인을 받았는지 알아내려 했지만 짐작이 되지 않았다. 어깨에 숄을 두른 여자가 손을 내밀자 그는 주머니에 손을 넣더니 동전을 하나 꺼내 손에 떨어뜨렸다.

"마님은 리스퀸 때문에 가슴이 아픈 것이다, 보일 씨가 그렇게 말했어요. 아들 하나 때문에 체면이 땅에 떨어진 세인트존 가문이 가슴 아픈 것이다. 마님은 '가문 내력이에요' 하면서 눈물을 떨어뜨리시더군요. 오랫동안, 대대손손, 이 가문은 그랬다고. '제가 가겠습니다, 마님' 하고 보일 씨가 사정을 했어요. '마부와 제가 가서 모든 부질없는 짓을 끝장내게 해주십시오.' 보일 씨가 말했지요. 나중에 이 이야기가 전해진다면, 나중에 세인트존 가문의 아이들이 남자가 되기 전에 엘러도어 세인트존이 레터케니나 아클로에서, 클레어 카운티의 길가에서 흠씬 두들겨 맞은 이야기를 듣게 된다면, 그리고 도련님과 그 여자가 개에 쫓기는 야생동물처럼 추적당했다는 사실을 안다면. 그러니까 아이들에게 이 이야기를 들려준다면 그런 일은 다시는 일어나지 않을 것이다, 그렇게 보일 씨가 말했어요. 그리고 마부와 함께 추적에 나섰고 포텀나에서 두 사람을 찾았지요. 강가에 있는 하숙집이었다는데, 건달들이나 도로 보수하는 인부들이 머무는 곳이었다고 합니다. 그들은 여자를 남편에게 돌려보냈고 엘러도어 세인트존은 외국으로 보내졌지요. 그런데 몇 년이 흐른 어느 날 밤, 농부 하나가 총을 들고 리스퀸에 찾아왔어요. 총을 빼앗았길 망정이지 안 그랬다면 잭 도련님을 쏴 죽였을 겁니다. 다음 날 그 집 사람 중에 세인트존 가문이 이곳을 곧 떠나리라는 사실을 모르는 이는 아무도 없었답니다."

오펀 렌의 눈빛은 매섭고 강렬했다. 그는 한 손으로 열린 차문 위쪽을 붙잡고 있었다. 긴 독백을 듣던 엘리는 그가 무언가 다른 말을 하고 싶은데 적당한 표현을 찾지 못하고 있다는 인상을 받았다. 그는 엘리에게 자신의 말을 알아들었느냐고 물었다.

"리스퀸은 오래전에 없어졌어요, 렌 씨." 그녀가 말했다. "세인트존 가문도 떠났고요."

"조지 앤서니가 우리에게 돌아온 첫날 제가 말했어요. '해묵은 말썽에 대해 알고 있습니다, 도련님.' 그건 가문을 무너지게 만든 것이었어요, 부인. 이야기가 리스퀸의 담장 밖으로 새어나가지 않았다 뿐이지요. 지금까지도 마찬가지고요, 부인."

"네."

"서류가 본래 있어야 할 곳으로 돌아갔어요. 그걸 받아 가신 도련님이 좋은 일 하신 거죠. 제가 직접 갖고 가면 사람들은 늙은 귀신이 왔다고 할 거예요. 그 집에선 절 반기지 않을 거라고 생각해요. 조지 앤서니 도련님 덕분에 흡족해요."

"지금 말씀하신 분은 세인트존 가문 사람이 아니에요, 렌 씨."

"남편분이 오시네요, 부인. 제가 남편분을 잘 안답니다."

*

딜러핸은 차가 한 대 지나가기를 기다렸다가 광장을 가로지를 참이었다. 그때 소 경매사인 페너티가 다가와 콘 해닝턴이 죽었다는 소식을 전했다. "어젯밤이었다네." 그가 말했다.

"나도 들었어."

두 사람은 몇 분 동안 이야기를 나누었다. 불쌍한 콘은 한참이나 몸을 덜덜 떨었다, 페너티가 말했다. 딜러핸은 연신 고개를 끄덕이며 자리를 뜨려 했다. 그는 여전히 사람들이 자신을 동정한다고 느꼈기 때문에 라스모이에 오기 싫었고, 사고가 자기 잘못이었다고 여기는 그로서는 동정하는 사람이 있는 만큼 비난하는 사람도 있을 거라 생각할 수밖에 없었다. 일요일에는 사람들이 많지 않은 이른 시간에 미사에 참석했다.

그는 페너티에게 또 보자고 말하고 자리를 떴다. 복스힐로왔을 때 엘리는 혼자 있었다.

"잘 해결됐어." 그가 말했다. "필요한 건 다 샀어?"

"다 샀어요."

"그럼 이제 가지."

그는 복스힐을 몰고 광장의 다른 차들 사이를 빠져나가 머게니스 스트리트를 지나 캐셜 스트리트로 들어섰다.

"노인이 뭐래?"

"그냥 횡설수설했어요." 엘리가 말했다. "무슨 말을 하는지 알 수가 없어요."

"보통 일은 아니지, 기억이 뒤죽박죽 얽혀버린다는 건." 그는 차를 멈추고 유모차를 밀고 있는 여자가 횡단보도를 건너길 기다렸다. "불쌍한 늙은이야."

"맞아요."

그들은 교회 두 곳을 지나 마을을 빠져나왔다. 차는 오르막이 시작되는 길에 있는 임시 신호등 앞에 멈춰 섰다.

"저 사람은 누구지?" 자전거를 탄 사람이 지나가자 딜러핸이 물었다. 엘리는 플로리언 킬데리라고, 자신이 사랑하는 사람이라고 말하고 싶었다. 그 이름을 소리 내어 말하고 싶었고, 지금 리스퀸 저택 뒤편의 관리인 주택으로, 두 사람이 자주 만나던 장소로 가기 위해 길을 나선 거라고 말하고 싶었다. 그가 자신이 남긴 쪽지를 발견할 거라고, 그걸 찾으러 가는 것이라고 말하고 싶었다.

"누군지 모르겠어요." 그녀는 그렇게 말하는 자신의 목소리를 들었다. 그리고 또다시 그 사람 이야기를 하고 싶은 충동을 느꼈다. 전에 근처에서 본 적은 있다, 그렇게 말했다. 이름이 플로리언 킬데리라고 들었다. 집은 캐슬드러먼드 근처다.

신호등이 바뀌었다. 그들은 천천히 다가오는 트럭이 지나가기를 기다렸다. 딜러핸은 예전에 이름이 킬데리인 자치주의회 소속의 공사 현장감독이 있었는데 오른손 손가락 두 개를 잃은 사람이었다고 말했다. 또 캐슬드러먼드에서 파산자산 판매가 있었을 때 그의 아버지가 흙갈퀴를 산 적이 있다고도 말했다.

"학교에 갔다 왔는데 마당에 그게 놓여 있던 기억이 나." 딜러핸 자신은 캐슬드러먼드에 가본 적이 없었다.

"거긴 안 가봤어."

"오늘 참 바빴어, 그렇지?"

"네, 화요일 치고는요."

"저기 포스터가 붙었군. 무슨 서커스가 오나보지?"

"붙은 지 좀 됐어요."

"그런데 더피스는 아닌 것 같은데."

"더피스는 아니에요."

"어렸을 때 더피스는 구경을 가곤 했는데."

엘리가 농장에 처음 왔을 때도 그는 그 이야기를 했었다. 코끼리가 재빨리 움직이길 기다리며 안달을 냈다는 얘기, 광대 하나가 누이 한 명을 구슬려 뽀뽀하게 했다는 얘기. 파이퍼스 엔터테인먼트가 라스모이에 왔을 때 얘기도 했다. 회전목마와 범퍼카를 탔고, 고리던지기를 하는 곳에서는 도자기 토끼 인형을 상으로 받았다고도 했다.

"콘 해닝턴의 장례식은 금요일이야." 그가 말했다. 그러고는 우회전을 하기 위해 바깥 차선으로 나간 뒤 트랙터 한 대가 지나가길 기다렸다. 그는 트랙터에 탄 남자에게 인사했다.

"예전에 콘이 나한테 50파운드를 빌려줬었어." 그가 말했다. "보리농사가 망해서 쪼들리던 때였지."

그는 빌린 돈을 한 푼도 남김없이 갚을 생각이었고, 콘 해닝턴 역시 그가 그러리라는 사실을 알았다. 은행은 믿을 수 없는 사람에게 대출을 하기로 한 것이 아니며 그들 역시 그 사실을 알 것이다.

"장례식에 갈 생각이야." 딜러핸이 말했다.

엘리는 쪽지를 자주 남기지는 않았으며 늘 어떻게든 직접 갔고 또 늘 그러기를 원했다. 지금쯤 그는 거기에 도착했을 것이고 아마도 잠시 기다리다 그 돌을 빼볼 것이다. 차를 지나칠 때 그는 그게 누구의 차인지 몰랐다. 플로리언은 그 차를 알지 못했다.

엘리와 딜러핸은 개혜건의 대문과 그 옆에서 바스러지고 있는 교유기 받침대를 지나쳐 갈림길에서 산으로 올라가는 좁은 길로 들어섰다. 겨울에 큰물이 나면 다니기 힘든 길이었다.

집배원의 밴이 지날 수 있도록 후진을 해야 했다. 새로 온 젊은 집배원이 창문을 내리고 몇 주 전에 배달된 비료 대금 계산서를 내밀었다.

"저 친구 참 괜찮아." 남편이 말했다.

다가오는 차 소리를 들은 개들이 아직 차가 멀리 있는데도 벌써부터 짖기 시작했다. 그녀 역시 돌 뒤를 찾아봤었고, 플로리언 역시 오늘 거기를 보려고 간 것이었다. 그의 자전거 이름은 금독수리였고, 손잡이 아래에는 바위에 앉은 독수리 그림이 그려져 있었다. 그녀는 그런 이름을 가진 자전거는 본 적이 없었다.

"감자를 마저 캐야겠어." 남편이 말했다. "비가 오기 전에. 열 줄 정도만 더 캐면 돼."

"제가 도울게요."

"아, 아니야. 당신 할 일도 많은데."

"괜찮아요."

"아, 아니야." 딜러핸은 이제는 그녀가 안 해도 되는 일을 하겠다고 나서면 자주 그러듯이 고개를 저으며 부드럽게 거절했다.

그는 차를 마당으로 몰았다. 개들이 나와 두 사람을 맞았다.

22

셜해나 하우스는 엘리의 상상과 달랐다. 흰색 현관문은 연한 녹빛을 띠고 군데군데 페인트가 벗겨져 있었다. 자갈 마당에 놓인 철제용기는 이미 넘치기 시작했는데, 안에는 쥐가 쏠은 낡은 여행용 트렁크, 녹슨 페인트통, 다림질판, 저울, 타자기, 전기히터, 난로망, 바지 다리미 등이 쌓여 있었다. 홀의 판석에는 아무것도 깔려 있지 않았고 식당에는 가구가 하나도 없었으며 거실은 거실이 아니었다.

"미리 말해뒀어야 했는데." 플로리언이 말했다.

그는 엘리를 데리고 위층으로 올라가더니 빈 방들을 지나 자신이 꼭대기층이라 부르는 곳, 좁은 계단이 사다리로 변하면서 다락방과 지붕으로 이어지는 곳으로 갔다. 두 사람은 슬레이트 지붕의 두 경사면이 만나는 고랑 배수로의 따뜻한 납판 위에 서서 아래쪽 정원을 내려다보았고, 그 너머로 그가 그녀에게 여러 번 이야기했던 호수며 농경지, 멀리 솟은 산까지 굽어보았다. 느린 속도로 들판을 왕복하는 트랙터 한 대가 보였지만 소리는 들리지 않았다.

"전 여기 올라오는 게 항상 좋았어요." 플로리언은 그렇게 말하고는 내려다보이는 장소를 가리키며 이름을 읊었다. 그리네인 교차로, 그곳에서 좀 떨어진 다리, 캐슬드러먼드로 가는 길, 농장과 집들. "여기 올라와 책을 읽곤 했어요. 몇 시간이고, 그러니까 여름에요."

"정말 예뻐요. 전부 다."

다시 아래층으로 내려가자 개 한 마리가 그들을 따라왔다. "이름이 제시예요." 그가 말했다. 부엌에서 플로리언은 탁자에 놓인 책 한 권을 집어 들었다. 오래전에 잃어버린 책을 바로 며칠 전에 찾았다. 물건 잃어버리는 걸 싫어한다, 그는 그렇게 말했다.

"집을 판다는 계획은 변함없나요?" 자갈 마당에 나왔을 때 몸을 숙여 개의 머리를 쓰다듬으며 엘리가 물었다.

"우리 불쌍한 제시가 점점 늙네요." 그가 말했다. "네, 설해 나는 팔렸어요."

매매가 성사되지 않으면 엘리는 고해성사를 하겠다고 마음먹었었다. 속죄와 순종을 결심했었다. 일생 동안 하루하루를 순종의 명령에 따르겠다고 결심했었다.

"다음 달 17일에 넘겨요." 그가 말했다.

한세월 걸릴 거다, 그는 전에 그렇게 말했었다. 서류 절차가 굉장히 복잡하니까. 아마 10월이 될지도 모른다. 그래서 엘리는 그가 아직 이곳에 있는 동안 앙상해질 가을 나무와 엷은 11월의 안개를 상상했었다. 9월 17일까지는 3주도 채 남지 않았다.

"그 책을 찾은 날 오후에 셜헤나를 구입한 사람들이 왔었죠. 부부가 꽤 들떠 있었어요." 그가 말했다.

"전 일이 좀 틀어질지도 모른다고 생각했어요."

"아니, 그런 일은 없었어요."

마당에서 차고를 둘러볼 때는 망가진 문을 먼저 들어 올렸다가 잡아당겨 열어야 했다. 이 차는 도로를 밟은 지 굉장히 오래되었다, 그가 설명했다. 자동차 이름은 모리스 카울리라고 했고, 후미에 달린 문을 열어 '트렁크 좌석'이라고 하는 좁은 뒷자리를 보여주었다.

정원으로 갔을 때 플로리언은 햇빛을 받아 반짝이는 긴 풀잎들이 산들바람에 살랑거리는 곳을 가리켰다.

"저기에 테니스장이 있었죠."

한동안 개인교습을 받았다, 그가 이야기했다. 강사는 평상복 구두를 신고 테니스를 치는 사람이었다. 그의 아버지는 그것이 예의가 아니라고 생각했다. 아버지는 다리를 절뚝거리면서도 테니스를 치면 늘 이겼다.

매년 여름이 되면 토끼 사냥꾼이 죽은 토끼들을 가져갔지만 그러고 나면 또 다른 토끼들이 나타났다. 진달래 관목림 사이에 그의 비밀 장소가 있었는데 가끔씩 거기에서도 토끼가 튀어나왔다. 마치 토끼에게도 그곳이 비밀 장소인 양.

"그곳에 제 상상 속 친구들이 있었어요. 한번은 토끼 사냥꾼이 실수로 그중 한 명을 쏴버렸다고 상상하고 진달래로 화환을 만들어 장례식도 치렀죠."

주변에서 연기가 피어올랐다. 은근히 타들어가는 잿더미 옆에 판지상자들이 있었고 안에는 고무줄로 따로따로 묶은 종이 뭉치와 속지를 다 쓴 수표책, 봉투에 든 편지, 길고 뾰족한 막대에 차곡차곡 꽂아놓은 영수증들이 있었다. 불꽃이 일어나는 모습을 보며 엘리는 앰브로즈 수녀님에게 썼다가 레이번 스토브에 넣고 태워버린 편지를 떠올렸다. 3주보다 더 오래된 일, 오히려 몇 달에 가까운 일이었다. 3주는 오랜 시간도 아니었다.

그는 모닥불에 종이를 더 넣더니 상자들까지 모두 던져 넣어버렸다. 그리고 지붕 위, 그들이 좀 전에 서 있던 곳이 아닌 다른 쪽을 가리키며 말했다. 파티에 왔던 사람들이 거기에 올라갔고 그중 한 남자가 노래를 불렀는데 오페라 가수였다고.

"확정된 거예요?" 엘리가 물었다. "9월 17일?"

"그래요. 확정이에요."

야생 스위트피 꽃이 흰색으로, 점점 옅어지는 연보라와 분홍색으로 활짝 피어 있었다. 호수로 가는 길에 지나친 사과나무들에는 열매가 맺히기 시작했다. 호숫가에서 개가 갈대 사이를 쿵쿵거리고 다니자 물쥐들이 쪼르르 물속으로 달려갔다.

"목요일이네요." 그녀가 말했다. "9월 17일은."

*

가라앉은 목소리였다. 그 목소리를 듣자 그는 그녀가 여기 오지 말았어야 했다는 생각이 들었다. 비록 자신은 그녀가 오기를 바랐지만. 이곳에 오는 바람에 그녀는 더 힘들어졌다. 플로리언은 이를 알 수 있었으나 그녀 자신은 미처 모르며, 그것은 알고 싶어 하지 않기 때문이라는 사실을 깨달았다. 집으로 오라고 제안했을 때는 자신도 미처 예견하지 못한 결과였다.

"달리 방법이 없었어요." 플로리언이 말했다. "집을 꼭 팔아야 했어요. 일이 이렇게 순조롭게 진행되리라고는 예상 못 했어요."

하는 말마다 내뱉는 순간 실수처럼 들렸다. 플로리언은 자신이 스스로 창조한 포식자 세계의 일원이 된 것 같다고, 그런 무자비한 포식자의 한 변종 같다고 잠시 생각했다. 그는 자기 앞에 놓인 것을 취했고, 그렇게 다시 한 번 자신을 놓아주지 않는 유령을 쫓아내려 했다. 비록 다정했지만, 잘 알지도 못하는 여자에게 애정을 느끼긴 했지만, 그렇게 하면서 결국은 그녀에게 지옥을 만들어주고 말았다.

*

엘리는 그가 담배를 찾아 뒤적거리다 주머니에 따로 빠져 있는 것을 하나 찾아내는 모습을 지켜보았다. 그가 담배를 반 듯하게 펴고 삐져나온 담뱃잎을 안으로 다져넣는 모습을 지켜보았다. 그런 다음 두 사람은 사과나무를 지나쳐 온 길을 되짚어갔다. 정원에서 그는 개에게 공을 던졌다. 부엌에서는 창틀에 세워놓은 색 바랜 엽서 한 장을 보여주었다. 예스런 옷을 입은 여자가 한 손에는 깃펜을 들고 다른 한 손에는 접시처럼 보이는 것을 들고 있었다. 수도사 한 명이 기도를 드리고 있었다.

"성녀 루치아예요." 플로리언이 말했다.

성녀의 목에 꽂힌 단도의 손잡이와 칼날 일부가 보였다. 피는 흐르지 않았다. 머리 뒤에는 후광이 있었다.

"당신에게서 성녀 루치아의 모습이 보여요." 그가 말했다.

엘리는 고개를 저었다. 성녀 루치아라는 사람이 있는 줄도 몰랐으며 있었다 한들 지금은 아무 상관도 없는 일이었다. "나랑 같이 가요." 환상인 줄 알면서도 그녀는 그렇게 말하는 그의 모습을 그려본 적이 있었다. "나랑 같이 가요." 그리고 그는 스칸디나비아 이야기를 한다. 지금 자신의 유년기에 대해 이야기하듯이. 그녀는 농장의 집을 몰래 나오며 조용해진 부엌의 문을 닫는다. 식탁에 차려진 음식도, 스토브에서 끓고 있는

220

냄비도 없다. 그녀가 없어졌다는 사실이 사람들 귀에 들어갈 것이다. 코리건 가족과 개혜건, 라스모이의 상점 사람들, 해든 부인, 코널티 양, 신부님들, 클룬힐의 수녀님들. 자신에게 쏟아질 악담을 상상하면 겁에 질리지만, 자꾸 들으면 결국 무뎌질 것이다.

플로리언은 엽서를 가져가 도로 창틀에 세워두었다.

"케이크를 준비 못 해서 미안해요." 그는 직접 끓인 차를 잔에 부었다. 잼은 잊지 않고 하프앤드하프에서 라즈베리 잼을 사 왔다, 그가 설명했다. 빵은 갓 구운 것이라고 했다.

"안 먹어도 돼요." 엘리는 말했다. 하지만 그녀는 그가 자른 빵을 그가 잘랐기 때문에 먹었고, 그가 따른 차도 마셨다. 나중에 거실에서 그는 그곳이 원래 어떤 모습이었는지 설명하며 이제는 없는 가구들을 묘사했다. 그리고 벽에 한 줄로 붙은 그림에서 압정들을 비틀어 빼냈다. 그림을 하나씩 떼어낼 때마다 구깃구깃한 종이를 잘 편 다음 그녀에게 건네주었다.

"우리 어머니와 아버지가 남긴 수채화 작품들이에요." 그가 말했다.

플로리언은 사람들이 물가에서 소풍을 즐기는 장소의 이름을 알았는데 잊어버렸다고 했다. 빈 극장에서 대화를 나누는 커플은 당대 유명했던 배우들이다. 사람들이 우산 위에 카드 세 장을 놓고 도박을 벌이는 곳은 더블린의 어느 거리 모퉁이고, 튤립나무는 더블린의 어느 정원에 있는 것이다. "여기 자주 오던 아이예요." 그는 호숫가에 뒤집힌 배 위에서 미색 원피스 차림으로 드러누운 여자아이를 가리키며 말했다. 긴 다리를 나른하게 늘어뜨리고 목에는 빨간 스카프를 매고 있었다.

"가져요." 플로리언이 말했다. "그럼 가져가세요."

엘리는 고개를 저었다. 그가 주는 것을 받는 일은 그녀는 남고 그는 간다고 말하는 것과 같았다. 뭔가를 주고받는 일은 이별의 표시, 이별의 확인이라고 말하는 것과 같았다. 예전 같았으면 그러지 못했겠지만 이제는 아니라고 말할 수 있었다.

그는 더 이상 권유하지 않았고, 그녀는 곧이어 자전거를 타고 라스모이로 돌아왔다. 헌스 정육점에서 고기를 사고 캐시앤드캐리에서 식료품 몇 가지를 샀다. 그런 다음 호건스에서 스칸디나비아를 찾아보았다. 언젠가 가계부로 쓸 새 연습장을 샀던 곳인데 학교 교과서도 취급했다. 지도에서 스칸디나비아를 찾았다. 한쪽이 울퉁불퉁한 모양을 보니 칠판 위에 걸려 있던 광택 나는 지도가 생각났다. 진열대에서 꺼낸 책을 살펴보니 노르웨이의 피오르는 내륙 깊숙한 곳까지 형성되어 있으며 스웨덴은 삼림과 물과 해안의 군도로 인해 음울한 분위기를 띤다고 쓰여 있었다. "이 작은 나라가 덴마크란다" 하시던 지리 교사 수녀님의 말씀이 생각났고, 바위에 앉은 인어도 생각났다.

각기 다른 언어를 사용함, 도시가 많지 않음, 책에 그렇게 쓰여 있었다. 옥수수를 재배한다. 키루나에서 철광석이 난다. 지

명은 발음하기가 어려웠다. 구드브란스달렌, 엘리는 읽어보았다. 헨네 스트란, 순즈피오르, 키텔피욜. 하지만 쉬운 것도 있었다. 고텐버그, 말뫼. 렉산드, 핀세.

바이킹은 스칸디나비아 출신이었다. 칠판에 분필로 깔끔하게 쓴 글씨가 기억났다. 지리 교사는 아그네스 수녀님이었다.

23

　오펀 렌은 상점 곳곳을 돌아다녔다. 철도역에서 기다렸다. 광장에 앉아 만나야 할 사람이 누구인지, 메시지를 전해야 할 사람이 누구인지 기억해내려고 애썼다. '맬로의 난봉꾼'이라는 말이 떠올랐다. 그게 도서관에서 들었던 말이라는 것도. 하지만 지금 왜 그 말이 떠올랐는지는 알 수 없었다. "그들 중에 맬로의 난봉꾼은 없어요." 자식을 둔 어머니라면 누구나 마찬가지겠지만 그녀는 떨리는 목소리로 그렇게 말하고 나서 울었다. 아들이 포텀나에서 죽었나? 마님이 묻자 보일 씨는 다리를 절게 되었을 뿐이라고 대답했고, 마님은 정말 다행이라고 말했다. 그동안 마부는 한마디도 하지 않았다.

　오펀 렌이 기억하는 이야기 속으로 황혼이, 그러다 어둠이 스며들었다. 안개가 짙어지고 소리와 얼굴이 일그러지다 사라졌다. 안개는 걷힐 것이다. 오늘 언젠가, 혹은 내일. 아니 어쩌면 걷히지 않을지도 모른다.

문서는 반납되었다. 그 여자가 석탄 배달도 해주기로 했다. 처음으로 난롯불이 타오르고 피아노도 연주될 터였다. 마당에서 말이 히힝 우는 소리, 개 짖는 소리, 사람들의 목소리도 들릴 것이다. "우리는 떠날 거야." 주인어른이 침대에서 말했다.

토머스 존 킨셀라. 동상 받침대에 명문이 각인되어 있었다. 아일랜드를 위해 목숨을 바치다. 1776~1798. 작은 글씨로 새겨진 다른 글씨도 있었지만 이름과 연도만으로 충분했다. 그는 고개를 들어 젊고 여윈 얼굴, 앞섶이 열린 셔츠와 팔꿈치 아래로 드러난 맨팔을 보며 그토록 젊은 나이에 죽은 영웅을 안쓰러워했다. 광장에 오면 영웅에게 미안하다고 말하는 적도 많았다. 오핀은 이곳에 앉아 그와 함께 있는 것이 좋았다. 토머스 킨셀라가 좋았다.

그는 다시 철도역으로 갔다. 헐리 레인의 모퉁이 상점에서 깡통 수프를 하나 샀다. 그리고 아이들이 사방치기 하는 모습을 지켜보았다.

토머스 존 킨셀라. 오핀은 광장으로 돌아와 다시 그 이름을 읽어보았다. 잠시 잠을 자다 깨어났을 때, 그는 다시 기억을 되찾고 그것을 잊어버렸던 자신을 나무라며 머리를 흔들었다. 만나서 메시지를 전해야 할 사람이 누구인지 생각났던 것이다.

그는 즉시 출발했지만 얼마 후 가야 할 길이 너무 멀게 느껴졌고, 더 좋은 날을 기약해야 한다는 것을 깨달았다.

24

딜러핸은 매년 양털깎기를 할 때 세우는 울타리를 철거했다. 이런 바쁜 철에는 늘 그렇듯이 의도했던 것보다 철거를 더 오래 미뤄두고 있었다. 몇 주가 흐르는 동안 무질서하게 세워놓은 낡은 문과 골함석이 보기에 좋지 않다고 날마다 혼잣말을 했다. 요란한 빨간색 노끈으로 묶은 부분이나 여기저기 흩어진 양털 뭉치 역시 보기 싫었다.

엘리는 울타리에서 풀어낸 긴 노끈을 엉킨 부분을 정리해가며 감았다. 양털 뭉치는 갈퀴를 써서 풀 위에서 깨끗이 긁어냈다. 그리고 작년에 쓴 비료 봉투를 가져다 양털을 담아 버렸다.

"내년엔 좀 더 빨리 철거하는 편이 낫겠어." 남편이 녹슨 철문을 트레일러에 쌓으며 말했다.

주변에서는 모든 것이 시들어가고 있었다. 산울타리 속에

푸릇푸릇하던 쐐기풀도, 꽃이삭을 늘어뜨린 디기탈리스와 카우파슬리도. 양들을 모아두는 자리에서는 단단하고 마른 흙이 드러났고 풀은 누렇게 변해갔다. 하지만 9월의 공기는 시원하고 신선해서 야단스러운 8월보다 훨씬 상쾌했다.

엘리는 이 모든 사실을 크게 눈여겨보지 않았어도 지금까지 해마다의 경험으로 잘 알고 있었다. 그녀는 처음 양털 뭉치를 긁어모으며 이 들판에 익숙해지던 시절, 처음 돌사과밭에서 달걀을 거두고 밤이면 토끼를 보던 시절 등을 생각하려 애썼다. 하지만 애써 불러들인 생각의 틈새로 자꾸만 셜해나 하우스가 끼어들었다. 방치된 허름한 방들, 테니스장, 풀밭에서 쉬는 조용한 늙은 개, 루치아 성녀가 그려진 엽서. 스칸디나비아가 끼어들기도 했다. 그리고 거기에, 그 생소한 곳에 그녀가 있었다.

"아, 그래도 여태 날씨가 맑아서 다행이야." 남편이 말했다. "지금까지 이렇게 건조했던 적이 있었던가? 아주 잘했어." 남편이 그녀를 칭찬했다. 따분한 일을 해낸 엘리를 측은해하는 것 같은 말투였다.

남편이 트랙터에 시동을 걸었고, 그녀는 트레일러에 실린 짐이 덜커덕거리는 소리가 희미해지다 사라질 때까지 듣고 있었다. 그녀는 긴 노끈을 뭉치로 감아 한쪽에 놓았다. 그리고 모아놓은 양털을 비료 봉투에 채워 넣었다. 엘리는 하루 종일 들판에 나와 있었다.

*

　조그만 교회 묘지는 단풍나무와 참나무가 만든 그늘 아래서 황혼녘처럼 어두컴컴했다. 그 사이에 암녹색 주목나무가 보초병처럼 서 있고 오래된 묘비들은 삐딱하게 기울거나 쓰러져 있었다. 우연이란 얼마나 제멋대로인가, 플로리언은 부모의 묘 위로 높이 자란 풀을 살피며 생각에 잠겼다. 제노바에서 자란 나탈리아 베르데키아가 '솔다토 디 벤투라'를 사랑했다는 이유로 지금 이곳에 누워 있다니 얼마나 큰 우연인가? 광택 없는 석회석 표면에 두 사람의 이름이 선명하게 새겨져 있었다. 손끝이 섬세해서 택한 비명 각인업자의 작품이었다. 당시 가장 중시했던 점은 아버지와 어머니가 같은 자리에 묻혀야 한다는 것, 그들의 삶이 서로에 대한 헌신과 공통의 재능으로 빛났듯이 묘지 안의 자리도 솜씨와 품격으로 빛나야 한다는 것이었다. 부모님이 정적 속에, 함께 있기는 하지만 서로 닿을 수 없는 곳에 누워 있다는 사실이 믿기 어려웠다.

　플로리언은 자갈이 깔린 통행로에서 괭이를 가지고 일하는 남자에게 전지가위를 빌렸다. 무덤 위의 풀을 베고 아직 뿌리가 깊지 않은 검은딸기나무를 뽑아냈다. 돌아가시기 전날 아버지는 역시 아내와 공유한 듯한 어떤 생각에 대해 아들에게 사과했다. 하나뿐인 자식에게 느낀 실망감. 아버지는 그렇게 생각한 적이 없다고 우겼고 플로리언 역시 납득한 척했다.

그는 전지가위를 돌려준 뒤 묘지를 거닐다 아까 정돈한 무덤으로 되돌아왔다. 두 분은 얼마나 잘 사랑했는지! 묘비에 새겨진 두 이름을 손끝으로 어루만지며 그는 생각했다. 두 분은 삶을 살아가는 방법을 얼마나 잘 알았는지, 다른 사람의 인생에 누를 끼치는 일이 얼마나 적었는지. 플로리언은 엘리 딜러핸을 잊기 힘들기를, 적어도 그런 마음 정도는 남기를 바랐다.

그는 묘지 출입구에 둔 자전거를 가지러 갔다. 체인이 빠질 것 같아 단단히 고정시키려고 수리점에 가져갔다. 이곳을 떠날 때 더블린까지는 자전거를 타고 갈 생각이었다. 초저녁에 출발하면 밤새 가야 할 것이다. "더블린에서는 자전거를 절대 길거리에 놔둬선 안 돼." 아버지는 말하곤 했다. 하지만 그는 그렇게 할 생각이었다. 아무나 가져가라고.

그는 셸해나 하우스 매매를 위해 양도증서를 발행한 변호사의 사무실에 들렀다. 매매 대금에서 각종 공제를 하고 남는 돈을 아일랜드 은행의 캐슬드러먼드 지점에 입금해달라고 요청했다. 그리고 은행으로 가서는 해외로 나간 직후 예금을 쓸 수 있도록 조치했다. 그는 자전거용 전등을 샀다. 전에는 가져본 적 없는 물건이었다.

*

엘리는 옷가지를 골라 잘 개어 서랍 한쪽에 놓아두었다. 집에 비축해둘 먹을거리로 캔 음식과 스리카운티즈 치즈, 오래 저장해도 괜찮은 베이컨 한 덩어리 등도 구입했다. 한동안 버티기에 충분한 음식이 있어야 한다는 건 어쨌거나 옳은 생각이었고, 통조림은 그럴 때 늘 유용했다.

몇 년 전 라힌치에 갈 때 가져갔던 빨간색 여행 가방은 지퍼에 천이 물려 여닫을 수가 없었다. 중고 상점에서 산 가방이었고, 지퍼가 자꾸만 걸려도 그때는 크게 문제가 되지 않았으나 지금은 문제가 되었으므로 그녀는 코벌리스에 가서 물건들을 살펴보았다. 하지만 일단은 봐놓기만 하고 다시 오면 된다고 생각했기에 아무것도 사지 않고 나왔다. 그때가 오면 통조림 몇 개와 오래 두어도 상하지 않을 채소를 좀 더 사둘 셈이다. 처음에 그가 쉽게 먹을 수 있는 음식으로, 얇게 저민 베이컨과 달걀을 꺼내놓을 것이다. 그런 생각을 하면서 그녀는 자신이 너무 많은 것을 기대한다는 사실을, 환상으로 시작된 것이 날이 갈수록 조금씩 현실처럼 변하고 있다는 사실을 모르지 않았다. 엘리는 그런 일이 일어나지 않도록 스스로를 통제하려 애썼지만 그럴 수가 없었다.

25

올러리의 웨이트리스는 말이 많았다. 그녀는 테이블을 닦기 위해 늘 가지고 다니는 체크무늬 천을 들고 서 있었다. 시간이 도대체 어떻게 흘러갔는지 알 수가 없다, 웨이트리스는 말했다. 부활절부터 이 찻집에서 일했는데 벌써 이렇게 많은 날들이 지났다는 게 믿기지가 않는다. 몇 주 후면 고향 더블린으로 돌아가 겨울 동안 근무할 일터에 나갈 예정이다. 핍스버러의 로그캐빈이란 곳인데, 리트림 스트리트에 있으며 예전에도 거기서 겨울 동안 일한 적이 있다.

"근처를 지나게 되면 오세요." 웨이트리스가 초대의 말을 건 넸다.

플로리언은 고개를 끄덕였다. 그는 웨이트리스가 그들에게 하는 말을 들으며 가끔씩 미소를 지었지만 엘리는 아무 말도 없었다. 그녀는 전에 본 적 없는 남색 파카 차림이었다.

"차를 갖다드릴게요." 웨이트리스가 그렇게 말하고는 핍스버러가 자기 고향이라고 덧붙였다. "지난 몇 달 동안 두 분을 자주 뵙네요." 그렇게 말하고 그녀는 차를 가지러 갔다.

찻집의 다른 테이블에는 손님이 없었다. 밖에서 한 남자가 전기톱으로 미로의 산울타리를 다듬고 있었고 그 뒤로 전기선이 늘어져 있었다. 그 광경을 보며 두 사람은 그곳을 지나왔고 오늘은 미로를 개방하지 않는다는 공고도 읽었다. 그들이 앉은 곳에서 전기톱이 윙윙거리는 소리가 들렸다.

나이 지긋한 두 여자가 하던 대화를 계속하며 안으로 들어왔다. 플로리언은 그들이 어느 자리에 앉았다가 마음을 바꾸고는 킥킥 웃으며 다른 자리로 옮기는 모습을 지켜보았다.

"하지만, 엘리." 그는 웨이트리스가 자기 얘기를 늘어놓는 동안 중단되었던 대화로 돌아가 말문을 열었다. "엘리……"

"당신과 함께 가겠어요. 어디라도 좋아요."

두 여자가 다시 즐겁게 대화를 시작한 자리에서 소리를 낮춘 유쾌한 웃음소리가 들렸다. 종이 식탁보 위에 차와 여러 음식이 차려져 있었고, 웨이트리스는 빈 쟁반을 한쪽 팔에 끼고서 스콘과 설탕옷을 입힌 케이크에 무엇이 들어 있는지 묻는 질문에 답하고 있었다. 식이요법 때문에 피해야 할 음식이 있는 모양이었다.

플로리언은 그들의 이야기에 귀를 기울였다. 부담스러운 대화를 이어가기가 꺼려졌기 때문이다. 그는 이제 알고 있었다. 자신이 어딘가 새로운 곳에서 홀로, 너덜너덜해진 상상의 조각들을 할 수 있는 데까지 다듬고 이어 붙여 아직은 형체도 없고 아무것도 아닌 것에서 질서를 끌어낼 것임을, 그러고는 다시 시작하고 또 시작할 것임을. 하지만 그런 말을 어떻게 한단 말인가? 어느 작고 조용한 마을에서 방을 얻어 글을 쓰며 이사벨라를 영원히 사랑하지 않으려고 멀리에서 안전하게 노력할 것이라는 말을 어떻게? 가차 없고 무자비한 진실을 예의바른 거짓말로 감출 수 있는데 어떻게 그런 고백을 입 밖에 낸단 말인가? '사랑한다'고 말했더라면, 단 한 번이라도 그렇게 말했더라면, 그게 그리도 어려운 일이었을까?

다시 다가온 웨이트리스가 침묵 속에서 무언가를 짐작하고 그냥 계산서만 작성해 테이블 위에 올려놓았다.

"좋은 여름을 보냈잖아요, 엘리."

플로리언은 거짓을 물리치며 부드럽게, 가능한 한 다정하게 그렇게 말했다. 거짓은 시간이 지나 진실이 드러나며 상처에 상처를, 고통에 고통을, 수치심에 수치심을 더할 것이기 때문이었다. 시간의 엄중한 지혜가 두 사람 모두를 벌할 터였다. 무자비하게.

두 사람은 자리에서 일어섰다. 문에 이르자 손님들이 더 들어오고 있어서 옆으로 비켜서 그들이 지나가기를 기다렸다.

"당신이 없으면 아무것도 의미 없어요." 엘리가 말했다.

남자가 미로를 닫는다는 공고를 떼어내는 중이었고 긴 전선은 둥글게 감겨 있었다. 남자는 두 사람에게 고개를 끄덕여 인사했다. 웨이트리스처럼 남자도 그들을 알았다.

*

골풀이 자라기 시작한 것을 보고 딜러핸은 이곳 땅이 물을 잔뜩 머금고 있음을 알았다. 지하 배수로가 부서졌거나 막힌 것일 텐데, 부서졌을 가능성이 더 클 듯했다. 1, 2미터를 더 나아가니 습지가 나왔다. 울타리와 전반적인 방치 상태를 제외하면 개혜건의 땅에서 문제는 이뿐이었고 예전부터 이 정도는 예상한 것이었다. 배수로가 어디로 지나는지 추측할 수 있을 듯했다. 아마도 단관 배수로일 것이며 직접 파낼 수도 있을 것이다. 땅 매입은 그에게 이득이 되는 일이고 그는 그런 사실을 잘 알았다.

딜러핸은 경계를 따라 걸었다. 여기저기에 토끼굴이 있었다. 토끼가 올해만큼 극성을 부린 적은 자신이 알기로는 없었다. 오래된 나무문을 철문으로 교체하고 내친김에 여물통도 바꿀 생각이었다. 길가 산울타리 안에 죽은 느릅나무가 있어서 혼자 베어낼 수 있을지 찬찬히 살펴보고 있는데, 굽잇길 저편에서 자전거 소리가 나더니 엘리가 지나갔다. 딜러핸은 엘리가 자신을 볼 거라고 생각했지만 그녀는 보지 못했다. 물에 잠긴

곳을 아내에게 보여주고 싶어 뒤에서 이름을 불렀지만 그녀는 듣지 못하고 계속 달려갔다.

26

그녀를 다시 셜해나로 초대하는 쪽지는 없었다. 관리인 주택 폐허에서 기다려봤지만 그는 오지 않았다. 처음에 그가 그토록 여러 번 자신을 기다리던 곳이었다. 그가 담쟁이덩굴을 파는 데 썼던 쇳조각도 놓아둔 자리에 그대로 있었다.

엘리는 그곳을 떠났다가 그날 늦게 다시 와보았다. 벌써 가버린 걸까, 서류 절차가 그 날짜보다 일찍 마무리된 걸까? 그는 지금 거기 있을까, 헨네 스트란이나 핀세나 말뫼에? 그의 집은 벌써 다른 사람들의 가구로 채워져 변해 있을까?

다시 그녀는 관리인 주택의 폐허를 떠났다가 또 한 번 되돌아왔다.

*

　플로리언이 잠에서 깰 때면 열린 문간에서 함께 깨어나던 제시가 거기 없었다. 부엌에도 없었다. 그는 정원에서 개를 찾아보다 호수까지 이름을 부르며 걸어갔다. 아직 갈아입지 않은 잠옷이 긴 풀을 쓸고 지나는 동안 축축하게 젖었다. 그는 다시 정원을 찾아보다 집 안으로 들어가 보조 주방과 이제는 사용하지 않는 식당, 거실 그리고 언젠가 암실로 쓰던 방까지 살펴보았다. 빈 다락방 중 한 곳에서 개는 구석에 웅크리고 있었고 그를 보더니 꼬리를 흔들려고 애썼다.

　"불쌍한 제시." 그가 나직이 중얼거렸다.

　부엌에서 우유를 데워 가져다주어도 제시는 먹으려 하지 않았다. 팔로 품으려 하자 조금씩 버둥대며 계속 빠져나갔다. 그는 제시를 제가 선택한 자리에 내려놓고 그 옆에 쭈그리고 앉았다.

　"불쌍한 제시." 그는 다시 말했다. 제시는 늘 그랬던 것처럼 꼬리로 바닥을 내리치려 한 번 더 애를 썼다. 개가 한쪽 눈으로 그를 응시했다. 아무런 요구도 없이. 늘 신뢰했던 얼굴을 여전히 신뢰하며. 혀가 피곤한 듯 밖으로 축 늘어졌다. 제시는 힘겹게 숨을 몰아쉬었다. 몇 분 뒤 개는 죽었다.

　플로리언은 햇살이 너무 뜨거울 때나 봄에 토끼가 나타나기를 기다릴 때 제시가 엎드려 있곤 하던 정원 구석에 구덩이를 팠다. 제시는 2, 3킬로미터 떨어진 곳에서 데려온 개였다. 한 배에서 태어난 새끼들 중 막내였다. 플로리언의 아버지는 거기까지 걸어갔다가 조그만 꾸러미를 팔에 안고 돌아왔다. "페코." 아버지가 제안했다. "제시." 어머니가 말했다.

플로리언은 개를 데리고 아래층으로 내려와 부엌을 통해 정원으로 나갔다. 그는 개를 안고 풀밭에 앉았다. 굳어가는 몸이 아직도 따뜻했다. 잠시 후 그는 개를 묻었다.

집 안으로 들어간 그는 섬뜩한 기운을 느꼈다. 그 기운은 바로 이 순간을, 이제 거의 막바지에 다다른 대탈출의 와중에 또하나가 떠나가는 이 순간을 기다렸다가 집 안을 채우는 듯했다. 마음을 진정시킬 수 없었던 그는 그리네인 교차로까지 걸어가 예정보다 하루 일찍 칼리 부인에게 현관 열쇠를 맡겼다.

"다른 열쇠는 부엌에 있는 빈 구두약 통에 있어요." 플로리언은 말했다. "그 통을 찬장에 올려놓을 텐데 사람들에게 그렇게 전해주실 수 있을까요?"

"물론 그렇게 할게요."

"제시가 오늘 아침에 죽었어요."

"아, 불쌍한 제시를 도우소서."

"아주머니가 제시를 맡아주실 수 있을지 여쭤보려고 했어요. 살날이 얼마 안 남은 개였지만."

"당연히 맡았겠죠. 당연히."

"안 된다고 하셨다면……"

"알아요. 알아."

두 사람은 상점 내에서 주류 판매 허가를 받은 구역에 서 있었고, 칼리 부인은 소식을 듣자마자 플로리언에게 위스키 한 잔을 따라주었다.

"좋아하지 않을 수 없는 개였는데." 부인이 술병을 선반에 돌려놓으며 말했다. "킬데리 가족도 마찬가지였어요. 이 근처에서 킬데리 가족처럼 살아가는 이들은 보기 힘들 거예요."

칼리 부인의 통통한 몸집, 그리고 인간에 대한 선의와 애정은 플로리언이 그녀를 알고 지낸 세월 내내 변하지 않았다. 그녀는 하프앤드하프를 운영하는 남자와 결혼하기 전에 셸해너에서 마지막 가정부로 일했다. 월급을 제때 못 받고 그림이 또 하나 팔릴 때까지 기다려야 하는 경우가 종종 있었지만 그녀는 불만을 품지 않았다. 두 번의 장례식 모두 집으로 와서 직접 다과를 준비해주었다. 매번 직접 만든 음식을 가득 차려놓고 그리 많지 않은 문상객들을 접대했다.

플로리언은 그곳에 계속 앉아서, 예기치 않게 내린 눈이 오랫동안 쌓여 있던 1946년의 겨울에 대해, 전쟁을 면했던 일에 대해, 잘 기억나지도 않는 시절에 대해 이야기했다.

"잘 지낼 수 있죠, 그렇죠?" 갑자기, 거의 매서울 정도로 칼리 부인의 태평한 말투가 걱정스럽게 바뀌었다.

"그럼요. 물론 잘 지낼 거예요."

"젊으니까 여기저기 돌아다니는 것도 나쁘지 않죠."

대화의 소재가 또 바뀌어 다시 칼리 부인이 가장 좋아하는 과거 이야기로 돌아갔다. 셜해나에서는 칼리 부인을 넬리라고 부르며 회상했지만 그녀가 거기에서 보낸 시간은 대부분 플로리언이 태어나기 전이었다. 그는 마땅히 격식을 차린 호칭을 사용해야 한다고 생각해서 항상 칼리 부인이라고 불렀다.

"셜해나는 그 사람들이 다시 잘 꾸릴 거예요." 집을 산 사람들을 염두에 두고 그가 말했다.

플로리언이 말하는 사이 누군가가 식품점 쪽으로 들어왔고, 칼리 부인은 계산대 너머로 손을 뻗었다.

"잘 살아요." 그녀가 말했다.

*

엘리는 초인종에 매달린 사슬을 몇 번 당긴 뒤 잠시 기다렸다가 안으로 들어갔다. 현관문은 지난번과 마찬가지로 잠겨 있지 않았다.

소리 내어 불러봤지만 그는 집에 없는 듯했다. 그녀는 자전거를 마당으로 들여놓았다. 뒷문 역시 열려 있었다.

엘리는 집 안 곳곳을 돌아다녔다. 위층에 올라가 그의 침대가 흐트러진 것을 보고 깨끗이 정돈했다. 빈 트렁크가 뚜껑이 열린 채 바닥에서 짐이 담기기를 기다리고 있었다. 여권은 벽난로 선반 위에 놓여 있었다.

거실에 가보니 삐걱거리던 탁자는 없어졌지만 그가 주고 싶어 했던 그림들은 그때 쌓아둔 그대로, 이번에는 바닥에 놓여 있었다. 전에 그가 찾았다고 얘기했던 책이 부엌 식탁 위에 있었지만 들춰보지 않았다.

엘리는 개수대의 그릇을 씻고 나서 의자 하나를 마당으로 가져갔다. 개도 데리고 갔나보다, 그녀는 생각했다. 그곳이 어디일까 궁금해하며.

*

그리네인에서 돌아온 플로리언은 부엌에 남은 의자 둘 중 하나가 없다는 것을 알았다. 다른 곳으로 가져간 기억은 없었다. 그러다 싱크대 건조대에 설거지해놓은 그릇을 보았다. 창문 밖으로 마당에 엘리가 보였다.

"안됐네요." 제시가 죽었다고 이야기하자 그녀가 말했다.

땅을 파면서 주위 풀밭으로 흩어진 약간의 흙이 아직 채 마르지 않은 상태였다. 두 사람이 그곳으로 가자 찌르레기 한 마리가 날아올랐다.

"이웃에서 추수가 한창일 거라고 생각해서……" 플로리언이 말문을 열었다.

엘리는 고개를 저었다. 추수는 모두 끝났다, 그녀가 말했다.

"오지 않을 수가 없었어요. 정말로."

"울고 있었군요, 엘리."

"벌써 가버린 줄 알았어요. 둘러보고 아닌 줄 알았지만, 그래도 너무 조용해서 당신이 가버린 것 같았어요."

"아직 안 갔어요. 여기 있잖아요."

그리고 오늘 하루도 많이 남았다, 플로리언은 그렇게 말했다. 내일도 하루가 다 남아 있다고. 그는 그녀를 안았다. 그녀는 내일을 생각하면 견딜 수가 없다고 했다.

"엘리……"

"제발." 그녀가 속삭였다. "제발, 내가 이렇게 왔잖아요."

27

그는 피곤했다. 오랫동안 길에서 아무도 만나지 못했다. 물어볼 사람도 없었고 좁은 길이어서 표지판도 없었다. 길을 잘못 든 것이었다. 그렇게 느낀 그는 어느 집으로 들어가 길을 물었다. 나무들 사이에 있는 어두운 색 시멘트 집이었다.

"아저씨 알아요." 문을 열어준 아이가 인사를 했고, 그는 자신이 라스모이에서 왔으며 이름은 오펀 렌이라고 말했다.

"난 가끔 기억을 못해. 나이가 들면 기억하기가 쉽지 않단다."

"그냥 아저씨를 몇 번 봤다는 얘기예요." 아이가 말했다.

"라스모이에 가면 아저씨를 볼 때가 있었다는 것뿐이에요."

오펀은 길을 물었다. 더 멀리는 가지 않을 거다, 그가 말했다. 길을 찾을 수만 있다면 지금 라스모이로 돌아가려 한다고.

목적지를 찾아 나왔다가 헤맨 것이 이번이 세 번째였지만 아이에게는 말하지 않았다.

"여긴 저 말고 아무도 없는데요." 아이가 말했다. "다들 일하러 갔어요."

그는 아이가 남자애라고 생각했는데 이제 보니 바지를 입은 여자아이였다. 머리를 짧게 잘랐으나 보통 남자애들보다 더 짧지는 않았다. 눈은 엷은 파란색이었다.

"차 안 타고 오셨어요?"

"난 차가 없단다."

"라스모이까지는 꽤 먼데."

"예전에 난 아일랜드 방방곡곡을 걸어 다녔단다. 리스퀸이 여기서 가깝니?"

"아, 아니요. 가깝지 않아요."

"리스퀸에 가려는 건 아니야. 그냥 리스퀸에서는 방향을 안다 뿐이지. 내가 찾아가는 사람은 어떤 남자란다."

"이 길 따라서 검은 타르를 칠한 대문이 나올 때까지 가세요. 대문을 지나서 계속 걸어가면 사거리가 나와요. 거기에서 왼쪽으로 가다가 모퉁이가 급하게 꺾이는 곳에서 오른쪽으로 가세요. 그러면 넓은 길이 나오고 라스모이가 적힌 표지판이 보일 거예요. 다시 한 번 말해드려요?"

오펀은 아이에게 한 번 더 설명해달라고 부탁한 뒤 고맙다고 인사했다. 그는 검은색 대문은 찾았지만 계속 걷던 중에 나머지 설명을 잊어버렸고, 자전거를 타고 가던 여자가 함께 사거리까지 가주지 않았다면 다시 길을 잃을 뻔했다.

"누굴 찾으러 여기까지 나오신 거예요?" 여자가 물었다. 그가 대답하자 여자는 그가 길에서 상당히 많이 벗어났다고 알려주었다.

여자는 가지고 있던 꾸러미에서 갈색 포장지를 조금 뜯어내 지도를 그려주었다. "라스모이에서 거기로 가는 가장 좋은 방법이에요." 그녀는 말했다. "잘 갖고 계시다가 다른 날 이 지도를 보고 가세요."

그는 여자가 떠난 뒤 가장자리 풀밭에 앉아 쉬었다. 그런 다음 다시 걷다가 도중에 길가에 있던 떠돌이들에게 또 한 번 길을 물어야 했다.

28

 잠에서 깬 엘리는 잠시 여기가 어디인지 어리둥절했지만 이내 기억이 떠올랐다. 자동차 소리가 들렸다. 플로리언이 방으로 들어오며 말했다.
 "모리스 카울리를 가지러 온 사람들이에요."
 그녀는 시간을 물었다. 그는 열두시 반이 다 되었을 거라고 말했다.
 "갔어요? 그 사람들?"
 "지금 가려고 해요."
 엘리는 눈을 감았다. 깨어나고 싶지 않았다. 플로리언은 셔츠 위에 단추를 채우지 않고 트위드 조끼만 입은 모습이었다. 그가 그녀를 내려다보았다.
 "속상해하지 마요." 플로리언이 말했다.

그림자를 드리운 햇살이 마룻바닥에, 던져놓은 그녀의 옷에, 팔찌에, 손가락에서 빼낸 반지에 무늬를 그렸다. 파란 원피스는 구겨져 있었다. 옆으로 쓰러진 신발 한 짝이 보였다.

"차를 끓일게요." 그가 말했다.

플로리언이 내려간 뒤에 엘리는 전에 왔을 때 가보지 않았던 곳에서 욕실을 발견했다. 사용하지 않는 욕실이었는데, 작은 욕조는 군데군데 깨지고 얼룩졌으며 천장에서 떨어진 모래가 바닥에 깔려 있었다. 하지만 세면대에 달린 하나뿐인 수도꼭지를 돌려보니 물이 나왔고, 그녀는 얼굴을 씻었다.

물은 차가웠다. 수건이 없었다. 비누도 없었다. 창틀에 딱딱하게 마른 헝겊뭉치가 있어서 물에 적셔 몸을 닦았다.

서두르지 않았다. 차를 마시고 싶지도 않았다. 혼자 있고 싶었다. 씻는 동안 바닥에 물웅덩이가 생겨서 헝겊으로 물을 훔쳐냈다.

템플로스에서 제재소 남자에게 가버린 수녀가 있었다. 때로 성녀 로셀리나의 이름을 따 로즐린이라 불리기도 했지만 다들 지어낸 이름임을 알고 있었다. 클룬힐에서 그 수녀는 이름 없는 사람, 세대를 거쳐 귓속말로 전해 내려오는 이야기 속에서만 흐릿하게 존재하는 사람이었다. 그녀는 겨울에 장작을 배달하러 오는 남자에게 갔다. 수녀복을 접어 침대 위에 올려놓고 십자가와 묵주와 기도서, 신발도 모두 남겨두었다. 금지된 이야기였지만 그래도 모두 이야기했다.

몸을 어떻게 닦아야 하나 생각하며 엘리는 욕조 가장자리에 앉았다. 몸을 움직이자 세면대 위에 걸린 변색된 동그란 거울 속에 자신의 알몸이 언뜻 비쳤다. 그녀는 옷을 입지 않은 상태를 싫어했기 때문에 눈을 돌렸다. 추웠다.

몇몇 사람들은 그 수녀가 갔을 때 남자는 거기 없었다고, 그래서 수녀는 그를 찾아 여러 도시의 거리를 헤매고 다녔지만 다시는 남자를 만나지 못했다고 이야기했다. 어떤 사람들은 그녀가 거리에서 구걸을 했고 이전에 수녀였다는 사실도 알려졌다고 말했다. 늙은 그녀가 리머릭의 강에서 발견되었다고 말하는 사람들도 있었다.

처음에는 문의 빗장이 움직이지 않았지만 다시 밀었더니 열렸다. 귀를 기울여보았으나 아무 소리도 들리지 않았다. 발소리도 목소리도. 잠시 후 차를 견인해 나가는 소리가 들렸다.

침실에서 엘리는 침대에서 벗겨낸 시트로 몸을 닦았다. Éire, Ireland, Irlande. 부엌에 있는 성녀의 엽서처럼 잘 보이도록 진열된 여권에 그렇게 쓰여 있었다. 녹색 표지에는 금색으로 쓰인 다른 단어들도 있었다. Pas, Passport, Passeport.

그녀는 옷을 입고 다시 반지를 끼고 팔찌의 고리를 채웠다. 빗은 거실에 둔 핸드백 안에 있기 때문에 머리는 손으로 되는 대로 정돈했다. 열린 창문으로 나지막하게 비둘기 소리가 들리더니 차고 문이 덜컥거리며 닫히는 소리가 들렸다. 엘리는 커튼레일을 끼우는 용도로 달아놓은 갈고리에 시트가 마르도

록 걸어놓았다. 그리고 이불을 걷어 침대를 통풍시켰다. 아래
층으로 내려가기 싫어 그가 불러도 가만히 있었지만 다시 부
르는 소리가 들리자 내려갔다.

*

"조금만 더 있다 가요." 플로리언이 말했다. 말하는 동안 현
관 초인종이 날카롭게 울렸다.

그는 차를 두 잔 따른 뒤 현관으로 갔다. "뭔가 놓고 갔군."
그가 말했다.

렌치였다. 모리스 카울리의 볼트를 죄는 데 쓰고 어딘가에
내려놓았다고 했다. 두 남자를 도와 함께 찾아보던 그가 차고
문 옆 마당에서 렌치를 찾았다.

"젠장맞을 물건일세." 렌치를 돌려받은 남자가 말했다. "이
놈의 물건이 플란넬 바지에 숨어버리면 가지고 있으면서도 어
디 있는지 모른단 말이지."

*

플로리언은 돌아올 때 엘리가 마당에 내놓았던 의자를 가
지고 왔다. 그 사람들이 놓고 간 연장을 가지러 왔었다고 그는
말했다.

그냥 가는 게 낫겠다, 엘리는 그렇게 생각했지만 가지 않았다. "모든 일엔 끝이 있어요." 자신의 이야기를 전부 하던 날 플로리언은 그렇게 말했다. 그리고 그녀는 그 말을 이해했으며 한동안은 받아들이기도 했다.

플로리언은 넥타이를 매고 재킷을 입었다. 엘리의 컵받침에 살짝 엎질러진 차를 그가 행주로 닦았다.

"미안해요." 그녀는 속삭였다. 자기가 무슨 말을 하는지, 무엇이 미안한지도 모른 채. 그러다 그건 모든 것이 미안하다는 뜻임을 깨달았다. 후회 아닌 후회로, 갈망으로, 눈물로 그를 귀찮게 해서, 용기가 없어서, 오늘 이곳에 와 모든 것을 더 어렵게 만들어서.

"나도 미안해요." 그가 말했다. "내가 일을 이렇게 만들었어요. 너무 늦게 깨달았어요."

엘리는 고개를 저었다. 그리고 그가 따라준 차를 마셨다. 아무런 맛이 없었다.

"나한테 그런 성향이 있어요." 그가 말했다. "입 다물고 있으면 안 되는 때 말을 아끼는."

벽에 달린 찬장의 문이 열려 있었다. 벽과 마찬가지로 누렇게 변한 녹색 문이었다. 선반에는 아무것도 없었고 그 위에 한 줄로 달린 고리에도 마찬가지였다. 바닥에 포개놓은 냄비와 도자기 그릇, 의자 두 개, 탁자 하나와 거기에 놓인 물건들이 부엌에 남은 살림의 전부였다.

가는 게 낫겠다, 엘리는 다시 한 번 그렇게 생각했고, 다시 한 번 가지 않았다.

"우리가 자주 얘기하던 수녀님이 있었어요." 그녀는 말했다.

※

그 암울한 사건 이야기를 듣고 플로리언은 크게 동요했다. 오싹한 느낌이 들었다. 하지만 열정의 고통으로 수녀서원을 저버리고 비참한 세월을 보내다 강물에 떠오른 시체로 발견된 수녀가 여름 한철의 우정과 무슨 관계가 있는지, 어떤 의미가 있는지 그는 의아했다. 비록 그 우정에도 사랑이 생기기는 했지만.

"그 수녀님 생각이 났어요." 엘리가 말했다. "그냥 그뿐이에요."

"당신은 수녀가 아니에요, 엘리. 그건 달라요. 모든 게 달라요."

"그 수녀님한테는 당연한 운명이라고 말하는 아이도 있었어요. 어떤 애는 울기도 했고, 또 어떤 애는 타오르는 장작을 볼 때마다 수녀님의 고난을 기억해야 한다고 말하기도 했어요. 그 남자를 장작 아저씨라고 불렀거든요."

"엘리……"

"그렇지만 뭐가 다르죠? 뭐가 달라요?"

대답을 하려던 플로리언은 잠시 주저하다 결국 아무 말도 하지 않았다. 고통이 그의 것이 아니라 그녀의 것이기 때문에 그녀가 더 많은 사실을 이해하는 것일까? 어떤 수련수녀가 완전한 신앙이라는 짐을 받아들이며 자신이 바칠 수 있는 것보다 더 많은 것을 약속했고, 장작을 배달하던 남자는 그녀의 모습이 마음에 들어 그녀가 신앙을 버리도록 유혹했다. 먼 옛날에 있었던 그 수녀의 고통이 여름 한철 지극히 평범하게 시작되었다가 이제는 끝이 나야 할 이 일에 정말로 공명을 일으킨단 말인가? 쓰라린 절망은 불행의 내용보다는 그 자체의 어떠한 법칙에 좌우되는 것일까?

"내일 언제 떠나세요?"

질문의 갑작스러움, 분위기의 변화에 깜짝 놀란 플로리언은 잠시 무슨 질문을 받았는지조차 깨닫지 못했다. 다시 한 번 듣고 나서야 더블린까지 밤새 자전거를 타고 갈 계획이라고 말했다. 항상 그렇게 떠나고 싶었다고.

"내일 와요, 엘리. 작별 인사라도 나눠요."

엘리 역시 바로 대답하지 않았다. 그러다 그가 떠나는 날 함께 있으면 너무 힘들 것 같다고 말했다.

"못할 것 같아요."

플로리언은 그 말에 담긴 진심을 읽었다. 그녀의 태도에서도, 신중한 억양에서도 느꼈다. 말할 때 움찔하던 얼굴에서도, 자신에게서 눈을 돌릴 때 옆으로 돌아가던 머리에서도 느낄 수 있었다.

"못할 것 같아요." 엘리는 침묵을 깨며 다시 말했다.

*

두 사람은 조금 더 식탁에 앉아 있었다. 플로리언이 꺼낸 담배는 불도 붙이지 않은 채 그대로였고 그가 끓인 차는 식어버렸다. 이 순간은 간직하며 떠나겠다, 그는 생각했다. 이 순간은 남겨두고 가겠다. 단정하게 펼쳐진 지금 이 순간이 매일 뇌리에서 떠나지 않을 것이다.

그는 마당 한쪽이나 수도원 계단에 버려진 아기가 측은했다. 아무도 원하지 않은 아이들 사이에서 살 곳을 찾은 어린 아이가, 하녀가 된 소녀가 불쌍했다. 두 사람이 친구가 되었을 때 그녀의 외로움은 그의 외로움이 되었다. 그러다 그는 지나친 욕심을 부려 우정에서 너무 많은 무엇을 바람으로써 위태로운 사랑이 피어나는 것을 무심히 내버려두었다. 그녀는 그에게 왔고, 이제 더 커진 죄책감은 연민을 더욱 키웠으며, 죄책감에는 연민이 가진 어떤 위엄까지 드리워졌다. 무모한 착각은 — 오늘 일어난 일로 인해 — 조금 덜 무모해 보였고, 가망 없는 갈망은 조금 더 설득력을 지니는 것 같았다. 두 사람은 아무 말도 없이 앉아 있었고 시간은 멈춘 듯했다.

*

　침묵은 계속되었다. 하지만 막혀버린 듯했던 대화는 정원을 산책하는 동안 조금씩 되살아났다. 수염가래꽃, 부들레야, 안개나무에 아직 남은 뭉글뭉글한 여름 꽃, 매자나무, 층층나무, 뿔남천. 엘리는 그 식물들의 이름을 알게 되었다. 전에는 몰랐던 이름들이었다. 이어 두 사람은 여름의 그 새가 왔는지 보려고 호수로 갔지만 새는 아직 돌아오지 않았다. 그런 다음 자두나무 너머로 전에 라즈베리가 있던 곳에서 그들은 스칸디나비아에 대해 이야기했다.

29

딜러핸은 남자가 하는 말이 들리지 않아서 트랙터 엔진을 껐다.

"원하는 게 뭡니까?" 그가 다시 물었다.

남자는 어디선가 불쑥 나타났다. 조금 전만 해도 그곳에 없었던 것 같았다. 남자는 질문에 대답하지 않았고, 딜러핸은 그를 좀 더 자세히 살펴보았다. 원래 개혜건의 소유였던 들판에서 길 쪽으로 나왔음에 틀림없었다. 잠시 후, 그는 오펀 렌을 알아보았다.

"딜러핸 씨 되십니까?"

"제가 딜러핸입니다."

"제가 딜러핸 씨를 압니다. 아주 잘 알지요."

"그래요."

"제가 이렇게 멀리 나오는 일은 흔치 않습니다. 마을에서 벗어나는 일이 흔치 않지요. 마을 안에 있으면 어디가 어딘지 알 수 있으니까요."

"원하는 게 뭡니까?"

"한 말씀만 드리겠습니다." 오펀 렌이 말했다. "딱 한 말씀만 드리면 됩니다."

30

"네, 있지요, 있어요." 점원이 말했다. "제가 몇 개 가져올 테니 잠시 기다리세요."

나이 든 남자였다. 등이 약간 굽었고 풀 먹인 하얀 칼라와 커프스에 점원들이 입는 어두운 색 양복을 입고 있었다. 전에는 코벌리스에서 본 적이 없는 사람이었다. 일주일쯤 전에 여행 가방을 보고 갔을 때는 가방 코너에 사람이 아무도 없었다.

"잠깐만 기다려주세요." 그가 말했다.

정원에서 보낸 시간은 꿈결 같았고, 핸드백을 가지러 집 안으로 들어갔을 때도 그 느낌은 그대로였다. 플로리언은 그녀의 자전거를 대신 끌고 집 앞 자갈길을 지나 마당을 나가 길까지 가져다주었다. 기다리고 있는 그에게 여행용 가방의 고장 난 지퍼 이야기를 하자 그는 새것을 하나 사라고 말했다. 그녀는 자전거를 타고 나올 때 뒤를 돌아봤는지 아닌지 기억나지 않았다. 돌아봤더라도 그곳에 혼자 서 있는 그의 모습은 기억에 없었다. 데이노 머호니를 지나간 기억은 있었다. 아일랜드어와 영어로 쓰인 라스모이 표지판이 있었고, 다음에는 포드 자동차 광고와 롤리 자전거 광고, 그리고 저속운전 안내문이 나타났다. "확신을 가져요, 엘리. 마음을 굳게 먹어요." 길 위에 섰을 때 그가 한 말이었다. 여행 가방을 새로 사라는 말 외에 그가 한 말은 그뿐이었다.

"이 녀석을 한번 보세요." 점원이 트렁크를 몇 개 가져와 그중 하나를 열고 있었다. "두 가지 색이 조합된 것과 단색 파랑이 있어요." 그가 말했다.

앞서 부드러운 여행용 가방을 보여달라고 했던 그녀는 원하는 걸 정확히 다시 설명했다. 사용하지 않을 때 접어놓을 수 있고 자전거 뒷자리에 묶을 수도 있는 것. 그녀는 거기까지만 설명한 뒤 세부에 대해서는 언급하지 않았다.

"음, 그런 것도 있지요." 점원은 다시 사라졌다가 부드러운 재질의 가방 두 개를 가지고 돌아왔다. 그는 계산대 위에서 가방 지퍼를 열고 안쪽에 달린 주머니도 보라고 했다. "녹색도 있고요, 연갈색에 인조가죽으로 가장자리를 댄 것도 있습니다."

엘리는 점원이 자기를 아는지 궁금했다. 그녀가 가고 나면 버크 양이나 옷감 파는 남자에게 물어보고 알게 될지 궁금했다. 그녀가 여행용 가방을 샀다고, 어디 가려는 모양이라고 사람들이 얘기할지가 궁금했다.

"녹색이 낫겠어요." 그녀가 말했다.

"인조가죽보다는 그게 낫지요." 점원이 말했다. "인조가죽을 댄 가방은 예전만큼 인기가 없어요."

"이걸 좀 싸주실 수 있나요?"

"물론 그렇게 해드려야죠. 포장하면서 가격표도 떼어드릴까요?"

"상관없어요."

"최신 제품 중에 트렁크 사이즈가 좀 더 크고 확장 기능이 포함된 것도 있어요. 그런 제품이 한두 개 있으니까 이 가방이 좀 작다 싶으면 말씀하세요."

엘리는 가방이 작지 않은 것 같다고 말하고, 자전거에 짐을 묶을 때 쓸 줄을 여분으로 몇 개 더 줄 수 있는지 물었다.

"당연히 드려야죠."

그는 필요한 것보다 더 많은 줄을 주면서 유용하게 쓰일 거라고 말했다. 그러고는 서커스에 갈 계획인지 물었고 그녀는 가지 않을 것 같다고 말했다. 서커스를 정말 좋아한다, 점원이 그렇게 말했다.

"다음번에 여기 오시면 제게 꼭 들렀다 가세요." 그가 말했다. "그래서 가방이 만족스러웠는지 알려주시고요."

셜해나 하우스에서 나와 자전거를 타고 올 때도 내내 꿈속에 있는 기분이었다. 지금도 마찬가지였다. 모르는 점원이 서커스 이야기를 하고, 부드러운 재질의 가방 대신에 트렁크를 가져오고, 줄을 조금만 달라고 했더니 공처럼 감아놓은 줄을 절반은 풀어주는 지금도.

광장은 뭔가 달라 보였다. 사람들은 많지 않았지만 머게니스 스트리트에서 트럭 한 대가 도로의 연석을 배달하느라 길을 막고 있었다. 그녀는 자전거를 끌고서 보행자 길로 둘러 갔다.

코널티 양이 그녀에게 인사했음이 분명했다. 고개를 끄덕이는 모습으로 보아 무슨 말인가를 했음이 분명했다. 그리고 어찌된 노릇인지 알 수 없지만, 코널티 양이 갑자기 그녀의 귀에 대고 사랑은 미친 짓이라고 속삭였다.

엘리의 자전거 손잡이를 한 손으로 붙든 채 코널티 양은 난데없이 들릴 수도 있었을 말의 여파를 잠재우려는 듯 살짝 미소를 지었다. 트럭이 천천히 움직이기 시작했다. 코널티 양은 다른 두 여자가 지나갈 수 있도록 옆으로 비켜서서 더는 아무 말도 하지 않았다.

31

딜러핸은 그 말을 이해해보려고 애썼다. 그는 마당에 주차한 트랙터에 앉아 있었는데, 조금 시간이 지나자 양치기 개들은 생각에 잠긴 주인의 분위기에 영향을 받은 듯 축 처져서 다른 곳으로 가버렸다. 그는 남자의 말 한마디 한마디, 심지어 자신이 한 말까지 모두 곱씹었고, 중간에 질문을 해가며 대화를 혼란의 늪에서 현실의 영역으로 끌어내려 했던 자신의 노력까지 다시 모두 떠올려보았다. 그는 과거를 돌아보며 자신이 들은 이야기와 어떤 관련이 있는지를 찾아보고, 사실과 환상을 이어 붙여보고, 그 결합에서 손상된 진실을 파악해보았다. 그 대화에서는 모든 것이 손상되어 있었기 때문에, 그리고 이미 상처뿐인 진실 그 자체도 어쩌면 손상됐는지도 모르기 때문에.

그는 트랙터 좌석에서 내려와 천천히 마당을 가로질러 농장 주택의 뒷문으로 들어갔다. 마음속 동요로 인해 걸음걸이가 흔들렸다. 양치기 개들은 제자리에서 움직이지 않았다. 앞으로 쭉 내민 코를 앞발 발등에 올려놓고 있었다.

32

늦은 오후, 다섯시가 조금 못 된 시간에 엘리는 장 본 물건—녹색 여행 가방과 소금에 절인 소고기 통조림—을 들고 농장으로 돌아왔다. 자전거를 타고 들어오면서 그녀는 트랙터를 확인하고 깜짝 놀랐다. 남편의 트랙터는 가끔 마당으로 들어오는 다른 차들이 그런 것처럼 어수선하게, 삐딱하게 주차되어 있었다. 그가 올해 유채를 수확했던 6만 5천 제곱미터의 땅을 갈겠다고, 그리고 할 수만 있다면 몇 가지 일을 더 처리하겠다고 했던 말이 기억났다. 남편이 열두시에서 열두시 반 사이에 점심을 먹으러 올 거라는 말을 듣고 차가운 햄을 내놓고 갔었다. 그때부터 지금까지 계속 있었을 리가 없다, 그녀는 생각했다. 6만 5천 제곱미터를 벌써 다 갈았을 리도 없다.

트랙터에 문제가 생긴 건가 하는 생각도 해보았다. 개들이 달려오지 않자 그녀는 무언가 잘못되었음을 깨달았다.

집은 아무도 없는 것처럼 고요했다. 하지만 마당에 개들이 있으니 남편도 틀림없이 집에 있을 터였다. 엘리는 자전거를 치우지 않았다. 뒷자리에 꾸러미를 묶은 줄을 풀며 너무 꽉 조인 매듭 때문에 씨름을 하다가 결국 마지막 매듭은 풀지 못한 채 꾸러미를 빼냈다. 그녀는 헛간 한 곳의 문을 밀었다. 구석에 포개놓은 방수포 더미가 보였다. 그녀는 여행 가방을 그 사이에 최대한 잘 숨겨두었다.

엘리는 자전거를 그대로 두고 통조림이 든 쇼핑백을 손잡이에서 빼냈다. 집 안으로 들어가기가 싫었다. 잠시 눈앞에 마룻바닥을 점점이 물들인 햇살과 던져놓은 자신의 옷과 옆으로 쓰러진 신발 한 짝이 아른거렸다. 집에 온 남자들이 다 갔는지 묻는 자신의 목소리도 들렸다. 남편은 그녀를 보자마자 알 것이다. 어떻게든 알 것이다. 오늘에 대해, 다른 모든 날들에 대해.

뒷문의 걸쇠를 들어 올리는데 무언가 문에 걸리는 것이 있어 보통 때처럼 활짝 열리지 않았다. 그가 거기 누워 있을 것이다. 밭작물을 해치는 비둘기 떼를 쫓아낼 때 쓰는 총이 그 옆에 놓여 있을 것이다. 예전에 도나모어 근처에서 목숨을 끊은 농부가 있었다. 클룬힐 사람들이 그를 위해 기도를 해주었다. 아내가 죽은 뒤 상심을 극복하지 못한 사람이라고 메리 프랜시스 수녀님이 말했다. 수녀님이 아는 사람이라고 했다. 그리고 그리 오래되지 않은 과거에 케리 카운티 동부에 사는 농부 하나가 파산하고 목매달아 죽은 채로 발견되었다. 하지만 문을 막은 것은 그냥 쓰러진 장화 한 짝이었다.

"왜 그래요?" 엘리는 물었다. 대답을 듣고 싶지는 않았지만.

그는 스토브 앞에 앉아 있었다. 춥지도 않은 날인데 통풍조절판을 빼놓고 있었다. 햄 접시는 식탁에 그대로 있었고, 파리가 앉지 말라고 덮어놓은 둥근 망사 덮개와 나이프와 포크도 그대로였다. 빵도 여전히 마른 행주에 싸여 있었고, 버터 접시도 뚜껑이 닫혀 있었으며, 차를 끓여 마실 수 있도록 준비해둔 찻주전자도 그대로였다.

"왜 그래요?" 그녀가 다시 물었다.

남편은 돌아보지 않았다. 그는 등을 구부린 채 양손을 맞잡고 있었다.

"개들이 왜 저렇게 풀이 죽어 있어요?" 그녀가 물었다.

그러자 그가 고개를 돌렸다. 자기가 개들을 속상하게 만들었다, 딜러핸은 그렇게 설명했다. 주인이 기분이 안 좋으니 개들도 풀이 죽은 것이다. 개들이 혼란스러운 것 같으니 가서 안심시키고 오겠다.

"당신은 왜 기분이 안 좋은 거예요?"

그는 대답하지 않았다. 마치 아무 말도 못 들은 것처럼, 말하기에는 너무 힘든 일인 것처럼. 남편이 마당으로 나간 뒤 트랙터에 시동을 거는 소리가 들렸다. 부엌문이 열려 있었지만 밖을 내다볼 필요도 없었다. 괴로움에 빠져 있을 때조차 깔끔한 그는 트랙터를 원래 자리에 제대로 대고 있었다. 개들에게 말을 건네는 남편의 목소리가 들렸고, 잠시 후 그가 다시 안으로 들어왔다.

"그 사람이 길에서 나한테 말을 걸었어." 그가 말했다. "오 펀 렌 노인 말이야."

엘리는 차가운 기운이 배 속을 훑고 지나며 팔에 힘이 빠지는 것을 느꼈다. 오펀 렌은 정신이 온전하지 않은 사람이고, 그 사람이 하는 말은 이해할 수가 없다. 그의 터무니없는 주장을, 죽은 사람들에 대해 하는 말을 믿는 사람은 아무도 없다. 아무도 오펀 렌의 말을 진지하게 듣지 않는다. 하지만 서늘한 기분은 그대로였고, 그녀는 코널티 양이나 뒷소문을 들었을 법한 다른 사람, 자신이 모르는 사람이 언급되지 않기를 빌었다. 말문이 막혀 나오지 않는 말들이 머릿속을 정신없이 맴돌았고 그녀의 소리 없는 애원은 형체를 잃고 그저 두려움으로만 표현되고 있었다.

"그 사람은 아무나 붙잡고 얘기를 해요." 엘리는 마치 다른 곳에서 들려오는 것 같은 자신의 목소리를 들었다. 자기는 이곳에 없는 것처럼, 마치 실제로 벌어지는 일이 아닌 것처럼. 엘리는 지금 일어나는 일이 실제가 아니기를 바라며 기도하려 했으나 기도의 말조차 제대로 나오지 않았다.

"기분이 나쁜 이유는 그 사람이 한 말 때문이야.'

267

엘리는 듣지 않으려고 애썼다. 시간이 텅 빈 채로 쌓여서 흘러가 버리기를 바랐다. 그녀는 남편을 위해 산 물건을 보조 주방으로 가져갔다. 장 본 물건들을 모두 거기 둘 생각은 아니었음에도. 그는 그녀를 부르지 않았다. 그냥 자리에 계속 앉아 있다가 엘리가 부엌으로 돌아오자 말을 이어갔다. 하지만 처음에는 그녀가 제대로 알아듣지 못했기 때문에 그는 한 말을 다시 반복했다. 오펀 렌이 길에서 손을 들며 멈추라고 했고, 그는 그렇게 멈췄다고 했다. 예전에는 마을을 벗어난 길에서 그 사람을 가끔 보기도 했지만 그건 오래전 일이었다고 했다.

"난 그 사람이 길을 잃은 줄 알았어." 그가 말했다.

딜러핸은 더 이상 할 말이 없는 것처럼 말을 멈췄다. 다시 등을 구부리고 바닥을 응시했으며 손도 아까처럼 서로 맞잡은 모습이었다. 그녀는 남편이 너무도 달라 보여서 마치 낯선 사람처럼 느껴졌다. 그리고 그 탓은 남편이 아니라 자신에게 있음을 알고 있었다.

"아무것도 안 드셨네요." 그녀가 말했다. "당신 드시라고 햄을 내놓고 갔는데요."

"먹을 수가 없었어."

"아침부터 여기 있었던 거예요?"

"열두시 십 분 전에 들어왔어. 그쯤이었을 거야."

"식사를 준비할게요. 저 햄도 아직 상하지 않았을 거예요."

엘리는 한 사람분의 자리를 더 만들기 위해 식탁에 놓으려던 나이프와 포크를 손에 들고 뒤돌았다. 자신의 눈에 무언가가 드러날까 두려워 남편은 쳐다보지 않았다. 그가 말했다.

"사람들이 내가 트레일러 뒤에 있는 아내를 못 본 게 아니라고 말하는 거야? 아내가 아이를 안고 있었다는 것만 몰랐다고?"

"뭐라고요?" 놀라서 짧게 내뱉은 그녀의 말 속에는 오직 안도감만 있을 뿐 질문조차 없었고 심지어 말 그 자체도 없었다. "무슨 말을 하는 거예요?"

"가끔 미사에 가면 사람들이 날 쳐다보는 것 같아."

"절대 그렇지 않아요."

"그 여자가 세인트존 사람하고 어울렸다고 라스모이 사람들이 수군거린다는 게 사실이야?"

"절대 그런 말 안 해요. 왜 그런 말을 하겠어요?"

"그 사람이 세인트존 사람들은 눈에 띄는 여자들 아무하고나 어울렸다고 얘기했어."

"마당에서 사고가 났을 때 세인트존 사람들은 여기 없었어요. 그 사람들이 떠나고 한참 시간이 흐른 뒤였잖아요."

"돌아온 사람이 하나 있대. 아내가 그자와 함께 있는 걸 그 사람이 봤대. 두 사람을 몇 번이나 봤다는 거야. 해묵은 말썽이라는 표현을 쓰더군."

"그 사람은 아무 말이나 해요. 말할 때마다 내용도 달라져요. 아무 의미도 없고요. 정신이 온전하지 않은 사람이잖아요."

"내 애가 그렇게 된 건 유감이래. 그것 때문에 길에서 날 불러 세웠다더군. 세인트존 사람이 돌아와 있었대, 엘리. 내가 내 집 마당에서 트랙터를 함부로 몰았을 때 말이야."

"돌아오려야 돌아올 곳이 없잖아요. 그 집은 30년 전에 없어졌어요."

"난 세인트존 사람이 돌아온 줄 몰랐어. 나만 몰랐던 거야. 그 사람은 이 근처에서 사람들이 하는 말을 전해준 것뿐이야."

"라스모이에 그런 말 하는 사람은 없어요."

"난 거기 가는 게 싫어. 그날 이후로 항상 싫었어."

"위스키 한 잔 마시면 괜찮겠어요? 보조 주방에서 병을 갖고 올까요?"

"사람들이 내가 위스키를 마신 상태로 트레일러를 후진했다고 생각하지 않을까, 난 그게 늘 궁금했어. 내가 술에 취했었다고 말하지 않을까? 햇빛에 눈이 부신데도 후진한 게 잘못이었다고 말하지 않을까?"

"아무도 그런 말 안 해요."

"길에서 들은 얘기에 비하면 차라리 그 편이 낫겠어."

"그 노인이 하는 말도 안 되는 소리는 신경 쓰지 마세요."

"길에서 들은 것 같은 얘기가 돈다는 생각은 전혀 못했어."

"그런 생각 할 필요 없어요. 사실이 아니니까."

"당신도 그런 소릴 들은 거야, 엘리? 대출받으러 갔던 날 광장에서 그 사람이 당신한테 말 걸었을 때 그런 얘기를 했던 거야? 다른 사람들도 당신한테 그런 얘기를 해? 그래서 여태 기분이 그렇게 안 좋았던 거야, 엘리?"

그녀는 아무도 자기에게 그런 말을 하지 않았다고 했다. 오편 렌이 하는 이야기는 모두 과거의 일이다, 그녀가 말했다.

"그 사람은 과거에 사로잡혀 있어, 엘리."

"맞아요."

"그 사람이 여기 오려고 처음으로 마을에서 그렇게 멀리 나왔다더군. 그 얘기도 나한테 했어. 그 사람은 나를 찾아온 거야, 엘리."

"그 사람은 아무나 붙잡고 얘기를 해요."

딜러핸은 고개를 저으며 자리에서 일어섰다. 그러고는 보조 주방으로 가 위스키 병과 컵 하나를 들고 돌아왔다.

"들판에서 일할 때는 괜찮아." 그가 말했다. "아니면 집에서 당신과 있을 때도. 아무도 나를 모르는 곳이라면 마을 안에서 다니는 것도 괜찮을 거야."

엘리는 남편이 1년에 한 번씩 일요일 오후에 집으로 찾아오는 가족들에게 주려고 보관해둔 위스키를 조금 따르는 모습을 지켜보았다. 그녀도 위스키를 맛본 적이 있지만 좋아하지는 않았다. 그녀는 다시 한 번 말했다. 라스모이 사람들은 그가 겁내는 그런 말들을 하지 않는다고, 오늘 들은 이야기는 모두 정신이 온전하지 않은 사람 입에서 나온 말이라고, 오펀 렌의 장황한 이야기들은 모두 혼자만의 생각이라고. 그는 고개

271

를 저었다.

"정신 나간 사람이니까 그런 말을 내놓고 할 수 있는 거지."

"사실이 아니에요." 그녀가 다시 말했다.

"예전 아내는 나보다 좋은 집안 출신이었어. 그런데 한 번도 그걸 내세우지 않았지. 나를 있는 그대로 받아들여준 사람이었어. 변덕스러운 여자라고 생각한 적 없어. 다른 남자와 놀아날 여자라고도 생각한 적 없어. 하지만 그 여자가 정말 그랬다면 사람들이 아까 내가 길에서 들은 것과 같이 생각한다 한들 어떻게 욕할 수 있겠어? 그 노인 나이나 다른 형편을 생각해봐. 아이 일이 유감이라는 말을 하려고 먼 길을 걸어온 거야. 기억이 오락가락해서 진즉 얘기하지 못한 게 잘못이었다고 하더군. 다른 얘기는 그냥 무심코 튀어나온 거였어. 분별력이 떨어지는 사람들이 그런 경우가 있잖아. 뭔가가 있다고 늘 생각했어. 라스모이에 가면 고개를 들고 다니지 않아야 한다는 걸 늘 알고 있었어."

딜러핸은 앉은 자리 옆 바닥에 놓인 술병에 손을 뻗었다. 그녀는 한 잔을 더 따르려는 거라고 생각했지만 그는 그러지 않았다. 그는 자신이 마당에서 트랙터를 함부로 몰았던 때 세인트존 사람이 돌아와 있었다며 다시 한 번 말했다. 그런 말이며 생각을 하는 사람들을 나무랄 수는 없다. 사람들이 제 나름의 결론을 내린대도 그걸 나무랄 수는 없다. 오펀 렌을 나무랄 수는 없다.

"그 사람이 한 얘기는 그냥 헛소리일 뿐이에요."

엘리는 자리에 앉지 않았다. 내내 나이프와 포크를 손에 들고 식탁 옆에 선 채로 대화를 나누었다. 그녀는 남편이 위스키 병을 보조 주방 선반에 도로 갖다놓으려고 부엌을 가로지르는 모습을 지켜보았다. 그는 술을 마시지 않는 사람이었다. 농장으로 오기 전에 수녀님들은 그런 사실을 알아내 그녀에게 알려주었다. 남편은 개수대 앞에 서서 술잔을 씻었다.

"먹을 걸 좀 만들게요." 다시 그녀가 말했다.

엘리는 나이프와 포크를 원래 놓으려 했던 자리에 내려놓았다. 정신이 멍했고 좀 전의 공포는 물러가고 없었다. 마치 아무 일도 일어나지 않은 듯했다.

"그 사람은 나하고 악수한 뒤에 돌아갔어." 남편이 말했다.

그는 아무것도 먹고 싶지 않았고 그녀 역시 마찬가지였다. 남편이 밖으로 나간 다음 트랙터 소리가 들렸다. 그는 트랙터를 몰아 들판으로 갔다. 고요한 부엌에서, 엘리는 자신을 집으로 들인 이 남자의 비극은 거절당한 사랑보다 훨씬 끔찍하다는 서늘한 진실을 깨달았다. 그것은 혼란 속의 한 가닥 선명한 빛처럼 그녀를 찾아왔다. 확실했다. 이제는 너무 늦었다. 엘리가 깨달은 또 하나의 서늘한 진실은 그의 괴로움을 덜어주기 위해 사실을 말한다면 그것은 자신이 줄 수 있는 가장 큰 고통을, 아무런 잘못이 없는 사람이 겪어서는 안 되는 그런 고통을 불러일으키리라는 것이었다.

33

다음 날 잠에서 깨어나며 플로리언은 개가 죽었다는 사실을 무엇보다 먼저 깨달았다. 영사막에 아무렇게나 비춘 필름처럼 전날의 기억이 불쑥 되살아났다. 밤중에는 공황에 빠져 잠에서 깼다가 다시 잠들었고 이제는 훨씬 안정된 상태였다. 일어나 버린 일은 어쩔 수 없었고, 일어날 일은 어쨌든 일어날 터였다. 그는 씻고 옷을 입고 커피를 끓이고 우유를 데웠다. 그 어느 것도 서두르지 않았다.

여덟시에는 밴이 와서 지금까지 남겨두었던 가구와 집기를 수거해 갔다. 침대와 침실 장식장, 화장대 두 개, 그리고 셀해나의 새 주인이 쓰겠다고 했다가 마음을 바꿔 버리게 된 서랍장 하나가 있었다. 라디오 겸용 전축은 좀 더 일찍 처분했어야 했는데 의사소통 문제로 여태 남아 있었다. 도자기 그릇은 차

포장용 궤짝에 담았고 또 다른 궤짝에는 그 외 주방용품을 담았다. 나머지 잡동사니는 저녁에 폐기물 운반통과 함께 수거될 예정이었다.

집은 음산했다. 인부들이 가고 나니 텅 빈 느낌은 더욱 강해졌고 들리는 것이라곤 자신의 발소리뿐이었다. 그는 거실 벽에서 이사벨라의 사진을 떼어냈다. 그리고 기숙학교 시절 이후로 한 번도 쓴 적 없는 조그만 트렁크에 짐을 쌌다. 옷을 챙겨 넣은 위에 자신의 가장 소중한 소지품인 수채화들을 판지에 끼워 올려놓았다. 무거운 식탁을 가구 수거용 밴으로 옮기던 중 서랍 하나가 빠져나왔고, 아버지가 조끼 주머니에 차고 다니던 시계와 어머니의 유일한 보석 반지가 바닥으로 쏟아졌다. 그는 구석에 그 물건들을 넣었다.

'현장수첩'은 기능을 다했으므로 정원에서 모닥불을 피워 태웠다. 무덤을 파는 데 썼던 삽은 두고 가기로 합의된 다른 정원용품 옆에 치워두었다. 마당에 있자니 정원에서 무슨 소리가 나는 듯했지만 그곳에는 아무도 없었다. 호수에서 자갈로 물수제비를 뜨면서 앞으로 다른 곳에서 홀로 이런 장난을 할 일이 있을까 생각했다.

플로리언은 갈대 사이에서 나는 부스럭 소리, 물로 쪼르르 도망치는 물쥐의 모습이 그리웠다. 뒤집힌 배에 기대 담배를 피우며 그는 자갈길에서 자전거 바퀴 소리가 나지는 않는지 귀 기울였다.

*

　엘리가 집 밖으로 나간 것은 단지 암탉에게 모이를 주고 토탄 창고 방수포 밑에서 꾸러미를 꺼내기 위해서였다. 그녀는 포장지를 벗겨냈고, 강가 들판 근처의 담에서 주운 돌을 여행용 가방에 채운 뒤 가방이 탁한 물속으로 가라앉는 모습을 지켜보았다.

　오후에 비가 왔다. 딜러핸은 겨울에 쓸 땔감을 마련하기 위해 장작을 팼다. 헛간에 쌓아둔 큰 가지들을 꺼내 다듬으며 손도끼로 삭정이를 쳐냈다. 느릅나무 고목 몇 줄기는 뼈다귀처럼 바싹 말라 있었다. 몇 년 동안 보관해온 참나무도 있었다. 회전 톱은 벨트가 느슨해지고 톱니의 윤활유가 마른 상태였다. 그는 기름때와 톱밥을 털어내고 줄질을 해 톱날을 갈았다. 톱날에서 끽끽 소리가 났다. 풀어놓은 점화플러그를 깨끗이 닦았다. 엔진을 켜니 털털거리는 소리와 함께 시동이 걸렸고 연기가 피어오르며 공중으로 휘발유 냄새가 흩어졌다.

　그는 회전 톱 엔진이 돌아가도록 놔둔 채 앞서 사용한 연장—철사 솔과 스패너, 모터 죔쇠를 푸는 데 사용한 망치, 나사돌리개, 윤활유 통—을 치웠다. 톱이 윙윙거리며 작동하는 소리가 들리자 엘리가 집에서 나왔다. 그가 항상 혼자 할 수 있다고 말해도 소용이 없었다. 그녀는 통나무를 하나씩 차례로 건네주었고 무겁다는 내색도 하지 않았다. 일은 오후 한나

절이 걸렸고 땅바닥에는 장작이 무더기로 쌓였다.

*

폐기물 운반통이 공중에서 약간 흔들리다 멈춘 다음 트럭으로 천천히 내려졌다. 운반통을 들어 올렸던 체인이 느슨하게 늘어졌다가 크레인으로 되감겨 들어갔다. "행운을 빕니다." 기사가 외치고는 차를 운전해 나갔다.

플로리언은 읽을 책도 없고 할 일도 없어서 지붕으로 올라가 그곳 풍경을 마지막으로 보기로 했다. 같은 목적으로 누군가를 따라 처음 지붕에 올라갔던 때, 그리고 나중에는 혼자서 올라가 《산호섬》*을 읽었던 때가 생각났다. 한번은 이사벨라와 함께 지붕에서 자려고도 해봤지만 처음에는 따뜻했던 납판이 차가워져서 다시 기어 내려온 적도 있었다. 그리고 어느 여름 이사벨라가 이탈리아로 돌아간 뒤에 어머니가 평생 중독처럼 탐닉했던 탐정소설에 처음으로 매료된 것도 바로 그곳에서였다. 날이면 날마다 폭염 한가운데서 그는 《장막의 패션》, 《블랙 더들리의 범죄》, 《사형 집행인의 휴가》, 《죽음의 신과 춤추는 하인》 등을 읽었다.

지붕에서 멀리 보이는 산맥은 변함이 없었지만 빽빽하던 여

---

* 19세기 스코틀랜드 작가 R. M. 밸런타인이 쓴 모험소설.

름 들판은 이제 흙을 드러낸 채 텅 비고 가지런하고 균일해져 있었다. 가을은 나무 위에 와 있었고 정원에서는 섬개야광나무가 붉은 열매를 맺었으며 다람쥐들은 바삐 돌아다녔다.

큰길을 내려다보고 있으니 엘리가 온다면 바로 보이겠지만, 여전히 그녀는 오지 않았고 익숙한 죄책감만이 찾아들었다. 이번에는 이유도 없었다. 조금 있으니 그런 감정은 사라졌고 그는 지붕에서 내려와 집 안을 돌아다니며 방 하나하나를 둘러본 다음 문을 닫았다. 계단을 내려오자 어떤 사람이 땅거미를 등에 지고 머뭇거리며 서 있었다. "그냥 알아서 들어왔어요." 남자는 그렇게 말하고는 전기계량기를 검침하러 왔다고 설명했다.

그 일을 하느라 전기를 끈 상태에서 플로리언은 또 한 번 밖에서 소리를 들은 것 같아 귀를 기울였지만 다시 아무 소리도 들리지 않았다. 현관문 옆에 두고 잊어버린 샴페인 한 병이 바닥에 그대로 놓여 있었다. "이거 드릴까요?" 그는 검침원에게 물었다. 검침원은 선물을 받았으니 친근하게 굴어야 한다고 생각하는 듯 예상보다 오래 머물면서 주인이 바뀌는 집과 관련한 일화들을 들려주었다. 어떤 사람은 이사하면서 전구를 빼 가기도 한다, 검침원은 그렇게 말했다.

*

"당신 덕분에 마음이 편했어." 한참 동안 둘 다 아무 말이 없던 중에 딜러핸이 갑자기 입을 열었다. 그녀가 두려움을 덜어주었다, 그는 그렇게 말했다. 이유도 모른 채, 공포의 원인이 어딘가 존재한다는 사실만을 느끼며 두려움에 떠는 수도 있는 법이라고. 동물들을 보면 알 수 있다고.

다음 달 서머타임이 끝나면 템플로스로 데려가주겠다, 그가 약속했다. 엘리는 고해성사를 한 뒤라도 수녀님들이라면 알아차리지 않을까 생각했다. 클룬힐의 수녀님들은 회개하는 사람에게 마음의 평화가 온다고 말하곤 했고, 자신도 그럴 거라고 받아들였다. 그럼에도 엘리는 수녀님들의 눈에 자신이 예전 모습 그대로일지, 아니면 변해버린 모습으로 보일지 궁금했다.

*

셜해나 하우스에 황혼이 짙어갔다. 플로리언은 정원에 피운 모닥불 불빛을 향해 물을 끼얹었고, 텅 빈 부엌에서 발을 헛디뎌 휘청거렸다. 칼리 부인에게 말한 구두약 통은 벌써 벽에 달린 찬장 선반에 넣어두었다. 그는 아래층 방들을 다니며 덧문을 닫았다. 밖에서 현관문을 잠근 다음 편지 투입구를 통해 열

279

쇠를 던져 넣고 판돌에 열쇠가 떨어지는 소리를 들었다. 그리고 자전거 전등 빛에 의지해 트렁크를 뒷자리에 묶어 고정시켰다.

*

그날 밤 엘리는 잠들지 않았다. 그 전날 밤에도 잠들지 않았었다. 불을 켜지 않은 채 자리에서 일어나 창가에 놓인 의자에서 옷을 치우고, 거기 앉아 창밖의 어둠을 바라보았었다. 그녀는 다시 그렇게 했다. 두 사람 모두 좋아하는 대로 창문을 살짝 열어두어 공기가 싸늘했다.

전날 거기 앉아 있을 때보다는 수월했다. 아래쪽 마당에서 엷은 달빛의 마지막 빛줄기가 희미해지고 있었다. 실수로 아내와 아이를 죽인 남자가 의심을 두려워하는 건 당연하다. 고통 받는 정신이 혼란을 일으키는 건 당연하다. 그날 하루 동안 엘리는 그런 말들을 되뇌었다. 그리고 코널티 양이 묻는다면 자신이 한동안 친하게 지냈던 남자가 아일랜드를 떠났다고 대답할 거라고도 생각했다. 그 남자와 친하게 지냈다는 사실을 부인하지는 않을 것이다. 그의 이름과 살았던 곳까지 이야기할 것이다.

창가에 있으니 추워지기 시작했지만 그대로 앉아 있었다. 언제나 그렇듯 피곤한 남편은 깊은 숨을 쉬며 뒤척이지도 않왔다. 그녀가 이 집에 온 뒤로 모든 게 더 편해졌다, 그날 저녁 남편은 그렇게 말했다. 그녀와 결혼한 뒤로 모든 게 더 나아졌다. 이해해줄 수 있는 사람이 많지는 않을 것이다, 그는 그렇게 말했다.

멀리 어딘가에서 불빛이 나타났다. 그녀는 불빛이 움직이는 것을 보고 알아차렸다. 옷을 입고 개들이 짖을 것 같아 재빨리 아래층으로 내려가 뒷문 고리에 걸린 외투를 집어 들었다. 마당에서 개 두 마리가 졸린 표정으로 알은체를 하며 나왔다.

길에는 아무것도 보이지 않았다. "이리 와." 그녀가 속삭이자 살펴보려 나섰던 개가 그 말에 따랐다. 다른 개는 그대로 그녀 옆에 있었다.

다시 불빛이 나타났다. 길이 푹 꺼진 자리에서 올라오고 있었지만 아직 먼 곳이었다. 때로 코리건 씨 아들 중 하나가 밤에 자전거를 타고 지나가기는 했으나 자주 있는 일은 아니었고 그 아이들은 자전거에 굳이 전등을 달지 않았다.

34

그들은 집에서 먼 쪽으로 걸어갔다. 그는 자전거를 밀었고, 개들이 두 사람과 함께였다.

"그 사람이 죽은 줄 알았어요." 그녀가 말했다.

엘리는 그에게 이야기했다. 토끼와 비둘기를 쫓으려고 보관해둔 총이 있다. 집 주변이 너무나 고요했고 트랙터는 아무렇게나 주차되어 있었으며 개들은 풀이 죽어 있었다. 도나모어 인근에 목숨을 끊은 농부가 있었고 케리 카운티에도 그런 농부가 한 사람 더 있었다.

"오늘 하루 종일 아무 생각도 안 하려고 애썼어요." 그녀가 말했다.

*

그들은 아까도 그랬듯이 지금도 서로 껴안지 않았다. 그는 그녀 옆에 선 그림자나 다름없었다.

"왜 온 거예요?" 엘리가 물었다.

그녀는 플로리언이 어둠 속에서 자신을 응시하며 제대로 보려고 한다는 것을 느꼈다. 왜 왔는지 다시 묻자 그는 기다렸다고, 그것을 그녀가 알아주었으면 했다고 대답했다.

"당신이 준 사랑은 잊지 못할 거예요." 그가 말했다. "날 미워하지 마요, 엘리. 제발 날 미워하지 마요."

*

그가 손을 잡으려고 팔을 뻗었지만 그녀의 손은 거기 없었다.

아마도 그녀를 망가뜨렸을 것이다, 그가 말했다. 그럴 뜻이 없었어도 그냥 그렇게 되어버렸을 것이다. 자신은 안다. 설명하진 못하지만 알 수 있는 것이 있듯이.

"어떤 사람들은 혼자가 되려고 달아나요." 그가 말했다. 혼자여야만 하는 사람들이 있다고.

"이건 작별 인사라고 하기도 어렵네요." 그가 말했다.

그는 침묵에 잠겼고, 그녀 역시 마찬가지였다. 덤불 속에서 재빨리 도망치는 여우가 내는 듯한 부스럭 소리가 났다. 그들

283

은 신경 쓰지 않았다.

"당신을 구했군요. 그 노인이." 그가 말했다.

*

"춥네요."

엘리는 돌아섰고 플로리언은 여전히 옆에서 자전거를 굴리며 걸었다. 당장이라도 집 안에 불이 켜질지도 모른다, 그녀는 생각했다. 당장이라도 이름을 부르는 소리와 함께 뒷문이 열릴지도 모른다. 그를 이해하는 것보다 그녀는 그것이 더 중요했다. 그 무엇보다 중요했고, 중요한 것은 오직 그뿐이었다.

그런 사실을 알았지만 그래도 그와 함께 가고 싶었다. 엘리는 개들을 불러들이며 속삭였다.

"당신을 어떻게 미워하겠어요."

그녀는 더 이상 말이 없었고, 그 역시 마찬가지였다.

*

그는 천천히 자전거를 굴렸다. 얼굴에 부딪히는 공기가 쌀쌀했다. 크릴리 방향 표지판이 자전거 불빛에 환해졌다. 길이 반듯해졌다가 오르막이 되었다가 페달을 밟을 필요가 없는 내리막으로 바뀌었다가 다시 구불구불 이어졌다. 미안함이란 얼마나 쓸모없는 감정인가. 하지만 그가 느낀 것은 무엇보다 바로 그 감정, 마음속 어딘가에서 느껴지는 쓰라림이었다. 그녀의 잿빛 푸른 눈은 어둠 속에서 두 개의 얼룩처럼 보였다.

*

엘리는 바람을 가르는 바퀴 소리에 귀 기울였다. 소리가 서서히 멀어지다가 사라질 때까지, 깜빡이는 불빛이 희미해지다가 없어질 때까지. 양치기 개들은 개집으로 느긋하게 걸어 들어갔다. 마당을 가로지르는 그녀의 발소리가 콘크리트 표면에 가볍게 울렸다. 잠그지 않고 두었던 문의 걸쇠를 올려 안으로 들어가 문을 닫고 부드럽게 열쇠를 돌렸다.

부엌에서 그녀는 찬장 위에 놓인 봉헌 양초 불빛에 의지해 걸었다. 신발을 벗고 좁은 계단을 올라갔다. 계단 하나하나가 희미하게 삐걱거렸다. 열어두었던 침실 문이 그대로였다. 엘리는 옷을 접어 창문 사이에 놓인 의자 위에 올려놓았다.

35

오펀 렌은 잠들었다. 헐리 레인의 버나뎃 오키프는 연애 드라마를 끄고 자기 전 마지막으로 술 한 잔을 천천히 오래 마시며 하루를 마감했다. 그녀가 행복을 느끼는 시간은 술을 충분히 마셨을 때이고, 충분함이야말로 그녀가 바라는 것이었다. 탁자 위로 전달되는 수표, 서명한 편지, 자신에게 이런저런 문제를 상의하는 그 사람, 그녀의 생각을 묻고 동의하며 고개를 끄덕이는 그 사람. 밤에는 내세우지도 거두지도 못하는 감정이 그리 괴롭지 않았다. 조그만 밝은 화면과 자기 전에 마시는 술이 방 안을 파티 분위기로 만들었다. 가구가 흔들리고 바닥이 출렁였다. 화면에서 나오는 알아듣기 힘든 목소리의 주인공들이 그녀의 혼란을 빨아들여 덜어주었다. 평생 지속된 강철 같은 유대가 사랑하는 어머니의 죽음으로도 끊기지 않았다는 사실이 이런 흥거운 밤에는 그리 견딜 수 없는 일처럼 느껴지지 않았다. 내일은 그녀가 두려워하는 토요일이나 일요일이 아니므로 다시 한 번 타자로 애틋하게 작성한 서류를 바 뒤편의 조용한 자리로 가져갈 테고, 그는 다시 한 번 칭찬을 할 것이며, 두 사람은 다시 한 번 담소를 나눌 것이다.

*

라스모이의 가로등은 아직 꺼지지 않았지만 거리는 텅 비어 있었다. 술집에서 뒤늦게 기어 나온 사람들도 다 사라졌고 마지막 남은 연인들도 모두 헤어져 돌아갔다. 세탁부 두 명이 밀 스트리트에서 야간작업을 마치고 서둘러 돌아갔다. 고양이들이 저탄장을 활보했다. 광장에서는 잡종개 한 마리가 조용히 쓰레기통을 뒤졌다.

*

내일 아침에 대비해 코널티 양은 큰 응접실의 커튼을 열어젖히고 밖을 지켜보았다. 누런색에 꼬리가 짧게 잘린 개는 매일 밤 그런 것처럼 다시 이곳으로 올 것이다. 민박집에 손님이 꽉 찼기 때문에 내일은 일찍 일어나야 하지만 그래도 멈춰 서서 지켜보았다. 빛줄기 한 가닥이 토머스 존 킨셀라의 여윈 얼굴과 열린 셔츠, 말아 올린 소매를 비췄다. 이 늦은 시간에는 그것 또한 항상 똑같았다.

코널티 양이 막 창문에서 돌아서서 위층으로 올라가려는 순간 개의 것이 아닌 움직임이 그녀의 눈길을 끌었다. 그 움직임에 개도 경계를 하며 쓰레기통에서 기어 내려와 잔뜩 움츠린 채 밤 그늘 속으로 들어갔다. 한 남자가 자전거를 타고 광장으로 들어왔다.

모자를 썼고 자전거 뒷자리에는 트렁크가 묶여 있었다. 그는 멈추지도 자전거에서 내리지도 않고 꾸준히 앞으로 나아갔다. 코널티 양은 남자가 광장을 벗어나 더블린 로드로 접어드는 모습과 개가 다시 쓰레기통으로 돌아가는 모습을 지켜보았다. 얼마 지나지 않아 가로등이 모두 꺼졌다.

그럼 엘리 딜러핸에게는 이게 끝이로군, 코널티 양은 혼자 중얼거렸다. 모두 끝난 것이다. 잠든 남자들을 깨우지 않으려고 욕실과 침실로 가는 계단을 조용히 올라가며 그녀는 약국 유리문 위로 내려놓은 '영업 종료' 팻말과 아델피 극장 카페에서 차를 따르던 아버지를 떠올렸다. "다 됐어." 아버지가 말했다. "딸내미, 이제 다 끝났어."

그녀는 조용히 물을 틀고 몸을 씻었다. 침실에서 옷을 벗는데 엘리 딜러핸이 금요일 분의 달걀을 가지고 다시 나타나 그녀에게 비밀을 털어놓았고, 코널티 양은 아이가 있다면 절대로 아이를 뺏기지 말라고 말했다. 딜러핸은 자기 자식인 줄 알

테니 그런 척하고 아이를 낳으면 그 사람도 다시 가정적인 남자가 될 테고 농장도 달라질 것이다. 그리고 침입자도 라스모이를 떠나버렸으니 엘리 딜러핸과 그녀의 우정도 흔들리지 않을 것이다. 우정은 더욱 돈독해질 것이며 두 사람 다 그 사실을 알고 있다. 말하면 안 되는 일, 결코 말하지 않을 일에 대해서는 둘 다 언급하지 않을 것이다.

코널티 양은 침대 밑의 등을 끄고 몇 분 뒤 눈을 감았지만 잠이 들지는 않았다. 큰 응접실 카펫 위에서 아기가 그녀를 향해 기어왔다. 그곳에는 나무블록도 있었고 구석 벽장에는 인형이나 장난감 병정도 보관되어 있으며 헝겊으로 만든 책과 숫자놀이판도 있었다. 엘리 딜러핸 인생의 은밀한 사랑이 큰 응접실을 뒤덮었고, 나중에는 코널티 양 자신이 어린 시절 좋아했던 스냅과 루도 카드게임이나 핀볼게임 등도 나타났다. 불가능한 것은 하나도 없었다.

36

어두운 마을의 거리를 지날 때, 아무도 없이 혼자일 때가 많은 길을 달릴 때, 불현듯 떠오르는 순간들이 밝은 빛처럼 어둠을 가른다. 간접적으로 경험한 현실이 텅 빈 공간으로 퍼져나간다.

흩어진 연장 사이에서 한 수녀가 공허한 눈으로 위를 쳐다보며 누워 있다. 소녀들이 두려움을 무릅쓰고 수녀의 눈을 감긴다. 그들은 수녀복과 신발에 묻은 톱밥을 털어낸다. 소녀들은 가서 자기들이 본 것을 말한 뒤에 하얗게 칠한 창문을 닦고 땔감을 모은다. 그들은 머릿속에서 금지된 노래를 부르며, 자기들을 원하지 않는 사람이 누구일까 생각한다. 차의 앞 유리창 와이퍼가 빗속에서 물을 튀기며 움직이고, 한 남자가 집에서 나와 상자를 옮긴다. 마당에 그 자리가 있다. 기억을 사로잡는 6월의 날들이 있다. 그녀는 자신의 연민을 고결하다고 하지 않고, 경솔한 연인을 탓하지도 않는다. 그녀는 채소를 키우고 달걀을 모은다.

밝아오는 새벽에 말들이 뛰어가고 눈앞에 탁 트인 풍경이 펼쳐진다. 올드 킬메이넘, 아일랜드브리지*가 보인다. 갈매기들이 강가의 담장에 앉아 있고 홉 열매 냄새가 대기를 풍성하게 채운다.

들리는 것은 엔진 소리뿐, 바다는 고요하고 가을 아침의 싸늘한 기운이 남아 있다. 무엇을 기억하게 될지 너는 안다, 그는 생각에 잠긴다. 허술한 기억이 무엇을 간직하게 할지 너는 안다. 다시 열쇠가 판석 위로 떨어진다. 다시 길에서 그녀의 발소리가 들린다.

아일랜드의 마지막 모습이 그에게서 멀어진다. 그곳의 바위와 가시금작화 덤불과 작은 항구와 멀리 선 등대까지. 그는 육지가 사라지고 바다 위에 춤추는 햇살만 남을 때까지 그곳을 계속 바라본다.

---

* 둘 다 리피 강 남쪽에 위치한 더블린의 교외 지역.

.

단편소설의 거장으로 손꼽히는 아일랜드의 소설가 윌리엄 트레버는 젊은 시절에 교사와 조각가와 광고 카피라이터 등의 직업을 거쳐 삼십대에 처음으로 소설을 발표한 이래로 오십여 년 간 쉼 없이 글을 썼다. 긴 세월 동안 그는 특유의 나직하고 명상적인 문장으로 무수한 사랑과 좌절, 희망과 낙심, 관조와 수용의 세계를 그려왔다. 그의 소설 속 인물들은, 아일랜드의 정치적 혼란에 휩쓸린 인물이든 외도하는 남편을 바라보며 상심하는 중년 여자이든, 대개 상처를 입고도 저항하거나 타인을 바꾸려들지 않고 상처를 삶의 일부로 받아들이며 살아가는 사람들이다. 삶과 인간에 대한 깊은 공감에서 우러나오는 트레버의 소설은 화려한 수식 없이도 슬픔을 온전히 느끼게 하고 가장 거친 인물에게도 감정이입하게 하는 고요한 힘이 있다.

1950년대 아일랜드의 작은 마을 라스모이에서 사람들은 정직한 노동을 하며 느리고 순하게 살아간다. 농부는 한 번에 머릿수를 셀 수 있는 만큼의 양을 방목해 키우고 양이 죽으면 양지바른 곳을 찾아 묻어준다. "양을 존중"하기 때문이다. 집에서 키운 닭이 달걀을 낳으면 농부의 아내는 일주일에 한 번씩 자전거를 타고 읍내에 나가 직접 배달한다. 읍내 한복판 광장에는 아일랜드 봉기의 영웅을 기리는 동상이 있고, 그 주위로는 은행, 치과, 농기구상, 주점, 민박집 등이 있다. 구둣방 주인은 한 남자의 신발을 처음에는 어머니가, 나중에는 아내가, 그 아내가 죽은 뒤로는 두 번째 아내가 들고 오는 모습까지 수십 년을 지켜본다. 읍내의 상점에 삼십 년 넘게 문구와 잡화를 공급한 영업사원이 나이 들며 체력과 기억력이 떨어져 자꾸만 주문 실수를 해도 정 많은 상점 주인들은 "그가 내심 갈망하는 은퇴까지 무사히 버텨서 연금을 받을 수 있도록" 실수들을 알아서 바로잡는다. 사람들은 "라스모이에서는 아무 일도 일어나지 않는다고 불평하면서도 대부분 이곳에서 계속" 살아간다.

그런 조용한 마을에서 어느 여름 한철 동안 금지된 사랑이 피어난다. 그런데 아무 일도 일어나지 않는 것 같은 이 마을과 마찬가지로 그 사랑 또한 느리고 잔잔하여, 배를 뒤엎는 파도처럼 일어나는 열정이 아니라 수면 위에 퍼지는 파문 같은 조용한 일렁임이다. 하지만 그 잔잔한 수면 밑에서는 과거의 기

294

억에 현재를 잠식당한 사람들의 이야기가 저류를 이룬다.

자신의 실수로 아내와 아이를 죽게 만든 농부 딜러핸은 아직도 6월만 되면 끈질기게 찾아오는 그날의 기억에 괴로워한다. 외딴 수녀원에서 고아로 자란 엘리는 딜러핸의 살림을 돌보는 가정부로 왔다가 그의 아내가 되는데, 속정은 깊지만 어둡고 과묵한 남편과의 적적한 생활은 가정부로 살던 시절과 별반 다를 것도 없다. 그러다 이웃 마을에서 자전거를 타고 사진을 찍으러 온 젊은 남자 플로리언을 만나고 엘리는 처음으로 고아원의 "수녀님들이 항상 이야기하던 사랑과 다른" 사랑을 느끼며, 자신이 남편을 사랑하지 않는다는 사실을 비로소 의식하게 된다. 플로리언은 엘리의 고요함과 외로움에 끌리고 따뜻한 연민을 느끼지만, 그에게는 어릴 적부터 온 마음을 차지한 기약 없는 사랑이 있다. 그리고 두 사람 사이를 유일하게 알아채고 못마땅하게 지켜보는 코널티 양은 젊은 시절 유부남을 사랑했다 버림받고 비밀리에 낙태 수술을 받은 뒤로 비정한 어머니에게 평생 수모를 받은 불행한 여자다.

이렇게 저마다 어두운 과거와 씨름하며 살아가지만 이들은 근본적으로 여리고 선량한 사람들이다. 엘리와 플로리언의 만남에 대한 코널티 양의 신경증적인 관심은 그녀가 자신과 같은 불행을 겪을까봐 걱정하는 마음에서 비롯된다. 마지막 부분에서 엘리의 아이가 자신의 응접실에서 기어다니는 모습을 상상하는 코널티 양의 모습은 갖은 기벽과 고집으로 불행을 견뎌야 했던 여자의 망상처럼 보이지만 연인을 잃고 아이를 포기해야 했던 그녀의 경험과 겹쳐지며 가슴 싸한 연민을 일으킨다.

하지만 결국 이 소설은 희망의 이야기이기도 하다. 플로리언은 죄책감을 뒤로하고 떠나지만 오랜 방황에서 벗어나 드디어 자신의 길을 찾은 듯하고, 엘리는 자신의 거절당한 사랑보다 더 깊은 남편의 상처를 보듬어주기로 한다. 모든 일이 제자리를 찾았다고 안도의 한숨을 쉬는 코널티 양은 어쩌면 엘리에게서 과거의 상처를 치유할 힘을 얻을지도 모른다. 또한 자기도 모르게 여러 사람의 인생이 걸린 갈등의 매개자가 되는 오펀 렌은 흐린 정신 속에서도 필생의 임무를 마쳤다는 만족감을 느끼며 마침내 평온을 찾을 것이다.

《여름의 끝》에는 보답 없는 사랑과 지워지지 않는 고통의 기억, 인간에 대한 깊은 연민, 그리고 희망이 있다. 작가는 여러 인물들의 내밀한 사연과 감정을 극히 단순하고 절제된 문장으로 묘사하며, 계속 시점을 이동해가며 여러 인물의 내면을 자유자재로 들고나는 독특한 서사로 그만의 문체와 분위기를 창조한다. 닭 모이를 주거나 찻물을 끓이거나 목초지 울타리에 말뚝을 박는 것과 같은 평범한 일상을 강조하고 심오한 가치나 감정의 문제는 오히려 가볍게 언급하는 서술 방식은 낯선 대조가 주는 환기의 효과를 높일 뿐더러 간략하고 절제

된 문장에 정교한 묘사를 능가하는 울림을 준다.

월리엄 트레버는 2009년에 영국 일간지 《가디언》과의 인터 뷰에서 이렇게 말했다. "내게 글쓰기는 전적으로 신비한 작업 이다. 그런 신비를 믿지 않는다면 글쓰기란 별 가치가 없는 일 일 것이다. 나는 소설이 마지막에 가서 어떻게 끝날지 모를 뿐 만 아니라 바로 뒤 몇 줄에 어떤 문장이 나올지도 알지 못한 다." 또한 지금까지 다양한 인물들 속으로 깊이 들어가 그들 의 성격과 생각을 온전히 살려내는 작업에 매진하게 한 것은 스스로에 대한 철저한 무관심이라고 하면서, 자신보다는 다른 사람들이 훨씬 더 흥미롭고 매혹적이라고 말했다.

월리엄 트레버만의 따뜻하고 관조적이며 울림이 깊은 소설 은 이처럼 바깥을 향한 상상력과 타인에 대한 특별한 공감 능 력에 직관적인 글쓰기가 더해져서 창조되는 것 같다.

민은영

옮긴이 **민은영**

고려대학교 영어교육과를 졸업하고 이화여자대학교 통번역대학원에서 석사학위를 받았다. 현재 전문 번역가로 활동 중이며 이언 매큐언의 《칠드런 액트》, 폴 하딩의 《에논》, 존 치버의 《존 치버의 편지》, 앤드루 포터의 《어떤 날들》, 윌리엄 포크너의 《곰》, 아모스 오즈의 《친구 사이》, 파울로 코엘료의 《불륜》 등을 우리말로 옮겼다.

여름의 끝

초   판 1쇄 발행 2016년 11월 5일
초   판 4쇄 발행 2021년 6월 21일
개정판 1쇄 인쇄 2024년 7월 10일
개정판 1쇄 발행 2024년 7월 15일

지은이 윌리엄 트레버
옮긴이 민은영
펴낸이 이상훈
문학팀 최해경 박선우 김다인
마케팅 김한성 조재성 박신영 김효진 김애린 오민정

펴낸곳 (주)한겨레엔 www.hanibook.co.kr
등록 2006년 1월 4일 제313-2006-00003호
주소 서울시 마포구 창전로 70 (신수동) 화수목빌딩 5층
전화 02-6383-1602~3 **팩스** 02-6383-1610
대표메일 munhak@hanien.co.kr

ISBN 979-11-7213-092-3 03840